화산검종 좃밥 새끼

華山劍宗
화산검종

한성수 新**무협** 판타지 소설
FANTASTIC ORIENTAL HEROES

화산검종 3

한성수 新무협 판타지 소설

초판 1쇄 찍은 날 § 2008년 4월 22일
초판 1쇄 펴낸 날 § 2008년 4월 30일

지은이 § 한성수
펴낸이 § 서경석

편집장 § 문혜영
편집책임 § 정서진

펴낸곳 § 도서출판 청어람
등록번호 § 제1081-1-89호
등록일자 § 1999. 5. 31
어람번호 § 제2-1470호

주소 § 경기도 부천시 원미구 심곡1동 350-1 남성B/D 3F (우) 420-011
전화 § 032-656-4452 팩스 § 032-656-4453
http://www.chungeoram.com
E-mail § eoram99@chollian.net

ⓒ 한성수, 2008

ISBN 978-89-251-1288-6 04810
ISBN 978-89-251-1227-5 (세트)

※ 파본은 구입하신 서점에서 교환하여 드립니다.
※ 저자와 협의하여 인지를 붙이지 않습니다.
※ 이 책은 도서출판 청어람과 저작자의 계약에 의해 출판된 것이므로,
    무단 전재 및 유포·공유를 금합니다.

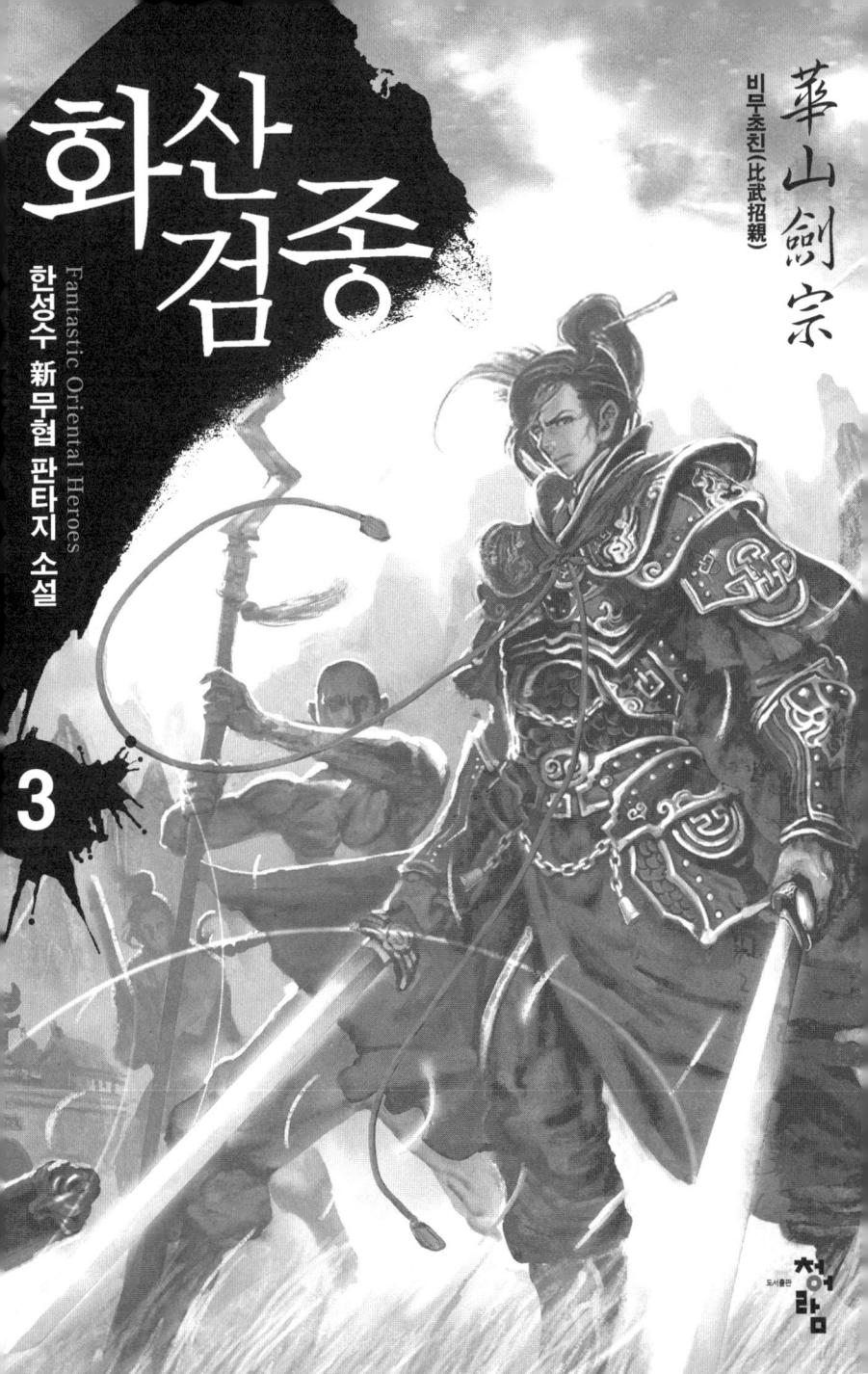

目次

21장 비무초친(比武招親) … 7

22장 고우상견(故友相見) … 35

23장 남선북마(南船北馬) … 69

24장 무산전인(巫山傳人) … 101

25장 마신흉갑(魔神胸甲) … 135

26장 검향만리(劍香萬里) … 167

27장 발경득검(發勁得劍) … 197

28장 원월만도(元月彎刀) … 225

29장 입상중상(入上中上) … 257

30장 화산지검(華山之劍) … 287

第二十一章

비무초친(比武招親)
무가의 여자는 강한 사내를 만나야만 행복할 수 있다

華山劍宗

강북 하오문 총단.

불빛 하나.

일반 촛불보다 족히 열 배는 환하다. 하나의 방을 대낮이나 다름없을 정도로 만들어주고 있다.

야광주(夜光珠).

민간에는 그야말로 소문으로만 전해지는 귀물이다. 그 같은 물건이 천하제일의 권좌를 자랑하는 황궁도 아니고 일개 평범한 방 안을 밝히는 도구로 쓰이고 있다.

팔랑!

책상 위에 잔뜩 쌓여져 있던 문서 중 한 장을 넘긴 섬세하고 하얀 손가락의 주인이 잠시 동작을 멈췄다. 여태까지 행운유수(行雲流水)처럼 문서를 검토하고 수결(현재의 사인)을 남기던 것과는 조금 다른 반응이다.

톡톡!

방금 전까지 문서를 넘기는 동작만을 반복하고 있던 손가락이 책상 위를 두어 차례 두드렸다. 뭔가 크게 마음에 들지 않는 걸 겉으로 드러낸 것이다.

"섬서성 쪽은 어떻게 된 거지?"

"소주께서 함구를 명하셔서 보고가 뒤늦게 전해졌습니다! 죄송합니다!"

"아주가 그리 명했다고?"

"예!"

목소리가 들려온 것은 천장 쪽이다. 방 안을 환하게 밝히고 있는 야명주의 존재만큼이나 괴이하다.

그러나 곧 더 괴상한 일이 발생했다.

달그락!

책상 밑으로 손을 뻗은 손가락의 주인이 얼굴에 귀면탈을 쓴 것이다.

징그러운 귀신의 형상!

누구라 해도 일견하고 혐오의 표정을 지어 보일 만하다. 그렇게 귀면탈은 징그럽고 무서웠다.

천하에 이 같은 모습을 하고 다니는 자는 단 하나!

강북 하오문의 지배자인 귀왕 소연명.

여태까지 책상 위의 보고서를 확인하고 수결을 하던 섬세한 손가락의 주인은 바로 그였다.

까닥!

귀면탈로 가려진 얼굴.

고개를 한차례 옆으로 뉘어서 계속된 서류 작업으로 굳은 목을 슬며시 푼 소연명이 혼잣말하듯 중얼거렸다.

"아주, 요 귀여운 녀석! 이 사부가 심심할까 봐 몸을 풀 기회를 줬구나!"

기다렸다는 듯 천장 위에서 예의 목소리가 들려왔다.

"곧바로 삼십삼인살(三十三忍殺)을 준비하도록 하겠습니다!"

"아니. 섬서성과 감숙성 일대는 서패 북궁세가의 영역이야. 비록 근래 들어 차대 후계자를 둘러싸고 잡음이 심하다곤 해도 흑도를 칠 빌미를 줄 순 없다."

"그럼, 백인혈랑귀(百人血浪鬼)를 대동하시렵니까?"

"그놈들도 안 돼. 야전에서 잔뼈가 굵은 놈들이라 싸움을 잘하긴 하는데, 지나치게 주색을 밝혀서 관부의 시선을 끌 우려가 있어. 그러니까 은거놀이를 하고 있는 그 늙은이들을 불러오도록 해!"

"예, 곧바로 냉면삼마(冷面三魔)의 은거를 깰 방책을 마련하도록 하겠습니다!"

"아주를 호위하던 암영삼살이 모조리 죽임을 당했다는 말만 전하면 될 거야. 공들여 키웠던 제자들의 죽음을 알고도 계속 은거놀이를 할 순 없을 테니까."

"존명!"

복명을 끝으로 목소리는 더 이상 들려오지 않았다. 은신하고 있던 천장을 쥐도 새도 모르게 떠나간 것이다.

톡톡!

다시 책상 위를 손가락으로 두들긴 소연명이 다시 보고서 쪽으로 시선을 던져 갔다.

오랜만의 강호 출도!

그전에 처리해 놔야 할 사항이 너무 많았다.

* * *

호남성 장사.

곽철원이 느닷없이 모습을 감춘 후 무적곽가에 한동안 기거하게 된 운유 도장은 내심 기가 막혔다.

과거에 비해 세가 크게 약화된 화산파이긴 하나 현 무적곽가의 가주인 남방검제 곽무령은 전대부터 친교가 있었다. 그의 서자인 곽철원이 장문제자가 될 수 있었던 것 역시 그 같은 인연이 빌미가 되었음은 물론이었다.

당연히 곽철원의 장담을 운유 도장은 믿을 수밖에 없었다.

거기에는 그동안 묵묵히 태화동천에서 수련에 최선을 다해왔던 곽철원에 대한 개인적인 믿음 역시 한몫했음은 물론이다.

그런데 느닷없이 도주를 했단다!

사숙인 운유 도장과 사형제들인 나머지 매화칠검수들을 남겨둔 채로.

곧이곧대로 믿는 게 오히려 이상할 정도의 상황이다. 누구든 일단 의심부터 했을 터였다.

운유 도장 역시 마찬가지다.

그는 처음부터 곽무령의 말을 믿지 않았기에 체면 불구하고 무적곽가에 신세를 지길 자청했다. 어떻게든 행방불명된 곽철원에 대한 정보를 빼낼 작정이었다.

그러나 무적곽가가 달리 사패 중 하나가 아니다. 운유 도장은 거진 한 달이 다 되어가도록 곽철원과 관계된 어떠한 정보도 얻을 수 없었다.

결국 운유 도장은 수장 곽철원이 빠진 매화칠검수를 이끌고 무적곽가를 나설 수밖에 없었다. 별다른 이유도 없이 계속 무적곽가의 식객 노릇을 하고 있을 순 없었기 때문이다.

망연한 표정으로 무적곽가의 너른 대문을 바라보는 운유 도장의 노안으로 짙은 회한이 스쳐 갔다.

'하아! 남방검제 곽 가주는 사패주 중에서 가장 대협의 풍모에 가까운 사람이다. 다른 사패주들이 구마련과의 대전 이후 힘이 약해진 구대문파의 권위를 노골적으로 깔아뭉갤 때

도 그만은 목소리를 높이지 않았다고 들었어. 그런 사람이 이리 변할 줄이야!'

내심 터뜨린 장탄성!

당대 화산파의 쇠락을 어쩔 수 없이 인정해야만 하는 아픔이 실려져 있었다.

그때다.

운유 도장의 뒤를 따르고 있던 매화칠검수 중 몇 명이 다가와 넌지시 질문했다.

"운유 사숙님, 이제부터 저희는 어찌해야 하는 겁니까?"

"허허, 글쎄다……."

사질의 질문은 운유 도장조차 궁금한 바였다. 그 역시 일시 어찌해야 할지 분간이 되지 않았기 때문이다.

그러나 그는 명색이 화산파의 장로 신분이다. 계속 정신이 혼미한 채로 있을 순 없었다. 곧바로 황망한 표정을 얼굴에서 지운 그가 말했다.

"지금부터 우리는 화산으로 복귀한다!"

"예? 하지만 장문인께서……."

"장문 사질인 곽철원이 행방불명되었다. 이는 운검 사제를 찾는 것에 버금갈 만큼 중요한 일이니, 한시바삐 장문 사형께 알려야만 한다."

"……."

질문을 던졌던 매화검수들이 얼른 허리를 접어 보였다. 운유 도장이 한 말이 지극히 옳은 까닭이었다.

한 달 전.
곽철원은 전날 화산으로 떠날 때와 마찬가지로 무적곽가의 대문이 아닌 뒷문으로 길을 나섰다.
하염없이 얼굴을 적시고 있는 뜨거운 눈물.
부친이자 경애의 대상이었던 곽무령에 대한 원망과 비분 때문이 아니었다. 그가 화산파의 전설인 자하구벽검의 검결과 검의조차 물리친 채 남겨준 가문의 병법에 가슴이 크게 격동을 일으킨 까닭이었다.
'하지만 나는 이미 화산파 사부님, 그리고 운검 사숙님께 대죄를 저질렀다. 전날에 저질렀던 기사멸조의 대죄조차 이번에 저지른 죄에 비하면 아무것도 아닐 정도야. 그러니 이대로 다시 운유 사숙님과 사형제들을 만나서 거짓말을 늘어놓느니, 이 길로 운검 사숙님을 찾아 떠나는 편이 나을 것이다. 그래서 청죄하고 다시 화산으로 돌아가면 되는 것이야.'
소매로 얼굴을 한차례 문댄 곽철원의 두 눈에는 형형한 안광이 담겨져 있었다. 외견상에서 뿜어져 나오는 기세 역시 크게 일신되어졌다.
화산호검!
십여 년 전 이미 화산파뿐 아니라 무림의 젊은 후기지수들 중에서도 손꼽히던 명호다. 지난 수년간 화산 남봉의 태화동천에서 고된 수련을 마다치 않았으니, 현재의 무공은 이미 절정지경을 바라보고 있었다.

실제로 현재 화산파에 남아 있는 몇 명 안 되는 운 자 항렬과 비교하더라도 그리 떨어지지 않는 무위를 지녔다고 봐도 괜찮을 정도다.

그러나 그동안 곽철원은 태화동천을 내려온 후 계속 자신의 능력을 밖으로 드러내지 못했다. 그럴 수가 없었다. 운검에게 자하구벽검을 전수받았다는 사실을 깨달은 이후 갖게 된 마음속의 어둠이 그 원인이다.

이제 부친 곽무령에게 큰 가르침을 받고 화산을 떠나며 가슴속 한구석에 담아놨던 어둠을 걷게 되었다. 본래의 기상과 기세를 되찾아 모습이 완전히 일신된 것도 무리는 아니었다.

'이제 가면 다신 돌아오지 못할 것이다! 하지만… 아버님의 큰 사랑을 품에 안게 되었으니, 이제 더 이상 후회나 원념 따윈 존재하지 않는다!'

내심 중얼거린 곽철원이 무적곽가에서 천천히 시선을 떼어냈다.

사패 중 일좌.

무적곽가의 서자의 신분 역시 마음속에서 깨끗이 지워 버렸다. 이제 그는 완벽한 화산파의 제자가 된 것이다.

"운검 사숙, 이번에는 반드시 청죄한 후 엎드려서 가르침을 받겠소이다!"

바람밖엔 듣지 못할 한마디 중얼거림과 함께 곽철원이 순식간에 무적곽가 앞에서 모습을 감췄다. 절정의 구궁보를 펼쳐서 한줄기 바람으로 화했음이다.

한 달 후.
운검을 찾아 옥천궁을 떠났던 화산파의 정예는 육 개월 만에 화산으로 복귀했다.
소득은 아무것도 없었다.
오히려 함께 떠났던 곽철원의 행방불명 소식이 더해졌을 뿐이었다.
당연히 사제 운유 도장에게 그 같은 보고를 받은 장문인 운양 진인은 노발대발했다. 여태까지 지켜왔던 품위조차 잊은 채 두 명의 사제 앞에서 있는 대로 분노를 쏟아냈다. 그중에는 무적곽가의 가주 곽무령에 대한 의심 섞인 발언 역시 포함되어 있었음은 물론이다.
그러나 단지 그뿐이었다.
운양 진인은 한차례 노발대발한 후 곧바로 칩거에 들어갔다. 비록 무적곽가에 대한 의혹을 지울 수 없었으나 곽무령에게 찾아가 따질 순 없었다.
쇠락한 구대문파에서도 말석!
현 화산파의 능력과 세력으로선 이 이상 어찌해 볼 수 있는 일은 없었다. 그게 강자존의 원칙이 철저하게 지켜지고 있는 무림의 냉엄한 현실이었다.

*   *   *

섬서성 서안.

서패 북궁세가의 가주전에 침묵이 감돌고 있었다. 사패 중 하나인 북궁세가의 가주인 서방도신 북궁한경이 입을 굳게 다물고 있기 때문이다.

그의 앞에는 언제나와 마찬가지로 총관 소리장도 유성월이 부복해 있다. 다른 때보다 조금 자세를 낮추고 있는 게 죄를 청하고 있는 것임을 알게 한다.

지그시 유성월을 내려다보던 북궁한경이 사자와 같은 목소리로 말했다.

"방금 전 분명히 섬서성 내에서 휘아가 행방불명됐다고 했는가?"

"분명 그리 보고드렸습니다."

"어떻게 그런 일이 일어날 수 있는 거지?"

"송구스럽게도 몇 가지 예기치 못했던 우연들이 겹친 것 같습니다."

"몇 가지 예기치 못했던 우연?"

"첫째로 삼공자님 일행과 강남 녹림의 총표파자인 홍염마녀 진영언이 조우를 한 것입니다."

"어째서 강남 녹림의 총표파자가 섬서성까지 오게 된 거지?"

"정보 조직을 움직여서 알아본 결과, 그녀는 강북 녹림십팔채의 주인이랄 수 있는 권마 우금극과의 은원 때문에 장강을 넘은 것 같습니다."

"그래서?"

"그래서 그녀를 제압하기 위해 일대에 강북 녹림의 천라지망이 펼쳐졌습니다. 그게 두 번째입니다."

"남북 녹림의 세력 싸움에 휘아 일행이 말려들었다? 그렇게 말하고 싶은 것인가?"

"세 번째도 있습니다. 당시 삼공자님 일행과 조우한 건 홍염마녀 진영언만은 아니었습니다."

"강남 녹림의 총표파자보다 중요한 인물인가?"

"어쩌면 그럴지도 모르겠습니다. 당시 홍염마녀 진영언과 동행하고 있던 사제에게서 화산파의 무공을 연마한 흔적이 발견되었으니까요."

"화산파?"

"그렇습니다. 특히 사부 되는 자의 이름이 독특합니다. 그는 삼공자님께 자신의 이름을 운검이라 밝혔다고 하더군요."

"운검?"

"칼 검 자를 이름에 사용했습니다. 그것만으로도 평범하지 않지요. 하지만 더욱 평범치 않은 건 얼마 전 화산의 옥천궁을 떠난 운 자 항렬 인물의 도명 역시 운검이란 겁니다. 칼 검 자가 아니라 검소할 검 자로 독음이 같고 뜻은 다르지요. 근래 화산파에 침투시킨 제자가 어렵사리 입수한 정보입니다."

"흐음……."

북궁한경의 입에서 가벼운 침음성이 흘러나왔다.

운검!

처음으로 그 두 글자가 현 무림의 사대강자 중 한 명인 북궁한경의 뇌리 속 깊숙이 각인되는 순간이었다.

유성월의 고개가 조금 높게 들려졌다.

"마지막으로 네 번째, 삼공자님의 행방불명 직후에 벌어진 섬서성 일대 하오문 지부의 잇단 몰살 사건을 들 수 있겠습니다."

"그건 또 뭐가 문제지?"

"이번에 삼공자님을 수행한 자는 북풍단의 부단주인 추풍광도 염무극입니다."

"야전에서 잔뼈가 굵은 자지. 행방불명된 휘아를 독자적으로 찾기 위해서 섬서성 일대 하오문과 접촉하려 한 게로군?"

"바로 명찰하셨습니다. 하지만 기이하게도 염 부단주가 찾아갔을 때마다 하오문 지부들은 처참하게 살육당한 후였습니다. 마치 약속이나 한 것처럼 생존자는 단 한 명도 없었습니다."

"휘아의 행방을 쫓지 못하게 하기 위해서 일부러 섬서성 일대 하오문 지부들을 몰살한 제삼의 세력이 있다는 건가?"

"그럴 수도 있고 아닐 수도 있습니다. 하지만 본 가의 안방이라 할 수 있는 섬서성에서 벌어진 일입니다. 결코 쉽사리 넘어가선 안 될 거라 사료됩니다."

"물론 이미 선조치가 이뤄졌겠지?"

"사흘 전 야명효(夜鳴梟)들을 총관명으로 움직이게 했습니다."

"과연 빠르군."

미미하게 고개를 끄덕인 북궁한경의 입가로 흐릿한 미소가 떠올랐다.

야명효!

북궁세가에서 섬서성 일대와 부근에 자리 잡은 문파 및 무림세가, 무관 등에 심어놓은 일종의 간자 세력이다. 밤에만 우는 올빼미처럼 어둠 속에서 북궁세가의 영광을 위해서 움직이는 자들로 그들 전체를 움직일 경우 그 정보력은 능히 하오문이나 개방을 뛰어넘을 만했다.

문득 북궁한경이 입가에 떠올라 있던 미소를 거뒀다.

"곧 상아의 비무초친(比武招親:무예를 겨뤄서 신랑을 맞이한다)이야. 그전에 휘아 녀석의 행방을 반드시 찾아야 할 것이야. 가족이 모두 모여서 상아의 신랑감이 뽑히는 광경을 지켜봐야만 할 터이니 말야."

"최선을 다하겠습니다!"

"내 믿지."

그 말을 끝으로 북궁한경이 특유의 호안을 반개했다. 손짓을 해 보이진 않았으나 유성월은 이제 자신이 퇴장해야 할 때임을 알고 있었다.

스륵!

천천히 무릎걸음으로 물러선 유성월이 홀로 침묵에 잠겨 있는 북궁한경 쪽에 한차례 묘한 시선을 던진 후 가주전을 빠져나갔다.

'가주도 역시 신은 아니군. 못난 자식이라고 내놨던 삼공자에게 집착하는 모습을 보이는 걸 보면. 하지만 삼공자는 결코 북궁상아의 비무초친에 참석할 수 없을 것이다.'

내심의 중얼거림과 함께 유성월의 가느다란 입술 선이 한 차례 꿈틀거림을 보였다.

미소.

어느 누구한테도 보인 바가 없는 검은 야심, 그것이 잠시 잠깐 동안 밖으로 모습을 드러냈다.

적봉루(赤鳳樓).

기이한 이름이다. 봉황은 본시 제왕을 상징하는 상서로운 새로 붉은빛을 띠진 않는다.

붉은 색조의 상서로운 새.

굳이 예를 찾자면 주작(朱雀)을 들 수 있겠다. 주작은 불을 다루는 신수(神獸)답게 붉은색을 띤다고 알려져 있다.

그래서인가?

이름과 달리 적봉루의 우아한 처마 끝에 내려앉아 있는 조각은 누가 보기에도 주작이다. 봉황으로는 보이지 않는다. 본래의 이름이 주작루이기 때문이다.

주작루가 적봉루로 이름을 바꾼 건 한 명의 여인이 원인이었다.

북궁세가의 이부인.

사공자 북궁단과 오공자 북궁열, 그리고 막내딸인 북궁상아의 모친인 장미부인 성옥월의 집안인 북경 대장군가는 대대로 붉은 봉황을 가문의 상징으로 삼아왔다. 과거 대장군가의 시조인 천위대장군 성현원이 전장에서 붉은 전포를 걸치고 적들을 공포에 떨게 만들었던 공로를 인정해 황제가 친히 적봉황상을 하사한 까닭이다.

성옥월은 그 같은 일화를 빌미 삼아 몇 해 전 주작루의 이름을 적봉루로 바꿔 버렸다. 대공자 북궁정과 이공자 북궁결의 모친인 대부인 연화정이 주작루를 좋아한다는 걸 알고 부린 심술이었다.

과연 주작루가 적봉루로 바뀐 후 연화정은 이 아름다운 누각에서 발길을 끊어버렸고, 근래엔 성옥월과 그녀의 금지옥엽(金枝玉葉)인 청명뇌음도 북궁상아가 자주 찾는 장소가 되었다.

지금 역시 그러했다.

적봉루에는 지금 성옥월과 북궁상아 모녀가 자리를 함께 하고 있었다.

한 폭의 미녀도라고 해도 좋겠다.

성옥월은 비록 사십이 넘은 나이임에도 눈부신 미모를 간직하고 있었고, 북궁상아 역시 막 물이 올라 터지기 직전의 꽃봉오리같이 어여뻤다.

운치있고 아름다운 적봉루의 주변 풍광과 함께 어우러지니 그림 같다는 말이 절로 나온다. 그만큼 대단한 미모를 지닌 모녀지간이었다.

그런데 조금 이상하다.

어느 누구보다 사이가 좋아야 할 두 사람인데, 왠지 지금은 묘한 긴장감을 유지하고 있다. 특별히 대결 구도에 들어간 것은 아니나 느낌상 그러했다.

살랑!

우아한 동작으로 한차례 부채질을 한 성옥월이 북궁상아를 바라보며 한쪽 눈꼬리를 살짝 치켜 올렸다. 평상시의 교양있게 화가 났음을 알리는 모양새다.

"이번엔 또 뭐가 불만이라서 그런 꼴로 어미를 찾아온 것이더냐? 불결하게도 계집아이가 땀 냄새를 풀풀 풍기면서 다니다니! 혹여라도 외인이 볼까 두렵구나!"

"땀 냄새가 나요?"

"그래."

성옥월이 다시 수중의 부채를 휘휘 저어 보였다. 이번에는 자신 쪽이 아니라 북궁상아를 향해서다. 마치 그녀에게서 흘러나오는 땀 냄새를 멀리 내쫓기라도 하려는 듯하다.

북궁상아는 동그란 어깨를 한차례 추어 보였을 뿐이다.

모친 성옥월의 이런 귀족적인 태도를 접한 게 한두 해가 아니기에 그다지 신경 쓰이진 않는다. 다만 땀 냄새가 난다는 소리에 오뚝한 코끝을 몇 차례 벌름거려 보긴 한다.

"킁킁. 뭐, 별로 나지도 않는구만. 방금 전까지 연공을 하고 있었으니, 이 정도는 좀 봐주세요."

"그러니까 연공을 끝냈으면 곧바로 수욕을 하고 옷을 갈아입었어야지! 게다가 그게 뭐 하는 짓이니! 교양없게스리!"

"쳇! 또 그놈의 교양 타령! 그런 건 학식 높은 셋째 오라버니한테나 말씀하시라구요!"

"그 얘기는 하지 말자!"

성옥월이 잔소리를 끝내고 입을 꾹 다물자 북궁상아가 내심 눈살을 찌푸려 보였다. 어째서 교양있는 삶을 그리 추구하는 성옥월이 가문에서 가장 그녀의 취향에 부합하는 북궁휘를 싫어하는지 이해가 가지 않았기 때문이다.

그러나 오늘 북궁상아가 연공조차 제대로 끝내지 않고 적봉루로 달려온 건 연유가 있어서였다. 성옥월의 잔소리가 끝나자마자 그녀가 얼른 표정을 일신했다.

"그건 그렇고 이번 일! 어머니가 꾸미신 거죠?"

"무례하구나! 어미한테 뭘 묻고 싶을 때는 항상 예의를 갖춰야 한다고 내 몇 번이나 주의를 줬지 않느냐!"

"죄송해요. 하지만 어머니도 이번엔 좀 너무하셨어요! 어떻게 해묵은 비무초친의 전통 따윌 다시 살려내신 거예요!"

"비무초친?"

고개를 한차례 갸웃해 보인 성옥월이 곧 미미하게 고개를 끄덕여 보였다.

"그건 이 어미가 아니라 가주께서 결정하신 것이니라. 무가의 여인은 강한 사내를 만나야만 행복할 수 있다고 하시면서."

"아버지가요?"

"그래."

성옥월이 다시 고개를 끄덕여 보이자 북궁상아가 손을 이마에 가져다 댔다.

가주지명(家主之命)!

제아무리 살가운 부녀지간이라 해도 세가에 속한 족속이라면 결코 따르지 않을 수 없다. 태어난 후 계속 그처럼 교육을 받으며 자라왔다.

'내 이런 일을 당할까 싶어서 소천신공과 창파도법을 대성해서 차대 가주의 위를 쟁취하려고 했거늘! 여자로 태어난 게 정말 한스럽구나!'

내심 한탄을 터뜨린 북궁상아가 성옥월에게 고개를 한차

례 까닥여 보이고 자리에서 일어섰다.

"온 지 얼마나 됐다고?"

"속이 답답하니 연무나 하려고요."

"……."

성옥월이 입을 다물었다.

그녀 역시 종류는 다르나 무가의 여인이었다. 하나밖에 없는 딸 북궁상아가 지금 느끼는 절망과 좌절을 이해하지 못할 바 없었다.

다시 성옥월 혼자 차지가 된 적봉루로 총관 유성월이 다가들었다.

언제나와 마찬가지로 산책이라도 하는 듯한 걸음걸이.

무료한 듯 나른한 듯 적봉루 밖의 풍경만을 바라보고 있던 성옥월의 눈에 문득 생기가 일어났다. 적봉루를 향해 다가오고 있는 유성월의 모습을 발견한 것과 동시다.

'유 총관……'

성옥월이 얼른 자세를 바로 했다. 살짝 풀어져 있던 옷매무새도 정갈하게 매만져졌다. 북궁세가 내의 유일한 군자라 할 수 있는 유성월에게 잘 보이고 싶은 여심이었다.

유성월이 적봉루 앞에 이르러 반례해 보였다.

"이부인, 무탈하셨습니까?"

"예. 유 총관도 별래무양하셨나요?"

"염려해 주신 덕분으로."

성옥월이 슬쩍 손을 내밀었다. 유성월에게 적봉루로 올라오기를 청한 것이다.

유성월의 입가로 어색한 미소 하나가 스쳐 간다.

"보는 눈이 많습니다. 그냥 이곳에서 말씀 여쭙겠습니다."

"아……."

성옥월의 세월이 비껴간 것 같은 고운 얼굴로 한 가닥 안타까움이 스쳐 갔다. 유성월을 향해 내밀어졌던 손 역시 슬그머니 힘을 잃는다.

유성월이 말을 이었다.

"가주님께서는 비무초친이 있기 전에 북궁세가의 친족 모두가 모이길 원하시고 계신 듯합니다."

"본래 그런 분이시죠. 어떤 것보다 가문과 친족의 화합을 우선시하는 재미없는 사람."

"무서운 분이기도 하십니다. 만약 북궁세가가 지난 십수 년간 그 같은 강력한 결속을 보이지 않았다면 지금과 같은 위치를 고수할 순 없었을 테니까요."

"유 총관이 물심양면으로 큰 공헌을 한 건 세가 내에서 아는 사람은 다 아는 사실이에요."

"그저 감사할 뿐."

다시 반례를 올린 유성월이 감각을 확장시켜 주변의 이목을 살핀 후 다소 조심스레 말을 이었다.

"그래서 말인데, 전날 말씀하셨던 일. 비무초친 날에 맞춰 실행시키는 게 어떻겠습니까?"

"그래도 될까요?"

"비무초친이 있는 날은 세가 내의 경계 경비가 더욱 삼엄해질 겁니다. 하지만 그만큼 일을 수행하기엔 쉬울 수 있습니다. 외인들이 잔뜩 몰려들 테니까요."

"……"

성옥월은 그다지 아둔한 여인이 아니다.

하지만 천재적인 모사라 할 수 있는 유성월과 비견될 만한 식견이나 지식을 가지진 못했다. 아예 비교조차 되지 않는다고 함이 옳았다.

당연히 그녀는 그가 툭툭 내놓는 계책이나 모호한 뜻이 담긴 말을 평상시 거진 절반은 이해하지 못했다. 그러다 보니 아예 일이 벌어진 후에야 비로소 깨닫게 되는 경우가 많았다. 수두룩했다.

이번 역시 마찬가지다.

그녀는 유성월이 한 말을 전혀 이해하지 못한 상황에서 잠시 침묵을 지키다 우아하게 고개를 끄덕여 보였다. 혹시라도 마음에 두고 있는 유성월이 자신을 머리에 든 것도 없는 무가의 바보계집이라 생각할까 봐 겁이 났기 때문이다.

'여태까지 유 총관이 내놓은 계책은 모두 날 위한 것이었고 한 치의 빈틈도 없었어. 그러니까 이번 일 역시 그럴 거야,

분명히.'

바보계집이라 여겨지지 않으려 그녀는 진짜 바보계집이 되어버린 것이다.

'바보 같은 년!'

세 번째로 정중하게 반례를 해 보인 유성월이 속으로 중얼거렸다.

    *   *   *

감숙성 천수.

풍암산 기슭의 민가 하나를 절반쯤 협박해서 빼앗은 냉요란의 얼굴에는 한 가닥 처량한 표정이 깃들어 있었다.

새로운 인생.

그녀는 거의 손에 넣었었다.

오륙 년 전 구마련이 패퇴한 후 신분을 숨기기 위해 시작했던 거짓된 삶이 진짜가 될 수 있었다. 보통 사람의 소박한 행복을 손에 넣을 기회를 얻은 것이다.

그걸 걷어찬 건 그녀 자신이었다. 또다시 피가 강처럼 흐르는 무림으로 복귀하게 된 것은 그녀 자신의 오만과 과거에 대한 향수가 원인이었다.

'그때 내가 비맥을 통해 천사심공에 대한 정보를 흘리지 않았다면 좋았을 것을. 그랬다면 지금도 나는 하가장의 안주

인이자 한 사내의 사랑받는 아내로서의 삶을 행복하게 영위할 수 있었을 텐데…….'

후회.

아무리 빨라도 늦는다 했다.

냉요란은 한차례 탄식과 함께 머릿속 한 켠을 음습하게 차지하고 들어선 후회란 어둠을 털어버렸다. 이미 엎질러진 물을 도로 주워 담을 순 없다는 판단이었다.

그때다. 위소소가 주변으로 산책을 가자 냉요란 몰래 커다란 눈을 데굴거리며 굴리고 있던 소금주가 갑자기 입을 열었다.

"배고파요!"

"응?"

"배고파 죽겠다구요!"

냉요란이 비로소 상념에서 벗어나 소금주에게 시선을 던졌다. 납치당한 후 계속 자신을 미워라 하고 있던 그녀가 이처럼 먼저 말을 건 게 처음이기 때문이다.

'흥! 앙큼스런 작은 여우 같으니! 대공녀님이 안 계신 틈을 타서 뭔가 수작을 벌일 작정인 게지?'

내심 냉소를 터뜨린 냉요란이 입가에 특유의 애교 어린 미소를 만들어냈다.

"예쁜 동생, 아직 점심때는 안 된 것 같은데 벌써 배가 고픈 거야?"

"아침밥을 먹는 둥 마는 둥 해서 뱃속이 텅텅 비었어요. 게다가 계속 길을 재촉하느라고 힘들었구요."

"그래도 평상시 그리 많이 먹진 않던걸? 하긴 그 자그마한 몸을 유지하는 데 소식은 기본일 테지만 말야."

"그래서 결국 밥을 주지 않겠다는 건가요?"

"있어야 주지. 부근에는 반점이나 객점도 없다구."

"이 집 부엌에 쌀하고 음식 몇 가지는 있는 것 같던데요?"

"잘도 봤네?"

"다행히 눈썰미는 좋은 편이거든요."

"흐흥, 그래서 설마하니 나더러 밥을 해서 바치란 건가?"

"그게 싫으시면 제가 밥을 할게요. 저는 이렇게 몸이 조그마하긴 하지만 배가 고프면 아무것도 생각나지 않고 기억도 흐려지거든요. 사람도 잘 알아보지 못하고."

'호호, 내가 그 사제지간의 얼굴을 알고 있는 걸 모르고 수작을 부리시겠다? 하긴 대공녀님이 안 계시다는 건 사검, 그 못된 살인마도 없다는 뜻이니까⋯⋯.'

문득 냉요란의 눈 깊은 곳에 이채가 떠올랐다 빠르게 사라졌다.

유혹.

방금 전 머릿속 한구석을 잠식하고 있던 어둠이 다시 고개를 치켜들었다. 지금이야말로 다시 새로운 삶을 찾아서 도망칠 수 있는 유일한 기회란 생각과 함께였다.

그러나 그녀는 그 같은 유혹을 다시 머릿속에서 지워 버렸다. 자신이 어째서 아무런 반항도 하지 못한 채 하가장을 떠나왔는지를 떠올린 까닭이다.

흔들.

소금주를 향해 고개를 한차례 가로저어 보인 냉요란이 다시 입가에 예의 미소를 매달았다.

"그렇게 배가 고프다니, 내가 밥을 해줄 수밖에 없겠네. 손님한테 직접 밥을 하게 하는 건 도리가 아니니까 말야."

"어? 정말 밥 해주실 거예요?"

"물론이지."

"하지만 밥을 하시는 동안 제가 도망이라도 가면 곤란하시잖아요?"

"곤란하지 않아. 어차피 우린 이미 거의 목적지에 도달한 상태니까. 다만… 내 조금 더 오래 세상을 산 사람으로서 충고를 하자면, 머리 굴리지 말고 얌전히 밥상이 들어올 때까지 기다리는 편이 좋을 거야. 나는 절대로 차려준 밥을 먹지 않고 도망간 사람을 찾아 나서는 성격이 아니니까."

"……"

소금주가 귀여운 입술을 몇 차례 꿈질거리다 결국 침묵을 선택했다.

냉요란의 지금 발언.

명백한 협박이다. 분명 그리 느껴졌다.

'내가 도주하면 그 사검이란 살인귀에게 추격을 맡기겠다는 의미겠지? 정말 밉살맞은 여자라니깐!'

소금주의 입술이 불쑥 앞으로 튀어나왔다. 댓발쯤 되어 보인다.

"훗!"

냉요란이 나직한 비웃음과 함께 자리에서 일어서 부엌 쪽으로 걸어갔다. 일단 밥을 해주겠다고 응낙한 만큼 쌀독부터 살펴봐야 할 터였다.

'그런데 대공녀님도 참 특이한 성품이셔. 이따위 황량한 산, 뭐 볼 게 있다고 산책씩이나 하실 생각이 드셨나 몰라? 천산과는 조금 다른 풍광이긴 할 테지만······.'

문득 대수롭지 않은 상념 하나가 냉요란의 뇌리를 스쳐 지나갔다.

바로 직전!

소수여제 위소소가 처하게 된 예기치 못한 상황 같은 건 아직 상상조차 하지 못하고 있는 그녀였다.

第二十二章
고우상견(故友相見)
옛 친구를 다시 만났으나 기쁨보다 근심이 앞서네

華山劍宗

'어… 째서……'

위소소는 운검의 마성이 가득 담겨진 대소를 듣고 일시 혼백이 모조리 흩어지는 듯한 충격을 느꼈다.

탈혼백안!

그다음은 경혼마소(驚魂魔笑)다.

모두 그녀가 익히 알고 있는 구마련의 비전마학들이다.

당연히 익숙하다.

결코 이런 정도의 충격을 받을 만한 건 아니다. 그녀 역시 과거에 상당 기간 연마한 적이 있는 마학이었기 때문이다.

다만 세기가 다르다.

위력 자체가 그녀가 알고 있던 탈혼백안과 경혼마소를 몇십 배 뛰어넘고 있었다. 마치 졸졸 흘러내리는 시냇물과 산 위에서 무섭게 떨어져 내리는 폭포수의 차이다.

게다가 또 하나 있다.

느닷없이 심장을 마구 뛰놀게 만든 느낌이다.

고통?

그것보다는 묘한 흥분이다. 설레임이다.

위소소는 충격의 와중에도 이 같은 느낌을 과거 한차례 느껴본 적이 있음을 기억해 냈다. 다름 아닌 지금은 죽고 없는 전 구마련주 구천마제 위극양에게 처음으로 연공을 받기 시작한 때였다.

달콤하면서도 씁쓸한 느낌.

당시 고작해야 십여 세에 불과했던 계집아이는 천하를 장악해 나가고 있던 대마웅에게 연심(戀心)을 품었다. 애써 경외심이라 치부했으나 그렇지 않았다. 그녀가 오라비 위극양에게 느낀 건 고통스러울 정도의 사랑이었다.

사련(邪戀)!

위소소는 위극양에 대한 자신의 사랑을 관철시키기 위해 천륜조차 저버릴 마음을 품고 있었다. 그럴 수 있다고 여겼다. 만약 자신의 이 같은 마음을 가로막는 게 있다면 하늘이라 해도 용서하지 않으리라 여겼다.

그런데 위극양이 죽어버렸다!

절대로 죽을 것 같지 않았던 사람이 죽었다. 자신의 사랑 고백조차 듣지 못하고 그렇게 돌아오지 못할 곳으로 떠나 버리고 말았다.

'분명 그러했다. 그런데 어떻게 이런 일이 벌어질 수가 있단 말인가! 어째서 지금 내 심장이 그날처럼 이런 격렬한 떨림을 보이고 있는 것이야! 왜?'

위소소는 아찔한 현기증 속에서도 내심 강하게 부르짖었다. 대성을 향해 나아가면 갈수록 연마자의 인간적인 감정을 소멸시키는 소수현마경을 연마한 자답지 않은 격렬한 반응이다.

지금 이 순간!

오라비 위극양 말고는 누구도 완성에 도달하지 못한 탈혼백안과 경혼마소를 낯선 자에게서 접했다.

그런데 그런 것조차 지금은 그리 대단하게 느껴지지 않는다. 도저히 납득할 수 없지만, 분명 그러했다.

그때 탈혼백안에 이어 경혼마소를 터뜨려 소수현마경이 구성에 이른 위소소를 감정적으로 격동시킨 운검이 갑자기 지축을 박찼다.

스으!

방금 전까지 내공 한 점 사용하지 못하던 몸이다. 그랬다. 그런데 놀랍게도 운검의 신형은 삽시간에 열두 개로 분영을 만들어냈다.

마환겁천(魔幻劫天)!

역시 위소소가 익히 알고 있는 보신경이다. 십이성 대성에 이르면 열두 개의 분신을 만든 후 자신은 귀신같이 모습을 감출 수 있다.

하지만 실질적인 위극양의 후계자인 위소소조차 그저 얘기로만 그 위력을 전해 들었을 뿐이다. 위극양 사후, 어느 누구도 마환겁천을 재현시키지 못했기 때문이다.

그래서인가?

위소소는 빼어난 무공에도 불구하고 운검의 마환겁천에 어떠한 대처도 하지 못했다.

삽시간에 공간을 단축하며 자신을 압박해 오는 열두 개의 분영!

그중 진체는 존재하지 않는다.

함부로 움직일 수 없는 건 어쩌면 당연할지도 모른다.

번뜩!

그때 회색빛 광채가 위소소의 전신을 에워쌌다. 그녀가 탈혼백안과 경혼마소에 이어 펼쳐진 마환겁천에 정신을 빼앗긴 찰나 벌어진 일이었다.

촤촤촤촤촤악!

잇달은 기음과 함께 위소소의 전신을 한 치의 빈틈도 없이 가리고 있던 방립과 피풍의가 갈가리 찢겨 날아갔다. 느닷없이 그녀의 눈앞에 모습을 드러낸 회색빛 광채가 만들어놓은 결과였다.

"아!"

위소소의 입이 가볍게 벌어졌다. 단순호치(丹脣皓齒)의 치열 역시 살짝 엿보인다. 어느 모로 보든 방립으로 가리기엔 아까운 절세의 미모다.

그 순간 마환겁천으로 만들어졌던 열두 개의 분신이 거짓말처럼 자취를 감췄다. 여전히 탈혼백안을 하고 있는 운검 홀로 본색을 드러낸 위소소 앞에 섰다.

"아름답군……."

경혼마소가 섞인 목소리와 함께 운검에게서 또다시 예의 회색빛 광채가 일어났다.

넘실거리는 광채!

삽시간에 위소소의 전신을 휘감아간다. 방립과 피풍의를 제거한 것만으론 만족하지 못한 듯싶다. 희롱이라도 하려는 것 같은 모양새!

그때 방립과 피풍의로부터 해방된 위소소의 섬세한 그림자 속에서 번개 같은 검광이 튀어나왔다. 평상시처럼 그림자 속에 은신하고 있던 사검이 모습을 드러낸 것이다.

"살(殺)! 대공녀님에게서 물러서라!"

"……."

살기 가득한 일성!

운검의 탈혼백안과 경혼마소에 심혼이 크게 흔들린 탓에

감정이 묻어 나온다. 평상시와 같은 평정심을 유지하지 못하고 있음이 분명하다.

운검은 대번에 그 같은 점을 파악했다.

망설임이 있을 리 없다.

스팟!

순간적으로 운검에게서 일어난 회색빛 광채가 사검의 어깨를 스치고 지나갔다.

곧바로 힘을 잃고 바닥으로 떨어지는 팔 하나.

섬서성을 거쳐 감숙성 천수에 이르기까지 무자비한 살검을 뿌려왔던 사검의 오른팔이 잘렸다. 어떤 반응도 보이지 못한 채 무인으로서의 생명이 끝난 것이다.

그러나 사검의 입에선 신음 하나 흘러나오지 않았다.

더욱 진해진 두 눈의 살기!

스슥!

발끝을 움직여 지축을 박찬 사검이 운검에게 육탄돌격해 갔다. 자신의 생명을 희생해서라도 위소소를 지키려는 일념이었다. 분명 그랬다.

문득 운검의 입가에 흐릿한 미소가 떠올랐다. 명백한 비웃음이다.

"잠력폭류공(潛力爆流功)? 나쁘지 않은 선택이다만, 상대를 잘못 골랐다!"

"살!"

사검의 입에서 폭갈이 터져 나왔다. 어느새 지척에 서 있던 운검이 삼 장 밖으로 물러서 있다. 목숨을 걸고 펼친 잠력폭류공까지 알아보고 거리를 벌린 것이다.

속내를 거울처럼 들여다보지 않고선 불가능한 터!

사검이 곧바로 폭발하려던 잠력폭류공을 가까스로 멈춘 채 운검을 불신 어린 표정으로 바라봤다. 일시 어찌해야 할 바를 모르게 되어버린 때문이다.

물론 그의 입에선 다시 폭갈이 터져 나왔고 운검을 노리는 움직임은 더욱 빨라졌다. 폭발을 뒤로 미뤘던 잠력폭류공 역시 다시 발동시켰다.

그런데 이게 어찌 된 일인가?

느닷없이 운검을 향해 전력으로 파고들던 사검의 신형이 뒤로 쭈욱 밀려났다.

어느새 마혈 역시 점혈되어 버렸다. 순식간에 그의 옆구리로 따라붙은 위소소의 소맷자락에서 일어난 가공지경의 내경이 만들어낸 상황이다.

"대, 대공녀님?"

"믿기 힘들지만, 상대는 천사심공을 완성한 자다! 무상심(無常心)을 되찾고 잠력폭류공을 거둬!"

"……."

사검은 평상시처럼 곧바로 복명하지 못했다.

그럴 수 없었다.

고우상견(故友相見)

그를 뒤로하고 신형을 날린 위소소의 놀랍도록 아름다운 소수가 운검을 노리는 광경을 바라보고만 있어야 하는 현실을 인정할 수 없었기 때문이다.

팟! 파파팟!

간략하고 정제된 소수공(素手功)의 연속!

사검이 벌어준 촌각의 여유 덕분에 위소소는 탈혼백안과 경혼마소의 영향력으로부터 가까스로 벗어날 수 있었다. 그녀가 구마련의 각종 마공을 이미 상당 부분 섭렵했기에 가능한 일이었다.

당연히 곧바로 이어진 반격에는 전력이 담겨져 있었다. 가히 초절정고수라 칭하기에 부족함이 없는 속도와 위력을 소수현마경에 담아 쏟아낸 것이다.

그러나 운검의 대응은 더욱 대단했다.

그는 곧바로 삼 장을 단축하며 지근거리까지 파고든 위소소의 소수를 제자리에서 모조리 피해냈다.

단 일 보!

그가 마지막으로 연환한 위소소의 공격을 피해내기 위해 필요했던 움직임이다.

'소수현마경과 천사심공은 한 뿌리를 가진 무공이다. 그러니 소수현마경에 다소 결점이 있다곤 하나 천사심공이 완벽한 간섭을 할 순 없어!'

위소소의 눈이 별처럼 빛났다.

탈혼백안과 경혼마소의 영향에서 벗어나며 평상시의 냉철한 이성을 회복할 수 있었다. 소수현마경의 연마로 얻은 감정의 절제 역시 마찬가지다.

 지근거리!

 첫 번째 공격이 실패로 돌아갔다 하나 뒤로 물러설 순 없다. 다시 탈혼백안과 경혼마소의 마수에 걸려들 우려가 있기 때문이다.

 스스슥!

 위소소의 신형이 순간적으로 몇 개나 되는 분영을 만들어 냈다.

 뿐만 아니다.

 좌우로 나뉘기까지 한다.

 허허실실이다. 순간적으로 정면을 노리며 파고드는 척하던 위소소의 신형이 운검의 배후로 스며들었다. 은신술의 달인인 사검이 기함할 정도로 놀라운 움직임이다.

 명문혈(命門穴)!

 위소소의 시야 속으로 사혈 중 사혈이 보인다. 아름다운 소수에는 강철로 된 몸이라도 단숨에 바스러 버릴 정도의 공력이 담겨져 있다.

 그러나 위소소는 공격 대신 철판교(鐵板橋)를 택했다. 쥐면 부러질 것처럼 가냘픈 허리를 등판이 바닥에 닿을 정도로 젖혀 버렸다.

어째서?

곧바로 운검에게서 일어난 회색빛 광채가 그녀가 서 있던 자리를 쓸어간 걸 보면 알 수 있다. 얼마 전 사검의 팔을 잘라 버린 바로 그 광채다.

'환사전강(幻邪電罡)!'

역시 과거 위극양이 자주 사용하던 마공이다. 위소소는 철판교를 한 상태로 운검을 차갑게 노려봤다. 평생 처음 본 사내가 위극양의 절기를 제 마음대로 사용하는 것에 분노가 치솟아올랐다.

그때다. 환사전강과 더불어 다시 한 걸음 이동한 운검이 발을 들어 여전히 철판교 상태로 있던 위소소의 복부를 짓밟았다.

퍽!

위소소의 고운 아미가 살짝 찡그려졌다.

고통 때문이 아니다.

자신을 위에서 내려다보는 운검의 입가에 걸려 있는 미소를 본 까닭이다.

'오라버니는 천사심공을 완성한 후 곧바로 소수현마경을 봉인하셨다. 같은 뿌리에서 나온 두 개의 마공이 서로 만나게 되면 반드시 상잔을 벌이게 될 거라면서. 그런데 나는 오라버니의 말을 듣지 않고 소수현마경을 익혔으니, 결국 그 죄를 받게 되는 셈인가?

위소소가 잠시 회상에 젖어 있는 동안 또다시 운검의 발이 떨어져 내렸다.

 퍽!

 이번엔 족히 두 배의 내력이 담겨 있었다. 위소소의 회상대로 운검은 그녀를 밟아 죽일 작정을 하고 있음이 분명했다.

 "으음······."

 나직한 신음과 함께 하단전이 위치한 아랫배를 짓밟힌 위소소의 옥용이 고통으로 일그러졌다. 어느새 그녀는 철판교가 아니라 아예 바닥에 대 자로 몸을 뻗고 있었다. 운검의 두 차례 발길질에 소수현마경의 호신강기가 완전히 무력화되어 버리고 만 것이다.

 운검은 거침이 없었다.

 그는 꽃같이 아름다운 여인을 죽이기 위해 세 번째로 발을 들어 올렸다. 위극양이 예언한 것처럼 소수현마경을 연마한 위소소를 밟아 죽이려 하고 있었다.

 그런데 막 위소소의 아랫배를 향해 발을 내리꽂으려던 운검이 갑자기 멈칫하고 동작을 멈췄다.

 흔들리는 탈혼백안!

 그와 함께 경혼마소의 잔혹함이 머물러 있던 입가가 한차례 씰룩거렸다.

 "안 돼! 여자를 때리는 건 개자식들이나 하는 짓이야! 그것도 평생 처음으로 본 기막히게 예쁜 아가씨를 발로 짓밟는다는 건 말도 안 돼! 그런데 어째서 내가 이런 짓을 한 거지?"

"……."

위소소는 죽음을 기다리고 있던 중 들려온 생뚱맞은 중얼거림에 눈을 한차례 깜빡거렸다.

현 상황.

잠시 이해가 가지 않는다.

그때 중얼거림과 함께 위소소의 아랫배에서 발을 치운 운검이 고개를 좌우로 격하게 흔들어 보였다. 마치 머릿속에 침입한 무언가를 털어버리기라도 하려는 기세다.

분명 그랬다.

그러다 문득 고개 흔들기를 멈춘 운검이 검결지(劍訣指)를 만들어 보였다.

화산검법의 기초 중 기초!

육합검법에 들어가기 전의 기수식이었다.

'저 사람… 좀 이상해…….'

위소소는 어느새 바닥에 주저앉아 있었다.

방금 전.

그녀는 죽음을 목전까지 두고 있었다.

운검이 최후의 순간에 발을 치우지 않았다면 분명 그리됐을 터였다. 그만큼 완벽하게 제압당한 채 어떠한 반항이나 저항도 할 수 없었다.

당연히 구사일생한 터에 이렇게 넋을 놓고 있는다는 건 이해할 수 없는 일이었다. 당장 도망을 치든 다시 운검에게 달려들어 생사투를 벌이든 하는 게 정상적인 반응일 터였다.

위소소는 그중 어떤 것도 하지 않았다.

눈앞.

느닷없이 자신을 죽이려던 짓을 멈춘 운검이 검결지를 한 채로 천천히 검법을 펼쳐 보이고 있었다.

시작은 육합검법.

다음에는 희이검(希夷劍), 양오검(養吾劍), 낙영검법(落英劍法), 구궁검법(九宮劍法), 백팔식광풍쾌검(百八式狂風快劍)이다. 줄기차게 멈추지 않고 끊임없이 펼쳐지고 있다.

화산파의 진산절기에 대해 조금이라도 아는 자라면 입이 크게 벌어질 일!

그럴 수밖에 없다. 화산파의 수백 년 역사 동안 어느 누구도 이처럼 완벽하게 모든 진산검법을 통달하진 못했기 때문이다.

고작해야 한두 개 검법을 완성할 수 있는 게 최선이랄까?

그 편이 효율적이란 게 세간에 널리 퍼져 있는 생각이었다. 대개의 문파가 그런 식으로 문하제자들에게 한두 개 절기만을 집중해서 연마하길 강요했다.

선택과 집중!

가장 효율적이고 빠르게 고수를 키워낼 수 있는 방법이었다. 그리 여겨져 왔다. 그런 식으로 단기간 내에 무림 중에 두각을 나타낸 문파가 분명 존재했다.

하지만 그 같은 방법은 폐단 또한 적지 않았다. 무학의 기본적인 원리나 기초를 등한시하는 폐단을 낳았기 때문이다. 속성으로 강해지는 것만을 계속 추구하다가 아주 중요한 무학의 기본을 잃어버리게 된 까닭이다.

절정과 초절정!

모두 일정 이상의 깨달음을 필요로 하는 무학의 단계다. 하지만 속성으로 무공의 수위를 끌어올린 자들에겐 그 같은 깨달음이 쉽사리 찾아오지 않는다.

기초와 기본을 등한시하고 지름길만을 찾으려 골몰했기에 육체적으론 강해졌을지 몰라도 정신이 그 뒤를 따르지 못한 게 그 이유였다.

그런 점에서 과거 전성기 시절의 구대문파는 전통이란 이름하에 꾸준히 무학의 정도를 걷게 했다. 어릴 때부터 기본과 기초를 충실히 가르치고 단계를 차분히 밟아서 느리지만 안정되게 고수의 길로 들어설 수 있게 만들었다.

물론 모두 과거의 일이다.

세월이 흘러 구대문파 내부에서도 과거의 전통을 그대로 따르기보다는 시세의 흐름에 편승하는 자들이 늘어났다. 선택과 집중이 보편화되기 시작한 것이었다.

운검 또한 마찬가지였다.

그는 검의 기본인 육합검법을 완성한 이후엔 오로지 자하신공과 자하구벽검에만 전력을 기울여 왔다. 그렇게 함으로써 단기간 내에 자하신공을 대성하고 자하구벽검을 완성할 수 있었다. 그 와중에 문파 내의 온갖 특혜를 독차지했음은 물론이었다.

하지만 그렇게 얻은 자하신공과 자하구벽검을 잃어버린 후 그는 모든 것을 다시 처음부터 시작해야만 했다.

선택과 집중?

한 점의 내공도 사용할 수 없는 운검에겐 그야말로 사치스런 얘기에 불과했다. 그는 어쩔 수 없이 화산파의 모든 무공을 하나하나 기본부터 익혀 나갈 수밖에 없었다. 그 외엔 할 수 있는 게 아무것도 없었기 때문이다.

단 한 번의 싸움!

그로 인해 허무(虛無)로 귀일(歸一)해 버린 무공을 어떻게든 보완하기 위해 연마한 화산의 진산검법이 검결지한 손끝을 통해 흐른다.

스아아!

스아아아아!

그렇게 백팔식광풍쾌검이 종극에 이르렀을 때였다. 갑자기 한 가닥 호흡과 함께 침묵을 선택했던 운검의 기세가 크게 일변했다.

고우상견(故友相見)

十年磨一劍

십 년 동안 칼 한 자루 갈았다네.

霜刃未曾試

서릿발 같은 칼날 아직 시험치 못했노라.

今日臨揮時

오늘에서야 칼 휘두를 때를 만났으나

天祐到無劍

하늘의 보살핌으로 칼이 필요없는 경지에 이르렀네.

운검의 검결지에 따라 찬연하고도 아름다운 노을이 모습을 드러냈다.

장엄하고도 순결한 붉은색.

그때까지도 운검의 전신을 은은하게 배회하고 있던 환사전강의 회백색 광채완 크게 구별되는 기운이다. 그게 운검의 검결지를 통해 일어났다.

자하구벽검!

검형만이 아닌 검의가 담긴 그 진면목. 그것이 오 년여 만에 처음으로 다시 세상에 모습을 드러냈다. 운검에 의해서 그리되었다.

비로소 위소소의 표정이 변했다.

소수현마경에 공명을 일으킨 천사심공에 당한 탓에 다소 멍해져 있던 눈빛에 총기가 돌아왔고, 새파랗게 질려 있던 입술 역시 핏기가 감돌았다.

자하구벽검의 강력한 기운이 운검의 심장에 박혀 있던 마정의 일부가 녹으며 일어났던 마공의 기운을 억누르기 시작한 바람에 벌어진 일이다.

'천종 사부는 오라버니가 사패주에게 합공을 당해 심각한 부상을 입은 상태로 화산파 고수의 암습을 당해 돌아가셨다고 했다. 인후혈을 꿰뚫은 매화검! 만에 하나라도 오라버니를 암살할 수 있을 정도의 검법이라면, 반드시 그분의 마공을 깨뜨릴 만큼 강한 기운을 품었을 것이다. 저 노을빛 기운을 담은 검법처럼⋯⋯.'

위소소의 아름다운 눈에 한기가 어렸다.

그녀는 이미 익히면 익힐수록 인간의 감정을 소멸시키는 소수현마경이 구성에 이른 상태였다. 이 정도의 감정을 밖으로 드러내는 건 극히 드문 일이었다.

스륵!

위소소가 그림처럼 일어섰다.

그사이 천사심공의 제어로부터 완벽하게 풀려난 터라 수발이 이미 자유롭다. 비록 내상을 아직 치료하진 않았으나 팔성 정도까지는 충분히 무공을 펼칠 수 있을 것 같다.

홀로 무상(無相)의 검무(劍舞) 속에 빠져 들어가 있는 운검을 암산하는 데 거치적거릴 건 아무것도 없는 터!

원수를 앞에 두고 머뭇거릴 이유가 없다.

고우상견(故友相見)

분명 그러했다.

그런데 위소소가 막 운검을 암습해 들어가려 할 때였다. 문득 그녀의 뇌리 속에 한 가지 의문점이 떠올랐다.

'아니다! 이렇게 쉽사리 단정지을 순 없어! 저자는 오라버니가 결전에 앞서 대부분 금마동(禁魔洞)에 봉인한 비전마학을 상당수 익히고 있다. 만약 오라버니를 암살한 자가 맞다면 어찌 그런 일이 있을 수 있단 말인가?'

위소소가 구천마제 위극양의 죽음에 대해 전해 들은 사항은 대부분 사대마종에 의해서였다.

그들은 제각기 구마련과 정파연합 간의 최종 대결에 대해서 설명했는데, 위극양의 최후만큼은 의견 일치를 보지 못했다. 위극양이 운검에게 암습을 당할 당시 홀로 떨어져 있었기에 벌어진 일이다.

당연히 지난 오 년간 위소소는 줄곧 위극양의 죽음에 대한 의문을 품고 있었다. 천하에 위극양을 죽일 수 있는 자가 존재하리란 생각이 들지 않았기 때문이다.

바르르!

소수현마경이 잔뜩 깃들어 있는 위소소의 하이얀 소수가 미세한 떨림을 보였다.

오랫동안 심중 깊숙이 품고 있었던 의문이다.

몰아경 속에 빠져 있는 운검에 대한 암습을 곧바로 감행할 순 없었다.

결과적으로 그건 위소소에겐 정말 다행스런 일이었다.

현재 운검은 소수현마경에 공명을 일으킨 천사심공의 영향으로 심장에 자리 잡고 있던 마정의 일 할가량이 체내로 녹아든 상태였다.

단 일 할!

하나 천하제일마라 불렸던 구천마제 위극양의 진원지기가 몽땅 담겨진 마정이었다. 마치 용암처럼 녹아내린 마정의 기운은 순식간에 심맥으로부터 단전까지 이어져 있는 경맥의 정체된 기운을 뚫어버렸다.

그야말로 눈 깜짝할 새 벌어진 일이다.

뿐만 아니라 마정의 기운은 내공을 사용하지도 못하고 다시 연마할 수도 없을 정도로 굳어 있던 단전을 회복시켰다. 거의 부활이라 해도 과언이 아닐 정도의 놀라운 변화를 일으킨 셈이었다.

다만 마정에서 녹은 기운은 단전 쪽으로만 향한 것이 아니었다. 심장 주변을 돌며 힘을 비축한 또 다른 기운이 위쪽으로 치솟아올랐다.

뇌호혈이 목표였다.

뇌맥을 자극하고 정기신(精氣神)의 충실함을 흐트러서 삽시간에 마성에 빠지게 하려 했다.

하지만 운검은 구대문파 중 화산파의 비전절학을 극한까지 연마한 사람이었다. 비록 마정의 폭주가 경천동지에 가까운 충격을 줬다곤 하나 뇌맥을 공격당하자 곧바로 방어기재를 작동시켰다.

화산파 비전검학의 시전이 바로 그것이다.

정(正)은 결국 반(反)을 이긴다!

검학 하나하나에 담겨져 있던 박대정심한 기운이 연달은 시전으로 인해 마정의 폭주를 자제시켰다. 머뭇거리게 하고 위축되게 만들었다.

그때 자하신공이 움직임을 보였다.

구대문파 중에서도 손꼽힐 정도의 양강지기(陽剛之氣)!

자하신공은 마정의 폭주로 인해 순간적으로 단전과 기경팔맥이 복구된 걸 놓치지 않았다. 비전검학의 시전으로 마정의 폭주마저 잦아들자 곧바로 움직임을 보였다.

작은 불씨 하나!

그것은 먼저 단전이 위치한 기해혈의 중심에 똬리를 틀고 자리 잡더니, 곧 내단(內丹)을 형성시켰다. 그리고 태양과 같은 기운을 기경팔맥을 통해 전신으로 쏟아내었다. 과거 십이성 대성을 이뤘었기에 보일 수 있는 눈부신 성취다. 아니, 그보다는 복구라 함이 옳겠다.

당연히 내단을 형성한 자하신공에 마정의 기운이 반발을 일으키지 않을 리 없다. 두 기운은 결코 하나가 될 수 없을 정도로 이질적이었기 때문이다.

결국 내부에서 충돌한 두 기운!

운검은 몸이 폭발하기 직전에 자하구벽검을 펼쳐서 위기를 모면했다. 무의식중에 내부를 산산조각 낼 기세로 충돌하고 있는 두 기운을 밖으로 배출시킬 필요를 느껴서였다.

그러니 만약 이때 위소소가 운검을 암습했다면 결과는 명약관화할 터였다. 두 사람 모두 폭사(爆死)하여 결코 살아남지 못했을 게 분명하다.

그렇게 자신도 모르는 새 죽음의 고비를 넘긴 위소소의 앞에서 운검은 계속 자하구벽검을 시전했다. 그의 강력한 생존 본능이 자하구벽검에 죽도록 매달리게 하고 있었다.

한 차례, 두 차례, 세 차례…….

횟수를 거듭할수록 자하구벽검의 노을빛은 갈수록 짙어져 갔다. 자하신공과 자하구벽검의 놀라운 상성이 마정의 기운을 점차 눌러가기 시작한 것이다.

다시 잠시의 시간이 더 흘러갔다.

주변을 자하구벽검의 연환검강으로 초토화시킨 운검이 문득 검결지를 풀고 침묵 속에 섰다.

"이게 아닌데…….."

"……."

위소소는 처음에 섰던 곳에서 오 장이나 더 멀어진 곳에 서서 운검을 묘한 시선으로 바라봤다.

횟수를 거듭할수록 확장되는 검세(劍勢)!

구성에 이른 소수현마경으로도 감당해 낼 수 없었다. 그래서 점차 뒤로 물러서야만 했다. 이미 암습을 하느냐 마느냐를 가지고 갈등할 만한 때는 훌쩍 지나가 버렸다.

'뭐가 아니란 걸까? 이 정도로 대단한 검공을 연마한 자가······.'

위소소가 내심 의혹을 느끼고 있을 때였다. 나직한 중얼거림과 함께 눈을 뜬 운검이 다소 어리둥절한 표정으로 주변을 살폈다.

초토화의 중심.

그곳에 홀로 서 있는 자신의 모습이 의아로운 표정.

그러나 운검은 곧 손가락으로 목 근처를 긁적이곤 입가에 고소 하나를 매달았다.

"쳇! 정신을 놓은 채로 엄청 날뛰었나 보군. 그래도 주변에 시체가 나뒹굴고 있지는 않으니 다행이라고 생각해야 하려나?"

"방금 전······."

"응?"

"···의 일 전혀 기억이 나지 않는 건가요?"

운검은 비로소 자신이 초토화로 만든 구역으로부터 얼마 떨어지지 않은 장소에 서 있는 위소소를 발견했다.

깜빡!

운검은 눈을 한차례 감았다 뜨더니 곧바로 소매를 들어 얼굴 부분을 문댔다. 혹시 자신이 헛것을 바라보고 있는 게 아닌지 확인하기 위함이었다.

'헛것을 본 게 아니군. 그런데 저리 꿈속의 선녀같이 어여쁜 여인이 정말로 세상에 존재하고 있었군.'

운검은 위소소의 미모에 진심으로 탄복했다. 여태까지 봤던 여인 중 최고의 미녀는 누가 뭐라 해도 진영언이다. 그녀의 도발적이고 육감적인 용모는 늘씬한 몸매와 더불어 아주 매력적이라고 자평을 하곤 했을 정도다.

그러나 그런 진영언도 눈앞의 위소소와 비교하자면 가히 보름달 앞의 반딧불 신세를 못 면할 듯싶다. 완전히 격이 다른 아름다움인 것이다.

운검의 침묵이 길어지자 위소소가 청려한 아미를 살풋 찡그려 보였다. 잠시 감탄을 자아냈던 운검이 자신의 용모를 접한 다른 사내들과 마찬가지로 못난 모습을 보인다는 생각이 들었기 때문이다.

그때다. 운검이 침묵을 끝내고 다시 목 근처를 손가락으로 긁어 보였다.

"그리 말하는 걸 보니, 소저는 내가 지랄발광하는 모습을 처음부터 다 본 것이구려?"

"지… 랄발광?"

"미안하오. 점잖은 다른 말이 마침 생각나지 않았소. 그런데 사실 지랄발광 맞지 않소? 정종의 무학을 배웠다는 자가 제 몸에서 치솟는 기운 하나 제어하지 못해서 이 난리를 치렀으니 말이오."

"그것도 그렇겠군요. 그런데 정말로 방금 전의 일에 대해서 전혀 기억을 하지 못하는군요?"

"뭐, 그렇소."

운검의 대답을 들은 위소소가 얼른 소수현마경을 운용했다. 운검의 속마음을 읽기 위함이었다.

그러나 그녀는 곧 자신의 행동이 무의미함을 깨달았다.

상대는 소수현마경에서 단점을 제거한 천사심공을 연마한 자다. 그녀가 속마음을 읽을 수 있을 리 만무하다.

'하지만 그렇다는 건 저자 역시 소수현마경을 익힌 내 마음을 읽을 순 없다는 걸 의미한다. 서로 간에 조건은 동일하다고 봐야 할 테지. 그럼 다른 수를 사용한다.'

위소소가 익힌 게 소수현마경뿐은 아니다.

그녀는 기본적으로 구마련의 상위 마공은 대부분 수습한 상황이었다. 그중에서도 자신의 미모를 최대한 이용할 수 있는 미혹술이나 미혼술 계통의 마공은 거의 극한에 가까운 성취를 이룬 상황이었다.

위소소는 잠깐 염두를 굴리고 곧바로 운검에게 다가들었다.

어느새 입가에 머문 미소 하나.

냉요란을 월등히 능가하는 수준의 혈빙투안섭혼공의 발동이었다. 전력으로 운검의 정신을 홀리기 위해 나선 것이었다.

그러나 그녀가 미처 예상치 못한 사항이 있었다.

운검의 심장에 박히든 마정엔 천사심공뿐 아니라 혈빙투안섭혼공의 기운 역시 포함되어 있었다. 냉요란의 수준을 월등히 능가하는 위소소조차 상대가 안 될 정도로 완벽한 기운이 고스란히 자리를 잡고 있는 것이다.

당연히 그녀의 혈빙투안섭혼공은 전혀 먹혀들지 않았다. 그저 운검은 자신을 향해 다가드는 위소소를 향해 눈만 몇 차례 깜빡거렸을 따름이었다.

'이상하군. 저 여자, 어째서 나한테 다가오며 웃는 거지? 그런데 웃으니까 더 예쁘긴 하네. 혹시 날 보고 첫눈에 반한 건 아닐 테지?'

남에게 말하기조차 부끄러운 생각이다.

그게 다였다.

운검에게 위소소의 혈빙투안섭혼공은 그 정도밖엔 안 되었다. 마정 중 일 할이 녹으면서 심장이 뛰는 증상도 사라져 버린 것이다.

'아! 혈빙투안섭혼공도 안 통하는구나…….'

위소소는 운검의 바로 코앞까지 다가들고서야 자신의 행동이 무가치하다는 걸 깨달았다.

하긴 생각해 보면 당연한 일이긴 하다.

상대는 천사심공이나 탈혼백안, 경혼마소 같은 절정의 마공을 연마한 자다. 그보다 한 단계 급이 낮은 혈빙투안섭혼공

따위에 정신을 빼앗길 리 만무했다.

스으.

위소소는 더 이상 미련을 갖지 않기로 했다.

혈빙투안섭혼공을 거둔 그녀가 운검에게서 순식간에 거리를 벌렸다. 혹시라도 그가 손을 써서 붙잡을까 봐 전력을 다해 신법을 펼쳤다.

그리고 곧바로 신형을 뒤집은 위소소가 마혈을 점혈해 놨던 사검을 낚아채곤 순식간에 사라져 갔다. 운검을 제압할 수도 없고 죽일 수도 없기에 도주를 선택한 것이다.

"…떠났군."

운검은 위소소가 떠나간 방향을 눈으로 좇다가 한차례 고개를 가로저었다.

마정의 기운에 뇌호혈을 공격당한 여파랄까?

한동안 인지 능력이 상당히 떨어졌다. 평상시와 다르게 다소 멍청한 상태로 있었다.

그러나 위소소가 펼친 혈빙투안섭혼공 덕분에 정신이 명료해졌다. 비로소 마정의 폭주 이후 자신의 몸에 벌어진 일들에 대한 객관적인 판단을 할 수 있게 된 것이다.

'그녀. 내 심장에 박혀 있던 마정의 일부가 녹아내린 것과 분명히 관련이 있다. 아마도 구마련에 속했던 여인일 테지. 덕분에 내공을 어느 정도 회복하게 되긴 했는데, 앞으로가 큰 일이군. 자칫 자하신공과 자하구벽검을 잘못 사용했다간 심장에 남은 나머지 마정이 녹아서 완전히 내 자신을 잃어버릴지도 모르게 되었으니 말야…….'

마정에 의한 폭주!

그것만은 결단코 사양하고 싶다. 자신의 의지가 아닌 타인이나 마기에 의해 미치광이처럼 날뛰고 싶은 생각은 눈곱만큼도 없었다.

운검이 그 같은 생각을 하며 자신이 만들어놓은 폐허 위를 이리저리 배회할 때였다.

나직한 소성과 함께 부근에 진영언이 모습을 드러냈다. 운검이 없는 사이 계속 주변을 어슬렁거리며 치근거리던 권마 우금극을 피해 도망쳐 나왔음이 분명하다.

그러나 그녀는 운검을 발견하고 빠르게 다가들다 신형을 중간에 멈춰 세웠다.

무참하게 파괴된 폐허!

그 주변을 하릴없이 맴돌고 있는 운검의 모습에 괴이함을 느낄 수밖에 없다. 그녀는 잠시 운검과 폐허를 번갈아 보다 얼른 목소리를 높였다.

"이봐, 어찌 된 거야?"

"내 짓인 것 같소."

"네 짓인 것 같아?"

"그렇소."

운검이 천천히 고개를 끄덕여 보이자 진영언이 냉큼 그의 곁으로 다가들었다. 폐허에 대한 놀라움보다는 그의 독특한 대답이 더욱 그녀의 구미를 잡아끈 것이다.

"이 폐허를 네가 만들었다고? 그런데 어째서 대답이 우물쭈물한 거야?"

"기억에 없으니까."

"기억에 없어?"

"그렇소."

여전한 대답과 함께 운검이 자신의 머리를 장난스럽게 식지로 꾹꾹 눌러 보였다. 어쩔 수 없는 쓴웃음과 함께였다.

사검을 낚아챈 위소소는 곧장 풍암산을 내려왔다.

팽팽하게 긴장한 오감.

혹시라도 운검이 뒤를 쫓을까 봐 그녀는 하산 중 몇 차례나 방향을 바꿨다. 지금으로선 도저히 그와 정면으로 맞붙어 이길 자신이 없었기 때문이다.

'어째서 날 쫓아오지 않는 것이지? 내 정체는 이미 간파했을 터인데……'

소수현마경을 익힌 위소소가 알아봤다. 천사심공을 연마한 운검이 상대를 못 알아볼 리 만무했다. 그게 혈빙투안섭혼술이 실패하자마자 그녀가 도주를 선택한 이유였다.

그러나 처음 예상과 달리 풍암산을 완전히 내려올 때까지 별다른 추격은 없었다. 어찌 보면 위소소 혼자서 난리를 피운 꼴이 되었다.

결국 위소소는 잠시 산 주변을 배회한 후 냉요란과 소금주가 있는 민가로 향했다. 일단 사검의 상처 치료가 우선이란 판단이었다.

풀썩!

방 안에 들어서자마자 위소소는 사검을 바닥에 내려놨다. 무게가 있는 그를 계속 떠메고 오느라 체력적으로 약간 힘이 들었다.

오순도순 밥을 먹고 있던 냉요란과 소금주가 본색을 드러낸 위소소와 사검의 처참한 몰골에 입을 가볍게 벌렸다. 밥알 몇 개가 방정맞게도 튀어나온다.

"대공녀님, 어쩌다가……."

"우와! 이렇게 예쁜 분이 어째서 얼굴과 몸매를 계속 가리고 다녔던 거예요!"

위소소의 요요로운 눈빛이 두 사람을 향한다.

"사검의 상처가 심해. 냉 당주가 좀 봐줘. 그리고 방립과 피풍의, 여유 분이 있었지?"

"아, 예!"

얼른 대답한 냉요란이 한 켠에 놔뒀던 물품 상자를 뒤져 방립과 피풍의를 꺼내왔다. 위소소가 자신의 절세적인 미모를 남 앞에 드러내길 상당히 싫어한다는 걸 익히 알고 있었기 때문이다.

소금주가 아쉽다는 듯 중얼거렸다.

"저렇게 예쁜 얼굴과 몸매를 또 저런 걸로 가리다니! 이거야말로 범죄야, 범죄!"

'대공녀님 앞에서 저리 입을 놀리다니! 정말로 대책이 서지 않는 꼬맹이로구나! 그런데 이 살인마를 도대체 누가 이런 꼴로 만들었을까?'

냉요란이 힐끔 소금주 쪽을 바라보며 혀를 차곤 얼른 사검에게 다가갔다. 한쪽 팔이 잘리고 몸 여기저기가 쩍쩍 갈라져 있는 모습을 보니, 마음 한구석이 스산해져 왔다. 위소소와 사검의 모습으로 볼 때 풍암산에서 엄청난 강적을 만났음이 분명했기 때문이다.

어쨌거나 치료가 시급했다. 그녀는 얼른 금창약을 꺼내 사검의 치료에 들어갔다. 여태까지 쌓였던 개인적인 은원은 일단 생각하지 않기로 했다.

그러는 사이 또다시 방립과 피풍의로 전신을 가린 위소소가 소금주에게 말했다.

"풍암산채로 온 자가 분명 운검이란 화산파 제자와 강남 녹림의 총표파자인 홍염마녀 진영언이 틀림없겠지?"

"물론이에요! 저 백안천이 소금주의 이름까지 걸 수 있다구요!"

"그럼 내 한 가지 더 묻지. 운검이란 화산파 제자가 마공을 사용할 줄 아나?"

"마공이요?"

"그래."

소금주가 한차례 고개를 갸웃해 보이더니 곧바로 잘래잘래 흔들었다. 그녀가 아는 바로 운검은 여태까지 단 한 번도 마공을 사용한 적이 없었다.

"운검 가가는 구대문파 중 화산파의 제자예요. 그것도 운자 항렬이라구요. 어떻게 마공을 사용하겠어요?"

"그렇군."

위소소가 천천히 고개를 끄덕여 보였다.

第二十三章
남선북마(南船北馬)
남쪽에서는 배를 타고, 북쪽에서는 말을 타야 한다!

華山
劍宗

밤.

운검은 오두룡탑을 빠져나와 자신이 얼마 전에 불지른 전각 사이를 천천히 배회했다.

입술을 비집고 흘러나오는 파아란 입김.

시리도록 짙푸른 달빛 때문이리라. 왠지 모르게 추워 보인다.

"슬슬 여름이 다가오는데, 북방에 속한 감숙이라서 그런가? 밤에는 아직도 꽤 춥네?"

'진 소저…….'

운검은 굳이 뒤돌아보지 않고서도 배후로 다가든 사람이

누군지 알 수 있었다. 진영언이 어느새 밤산책을 하고 있던 그의 뒤로 다가선 것이었다.

"그건 진 소저의 생각이 틀렸소."

"뭐가 틀렸다는 거지?"

"이곳의 밤이 추운 건 북방이라서가 아니라 산속이기 때문이오."

"강남의 산은 이 계절에 이리 춥진 않은데?"

"강남에도 산이 있소?"

"설마 강남에는 산 하나 없고, 운하나 호수만 있다고 생각한 거냐?"

"뭐, 그야……."

운검이 목 부근을 손가락으로 긁으며 천천히 신형을 돌려세웠다. 섬서성 토박이인 그는 항상 남선북마(南船北馬)란 말을 듣고 살아왔기에 진짜 그리 생각하고 있었던 것이다.

진영언이 붉은 입술을 살짝 삐죽여 보였다. 명백한 비웃음이다.

"멍청하기는!"

"멍청해서 미안하오. 그런데 이 밤중에 무슨 일로 날 찾아 헤맨 것이오?"

"누가 누굴 찾아서 헤매!"

"아니었소?"

운검이 반문과 함께 신형을 다시 돌리려 했다. 자신을 찾아온 게 아니면 더 이상 볼일이 없다는 태도다. 진영언이 다시 소리를 꽥 질렀다.

"어딜 그냥 가려는 거야!"

'역시 날 찾아왔군. 처음부터 그냥 인정하면 편할 것을.'

운검은 낮에 있었던 마정의 폭주로 어느 정도 내공을 회복한 상태였다.

과거의 약 삼 할가량?

그것도 자칫 잘못하면 다시 심장에 남아 있는 마정이 폭주를 일으킬 수 있기에 사용하기가 조심스럽다. 무한정에 가까울 정도로 내공을 사용할 수 있었던 과거 자하신공 십이성 단계완 비교 자체를 할 수 없었다.

하지만 이목과 감각은 이미 크게 개선되어 있었다. 절정지경의 경공고수인 진영언의 움직임을 대번에 파악할 수 있을 정도였다.

내심 웃음 하나를 지어 보인 운검이 진영언에게 슬쩍 손짓해 보였다.

"잘됐소. 그렇지 않아도 밤산책을 나서볼까 생각 중이었는데, 같이 갑시다."

"밤산책?"

"난 양상군자가 아니오. 밤이슬 맞을 짓을 하려는 건 아니니까 그런 묘한 눈으로 보지 마시오."

"누가 뭐래나."

퉁명스런 대꾸와 달리 진영언의 육감적인 입술 선이 미소를 만들어 보였다.

야풍(野風).

귀밑머리로 씽씽 지나가는 난폭한 바람을 느끼며 운검은 마음이 크게 유쾌해지는 걸 느꼈다.

내공을 잃어버린 지난 세월.

그동안 단 한 번도 지금처럼 바람과 노닐지 못했다. 과거에는 미처 느끼지 못했다. 이처럼 바람과 노니는 즐거움이 큰지를.

"하하! 하하하하!"

구궁보를 펼치는 운검의 입에서 절로 대소가 터져 나왔다. 속이 확 뚫리는 듯한 웃음이다. 그런 운검의 뒤를 따르던 진영언이 내심 고개를 가로저었다.

'미쳤군! 미쳤어!'

그렇게 두 사람은 단숨에 풍암산 중턱에 도착했다. 낮에 운검이 초토화시킨 장소로 돌아온 것이다.

슥!

운검은 폐허에 도착해 걸음을 멈췄다. 이만하면 충분히 바람과 노닐었다는 판단이었다. 줄곧 그의 뒤를 반보 떨어져 따르던 진영언이 질문을 던져 왔다.

"내공을 회복했군? 아니면 여태까지 계속 숨기고 있었던 건가?"

"오늘 낮에 회복한 것이오. 그렇지 않다면 어찌 날카로운 진 소저의 안목을 계속 숨길 수 있었겠소?"

"그도 그렇군."

예상외로 고분고분하니 수긍을 한 진영언이 주변을 한차례 둘러본 후 말했다.

"그래서 이젠 오늘 낮에 벌어졌던 일에 대해 말해줄 생각이 든 건가?"

"앞서 밝혔다시피 말해주고 싶어도 말해줄 게 없소. 전혀 기억이 나지 않으니까."

"그럼 어째서 여길 다시 온 건데?"

진영언의 목소리가 슬쩍 뾰족해졌다. 운검이 여전히 자신에게 뭔가를 속이고 있다는 생각이 들었기 때문이다.

운검이 어깨를 한차례 추어 보이곤 말했다.

"진 소저에게 한 가지 부탁할 게 있어서요."

"부탁?"

"그렇소. 들어주시겠소?"

"흐응……."

묘한 콧소리와 함께 말끝을 끌어 보인 진영언이 불쑥 손을 내밀었다.

"청부를 하려거든 돈을 내야지! 난 비싸다구!"

"철전 하나 정도는 줄 수 있소."

"철전 하나!"

"내 전 재산이오."

"내게 받아간 황금이나 은자는 다 어쩌고?"

"몽땅 제자들한테 주고 왔소. 그건 이미 알고 있을 텐데?"

"그래서 아예 단 한 푼도 가지고 오지 않았다는 거냐?"

"물론이오. 왜 내가 재신과 함께 여행을 하면서 수중에 돈을 가지고 있어야 하는 것이오?"

오히려 반문을 던지는 운검의 모습에 진영언의 얼굴이 기가 막히다는 표정을 만들어냈다. 이렇게 뻔뻔한 사람은 평생 본 적이 없다.

운검은 개의치 않았다. 대신 진지하게 말했다.

"내 부탁은 간단하오."

"아직 들어준다고 말하지 않았잖아!"

"그냥 넘어갑시다. 어차피 진 소저는 이미 들어주기로 마음먹었잖소."

"뭐얏!"

진영언이 발작을 하려다 운검이 지닌 특수한 능력을 떠올렸다. 그가 이미 자신의 속마음을 들여다봤다면 이렇게 계속 화를 내는 것이 결코 능사는 아니다.

까닥!

결국 진영언이 대답 대신 고개를 끄덕여 보였다.

운검이 말했다.

"내가 내공을 회복하긴 했는데, 문제가 몇 가지 있는 것 같소. 그래서 지금부터 실전 비무를 통해 하나하나 살펴봐야만 할 것 같소."

"그러니 나더러 실전 비무를 상대해 달라는 거군?"

"그렇소. 진 소저는 이 부근에 있는 최고의 고수이고, 보신경 면에서는 초절정이라 할 수 있소. 실전 비무로 나 자신의 상태를 파악하기에는 이상적인 상대라고 생각하오."

"……."

진영언의 얼굴로 얼핏 실망의 그림자가 스쳐 지나갔다.

밤산책.

그것도 한 쌍의 선남선녀가 함께 나섰다. 여중호걸이라 하나 그녀 역시 피 끓는 청춘이니, 내심 기대심리가 없을 리 만무했다. 조금쯤은 낭만적인 사건이 일어나길 바란 것이다.

'쳇! 그러면 그렇지. 이런 돈만 밝히는 멋대가리없는 자식과의 사이에 그렇고 그런 일이 벌어질 리가 없지. 처음부터 아예 일말의 가능성도 없었던 거야.'

내심 투덜거린 진영언이 슬그머니 자세를 갖췄다.

광풍백연타!

말보다는 주먹이 앞서는 성격이 벌써 발동한 것이다. 운검이 이에 대비하지 않았을 리 없다.

스슥!

구궁보를 이용해 삼 보를 이동한 그의 입가로 흐릿한 미소가 떠올랐다.

자연스런 내공과 보신경의 연계.

얼마 만에 느껴보는 진정한 무공의 맛인지 모르겠다. 그는 한동안 진득하게 이 달콤함 속에 젖어 있을 작정이었다.

'절대로 다시는 무공을 잃어버리지 않겠다! 내 심장에 아직 남아 있는 빌어먹을 마정이 어떤 짓을 벌이든 반드시 해결하고야 말겠어!'

굳은 다짐과 함께 운검의 신형이 흐릿한 분영으로 변했다. 먼저 불영신법을 펼쳐 한 가닥 그림자로 변한 진영언의 움직임에 대항하기 위해서였다.

월하(月下).

교교한 은빛 편린 아래서 펼쳐지고 있는 비무.

갈수록 격렬해지고 있었다. 서로 살기를 품은 채 권각을 다 투진 않았으나 동작 하나하나가 범상치 않은 위력을 품고 있었고, 빠르기가 번개를 무색케 할 지경이었다.

그 모습을 부근의 난석(亂石) 사이에 숨어서 지켜보고 있는 한 쌍의 괴이한 인물들이 있었다. 각기 본래의 이름을 버리고 태양괴와 월음괴라 스스로를 칭한 일월쌍괴였다.

두 사람은 본래 풍암채주이자 강북 녹림의 총표파자인 권마 우금극의 양대호법이었으나 운검의 교묘한 언변에 넘어가 도주를 감행했다.

각기 연마한 괴공으로 변해 버린 신체로 인해 꽃피운 사랑이 세상에 탄로났다는 생각에 수년간 몸을 의탁해 온 풍암채를 등지기로 마음먹었다.

그러나 그들이 바보는 아니다.

풍암산을 떠나 며칠을 도주한 끝에 머리가 차가워진 두 사람은 운검에 대한 강렬한 분노를 느꼈다. 또한 그가 살아 있는 한 자신들의 비밀이 세상에 소문날 수 있다는 사실 역시 깨달았다. 결정은 금세 내려졌다.

일월쌍괴의 합벽!

웬만한 절정고수조차 막아내기가 쉽지 않다. 전날 초절정을 넘보던 진영언조차 그들의 합공과 음양이기의 공격에 큰 낭패를 당했을 정도였다.

당연히 입만 살았을 뿐 별다른 내공진기조차 느껴지지 않던 운검을 죽이는 건 여반장이나 다름없었다. 적어도 풍암산으로 돌아와 눈앞의 월하비무를 보게 되기 전까진 그리 생각하고 있었다.

"저 녀석이 어째서 지금 홍염마녀 진영언과 거의 동수로 싸우고 있는 거야?"

"그걸 제가 어찌 알겠어요? 하지만 우리를 속이기 위해서 일부러 저런 짓을 하는 건 아닌 것 같은데요?"

"어찌 저런 움직임을 거짓으로 할 수 있겠어? 게다가 더욱 무서운 건 저 녀석이 지금 전력을 다하지 않고 있는 것 같다는 거야."

"역시 그렇죠? 홍염마녀가 만들어내고 있는 분신과 권각이 자꾸 이리저리 막히는 데 반해서 저 녀석의 움직임은 그렇지 않으니까요."

"그래."

크게 고개를 끄덕여 보인 태양괴가 월음괴를 의미심장한 표정으로 바라봤다. 뭔가 하고 싶은 말이 있는데, 차마 입 밖으로 끄집어내지 못하고 있는 것 같다.

월음괴가 태양괴와 함께한 지는 무척 오래되었다. 이 같은 때에 그의 속내를 읽지 못할 리 없다.

"우리 그냥 원한을 잊기로 합시다. 저 녀석이 홍염마녀보다 윗길의 고수라면, 우리가 합벽진을 펼친다 해도 반드시 이긴다고 장담할 순 없을 거예요."

"하지만 저 녀석이 또다시 다른 자들 앞에서 입을 놀린다면, 우린 앞으로 강호를 함부로 나다니지도 못하게 될 텐데……."

"저는 괜찮아요. 산속 깊숙한 곳에 숨어살더라도 가가만 함께한다면요. 가가는 그렇지 않은가요?"

"나 역시 마찬가지다!"

태양괴가 월음괴를 애정 어린 표정으로 바라보다 그의 손을 굳게 맞잡았다.

여전한 애정의 확인.

두 사람은 세상에 무서울 게 없다고 생각했다.

결국 두 사람이 막 숨어 있던 장소를 벗어나 다시 도주의 길에 나서려 할 때였다. 느닷없이 몇 개의 돌멩이가 매서운 경력을 담은 채 연달아 날아들었다.

'이대로 그냥 돌아가면 곤란하지!'

운검은 진영언의 광풍백연타를 신행백변으로 흘려낸 후 바닥을 훑어 집어 든 돌멩이 몇 개로 일월쌍괴의 도주를 막았다. 암향십삼탄을 펼친 것이다.

스슥!

그 후 표미각에 이은 구궁보의 변화가 곧바로 이어졌다. 진영언의 무릎과 옆구리를 발끝으로 찍어 찬 후 그는 궁신탄영(弓身彈影)과 같이 난석 쪽으로 튕기듯 날아갔다.

"뭐… 야……."

갑자기 몇 배는 날카로워진 표미각에 놀라 뒤로 십여 보나 물러선 진영언이 아미를 찌푸려 보였다. 절정고수인 그녀지만 일시 어찌 된 일인지 파악키가 쉽지 않았다.

그러나 그녀는 곧 일의 전말을 눈치 챌 수 있었다. 구궁보를 펼쳐 난석 쪽으로 날아간 운검과 얽혀든 일월쌍괴의 모습을 발견했기 때문이다.

파콱!

운검은 궁신탄영의 식으로 공간을 단축한 후 곧바로 허공 중에서 소요퇴법을 작렬시켰다.

월광을 가르며 떨어져 내린 십여 개의 각영!

그중 한 개를 막지 못하고 어깨에 얻어맞은 월음괴가 새된 비명을 터뜨렸다.

"꺄악!"

태양괴가 깜짝 놀라 소리쳤다.

"월음!"

월음괴가 고통을 참은 채 외쳤다.

"저는 괜찮아요! 적이 무서우니, 어서 적양장력을 펼치세요! 지금 당장 음양이기합력(陰陽二氣合力)을 펼쳐야만 해요!"

"알겠다!"

태양괴가 대답과 더불어 태양동자공을 운용해 노도와 같은 적양장력을 월음괴에게 쏟아냈다. 그의 머리 바로 위에 떠있는 운검을 발견했기 때문이다.

월음괴 역시 그냥 있진 않았다.

태양괴의 적양장력이 덮쳐 온 것에 맞춰 월음마기를 운용했다. 월음빙장을 발출해 음양이기합력에 들어가기 위함이었다. 그렇게 함으로써 귀신같이 따라붙는 운검의 소요퇴법으로부터 벗어나려 했다.

번뜩!

운검의 눈에 기광이 떠올랐다.

'진 소저를 밀어붙였던 음양이기! 기다리고 있었다!'
내심 소리친 운검의 전신으로 얼핏 붉은 기운이 일어났다.
자하신공이다.
그 순간 음양이기합력을 이룬 일월쌍괴의 신형이 번개에라도 맞은 듯 부르르 떨렸다. 일시 운검이 쏟아낸 자하신공을 감당하지 못한 게 원인이다.
그렇게 생긴 찰나간!
스슥!
운검의 신형이 공중에서 몇 차례 분신을 일으켰다. 그의 손은 어느새 검결지를 이루고 있다. 자하신공에 더해 자하구벽검을 펼쳐 낸 것이다.
십년마일검!
자색 기운을 담은 무형의 검기가 번개보다 빠르게 음양이기합력을 찢어발겼다. 헤집고 파고들어 산산조각 냈다. 애초에 존재조차 하지 않았던 것처럼 그리 만들었다.
"크헉!"
"꺄악!"
일월쌍괴가 연달아 비명을 터뜨렸다. 삽시간에 음양이기합력이 깨져 버리자 그 후폭풍을 감당하지 못하고 내상을 입었다. 완벽한 전투력의 소실이다.
그 사이를 운검은 무인지경처럼 치고 들어왔다.
곽! 파곽!

운검이 아무렇게나 휘두른 권각에 일월쌍괴가 차례대로 바닥을 나뒹굴었다. 북녹림십팔채의 으뜸인 풍암채가 자랑하던 좌우호법답지 않은 패배였다.

"월음! 월음!"

"가가! 가가!"

태양괴와 월음괴가 제각기 바닥에 나뒹군 채 상대방을 애절하게 불러댔다. 서로에 대한 애틋한 마음이 그대로 드러나는 모습이었다.

그때 운검의 뇌리 속으로 일월쌍괴의 상념이 격류처럼 파고들어 왔다. 그들에게 다시 일격을 날리기 위해 자하신공을 일으킨 것과 동시의 일이다.

'쳇! 그래 봤자 흑도인들인데… 이대로 놔주면 애꿎은 다른 사람들에게 패악을 떨 수도 있는 자들인데…….'

운검이 내심 혀를 찼다.

일월쌍괴가 서로를 향해 내쏟은 정념(情念). 몰랐으면 모르되 그냥 외면할 순 없었다.

잠시 일월쌍괴를 번갈아 바라본 운검이 퉁명스레 말했다.

"일월쌍괴! 당신들이 남들과 다른 외양이 된 건 스스로의 선택으로 연마한 태양동자공과 월음마기 때문이오. 만약 지금이라도 원한다면 내가 한차례 내력을 일으켜서 두 사람의 몸을 본래대로 바꿔줄 수도 있소. 그리하시겠소?"

월음괴를 애정 어린 표정으로 바라보고 있던 태양괴가 비로소 운검에게 시선을 던졌다. 월음괴 역시 마찬가지다.

"우리 두 사람의 내공을 완전히 소멸시키겠다는 뜻이군?"

"그렇소. 그리되면 무공은 전폐가 되겠지만, 평범한 사람처럼 살 수 있을 것이오."

"간교한 제안이군. 무인이 평생 연마한 공력을 모조리 잃어버리고 어찌 살 수 있을까? 너는 헛소리 그만 하고 지금 당장 우리 두 사람을 죽여라!"

월음괴 역시 목청을 높였다.

"그래! 너는 지금 당장 우리 두 사람을 죽이는 것이 좋을 것이다! 우리는 무인으로서 죽겠다!"

운검이 고소를 지었다. 일월쌍괴가 무공을 잃기 싫어서 지금 자신의 손에 죽기를 원하는 것이 아님을 눈치 챘기 때문이다.

'세상엔 이런 사랑도 있다고 봐야 하는 걸 테지……'

내심 고개를 가로저은 운검이 일월쌍괴에게서 몇 걸음 물러선 후 말했다.

"이미 두 사람의 몸속에는 내 공력이 깊이 뿌리내렸소. 아마 앞으로 억지로 내공을 운기하려 하면 혈기가 끓어올라 피를 토하게 될 게요. 하지만 일상생활에는 큰 지장이 없으니, 두 사람은 지금 당장 이곳을 떠나도록 하시오."

일월쌍괴가 서로의 얼굴을 한차례 살피더니 앞다퉈 말했다.

"우릴 그냥 놔주겠다는 것이냐?"
"우릴 죽이지 않겠다는 건가요?"
운검이 고개를 끄덕였다. 그리고 말했다.
"남들의 눈에 띄지 않는 곳으로 가시오. 남에게 피해를 입히지 않는다면, 타인에게 해를 당하지도 않을 것이오."
"그러겠소."
"그럴게요."
일월쌍괴가 역시 동시에 대답하곤 서둘러 떠나갔다. 운검과 한차례 싸운 후 그의 무서움을 뼛속까지 느낀 터라 더 이상 복수 같은 건 꿈도 꾸지 않았다. 그저 오늘 두 사람 모두 목숨을 연명한 것만을 고맙게 생각할 뿐이었다.

"일월쌍괴를 일초반식 만에 일패도지시키다니! 너 이 자식, 계속 날 봐주고 있었구나!"
진영언은 뒤늦게 운검을 쫓아온 후 버럭 화부터 냈다. 일월쌍괴의 허무한 패배를 보고 내공을 되찾은 운검의 무공이 자신의 상상을 훌쩍 뛰어넘는 수준임을 깨달은 것이다.
운검은 여전히 개의치 않았다.
으쓱!
어깨를 한차례 추어 보이며 진영언을 바라본 그의 입가에 흐릿한 미소가 번져 나왔다.
"모두 진 소저 덕분이오."

"그런 입에 발린 말을 한다고 내가 그냥 넘어갈 줄 알았다면 오산이야!"

"입에 발린 말이 아니오. 정말로 내가 이 정도나마 내공 운용을 원활히 할 수 있게 된 건 모두 진 소저의 덕분이오. 그점 깊이 감사하오."

'이, 이 정도나마? 도대체 이 자식! 본래 무공이 어느 정도였기에……'

진영언은 또다시 화를 내려다가 흠칫 놀랐다.

운검이 한 말.

그 속에 담겨진 뜻으로 그의 드높은 무공 경지를 엿볼 수 있었다. 대담한 그녀이나 일시 말문이 막혀 침묵하지 않을 수 없었다.

그러거나 말거나 문득 고개를 들어 밤하늘을 올려다본 운검이 눈에 강렬한 빛을 담았다.

'정말 운이 좋았다. 진 소저와 더불어 일월쌍괴의 음양이기를 한꺼번에 상대할 수 있었으니까. 덕분에 자하신공을 삼성까지는 마음대로 사용할 수 있다는 걸 확인했다. 게다가 운용의 묘를 살리기만 하면 자하구벽검도 몇 초식 정도는 펼칠 수 있는 것 같으니 유사시엔 큰 힘이 될 게 분명하다.'

뒤늦게 두근거리기 시작한 심장.

방금 전 연이어 치른 격전 때문이 아니다.

아직 녹지 않은 채 심장에 똬리를 틀고 있는 마정의 으르렁거림이었다. 울부짖음이었다. 놈에겐 운검이 되찾은 자하신공의 약동이 마음에 들지 않는 게 분명했다.

'그래 봤자 소용없다! 나는 이미 조금이나마 내공을 회복하는 데 성공했으니까!'

내심 중얼거린 운검이 마정이 위치해 있는 심장 부위를 주먹으로 강하게 눌러 보였다.

마정과의 두 번째 싸움!

이제 막 시작한 것이나 다름없었다. 지난 오 년여간, 충분할 정도로 고통과 좌절을 경험한 이상 여기서 다시 물러설 마음은 조금도 없었다.

진영언이 침묵을 깨고 말했다.

"뭘 그리 멍하니 보고 있는 거야?"

"항아(姮娥)!"

"항아?"

"월궁(月宮)에 사는 천하절색의 여인을 찾기 위해 집중 중이란 뜻이오."

"미친……."

진영언이 욕설을 내뱉곤 바닥에 침을 탁 하고 뱉었다. 운검의 시시껄렁한 농담에 대꾸해 줄 가치를 느끼지 못했기 때문이다.

* * *

바르르!

좌정을 한 채 구마련 비전의 독특한 마공 하나를 운용하고 있던 위소소가 가녀린 몸을 한차례 떨어 보였다.

고통 때문에?

그렇다기보다는 기묘한 신체의 변화가 일순간 그녀의 전신을 휘감고 지나간 때문이다.

우둑!

우드드드득!

위소소의 전신 골격이 당장이라도 부서질 듯 격한 소리를 질러댔다. 뭔가 기괴한 일이 벌어지기 직전의 전조나 다름없다. 그리고 곧 그 일이 벌어졌다.

천하절색.

그 외의 어떤 미사여구(美辭麗句)로도 표현할 길이 없던 위소소의 얼굴이 빠르게 변했다. 사람의 인상을 특징짓는 이목구비가 순식간에 완전히 다른 형태를 이룬 것이다.

뿐만 아니다.

곧고 늘씬하게 뻗어 있던 척추 쪽이 한차례 들썩거리더니, 여인치고는 장신에 속했던 신장이 살짝 줄어들었다. 절정에 이른 축골공의 발현이라 함이 옳을 정도의 변화다.

'역골환체비술(逆骨幻體秘術)! 용모와 신장, 신체의 특징 등을 모조리 바꿔서 자신을 숨기는 축골변환공의 절정 공부! 하지만 일 년 이상 사용할 경우 오장육부(五臟六腑)가 썩어 들어가는 단점이 있다!

위소소는 역골환체비술을 완벽하게 끝내고서야 반개하고 있던 눈을 떴다.

번뜩!

일순 밤하늘의 성광처럼 매혹적인 안광이 한차례 빛을 발한 후 사라졌다.

담담해진 안광.

역시 아름답긴 하나 폭발적일 정도로 매혹적이던 예전의 눈빛과는 거리가 있다. 일부러 그리 만들었다.

얼굴 역시 변했다.

살짝 창백한 기가 돌던 피부는 핏기가 감돌았고, 극히 선명하던 이목구비가 부드러워졌다. 극미(極美)에서 좀 더 부드럽고 여성스런 용모로 바뀐 것이다. 위소소는 확인하고 싶었다.

"냉 당주, 동경을 가지고 들어와!"

"예!"

위소소가 역골환체비술에 들어간 후 계속 밖에서 대기하고 있던 냉요란이 복명과 함께 얼른 방 안으로 들어섰다. 그녀의 손에는 동경이 들려져 있었다.

"아!"

냉요란이 입을 가볍게 벌렸다. 위소소의 바뀐 용모를 보고 충격을 먹은 것이다.

위소소가 특유의 냉기가 사라진 눈빛을 던졌다.

"내 용모가 많이 바뀐 모양이지?"

"예, 대공녀님. 정말로……."

"동경을 건네줘!"

"아, 예!"

위소소의 재촉에 냉요란이 얼른 수중의 동경을 건네줬다. 용모가 바뀌었다고 해서 그녀의 성품마저 바뀌진 않았을 것이기 때문이다.

잠시 후 동경에 비친 자신의 새 얼굴을 이리저리 뜯어본 위소소가 냉요란에게 질문했다.

"냉 당주, 내 새 얼굴이 어떻지?"

"여전히 아름다우십니다! 예전 얼굴이 한 떨기 고고한 빙설 위의 매화와 같으셨다면, 지금은 따사롭고 기품있는 난초에 비견할 수 있을 겁니다!"

"난초라… 사내들이 이런 얼굴을 좋아할까?"

"물론입니다! 오히려 전의 대공녀님보다 더 많은 사내들이 따를 거라고 생각합니다!"

"전의 내 얼굴이 지금만 못하단 건가?"

"그럴 리가요! 대공녀님의 본래 얼굴은 정말 압도적으로 아름다우십니다! 정말 같은 여인이 보기에도 한 점의 흠결조차 잡을 수 없을 정도지요! 하지만 너무 완벽한 아름다움을 지니셔서 웬만한 사내들은 감히 범접조차 못했을 거예요! 하지만 지금은 인상이 조금 더 부드러워지셔서 더 많은 사내들이 따르게 되는 겁니다!"

"그런 건가?"

위소소가 살짝 고개를 갸웃거려 보이곤 가부좌를 풀고 스륵 자리에서 일어섰다. 그동안 본색을 가리는 데 사용했던 방립과 피풍의는 한 켠에 놔둔 채였다.

툭!

방에서 나온 위소소가 던져 준 소책자를 눈으로 살핀 사검이 질문했다.

"대공녀님, 이건……."

"과거 구마련의 구대마종에 속해 있던 독비검마(獨臂劍魔)의 절학인 반천쾌검식(反天快劍式)의 비급이다. 천산으로 돌아가서 익히도록 해!"

"독비검마의 반천쾌검식……."

사검의 눈에서 기광이 번뜩였다. 독비검마의 반천쾌검식은 천하를 통틀어 좌수쾌검식 중 첫째, 둘째를 다툴 만한 절학이었다. 운검에게 오른팔을 잘린 그에겐 더할 나위 없는 선택이라 할 만했다.

그러나 그는 비급에 선뜻 손을 뻗지 않았다. 대신 평상시 극도로 차갑게 가라앉아 있던 눈이 살짝 열기를 담은 채 위소소를 향한다.

"외람되나 질문을 여쭙겠습니다. 대공녀님께서 역골환체비술로 용모와 체형을 바꾸신 건 천산으로 돌아가지 않으시겠다는 의지이신 겁니까?"

"그래. 나는 아직 해결해야 할 일이 남았어. 천산에는 사검 혼자서 가도록 해."

"명령이시겠지요?"

"물론이야."

"…따르겠습니다!"

평상시와 달리 사검의 복명은 조금 늦게 흘러나왔다. 지난 십수 년간 계속 호위해 왔던 위소소와 헤어져야 하는 현실을 받아들이기가 그리 쉽지 않았기 때문이다.

'하지만 현재 내게는 대공녀님을 호위할 능력이 없다! 오히려 방해가 될 뿐이야…….'

천천히 손을 뻗어 반천쾌검식의 비급을 집어 드는 사검의 입술 새로 한줄기 선혈이 흘러내렸다. 악물린 입술 새로 피가 새어 나온 것이다.

그 모습을 멀거니 바라보던 냉요란이 수혈을 짚어서 잠재워 놓은 소금주를 떠올리며 내심 고개를 가로저었다. 슬슬 그녀를 죽여야 할 때가 임박했다는 판단이었다.

'저 살인마가 천산으로 떠나면, 그 귀여운 동생을 내 손으로 죽여야 하는 건가? 딴 건 몰라도 저 살인마 녀석이 사람 죽이는 거 하나는 정말 잘했는데…….'

남선북마(南船北馬) 93

그때다. 마치 냉요란의 그 같은 내심을 읽기라도 한 듯 위소소가 시선을 던져 왔다.

"냉 당주, 마지막으로 해줘야 할 일이 있어."

"예? 마지막이라니 무슨……."

"내일 백안천이 소금주를 풍암산중에 데려가서 죽여! 그 일만 마치면 더 이상 날 따라다닐 필요가 없어."

"서, 설마 더 이상 제 보위가 필요없으시다는 건가요?"

"그래."

그 말을 끝으로 신형을 돌린 위소소가 다시 방 안으로 들어갔다.

다음날.

냉요란은 수혈이 풀려 커다란 두 눈이 말똥말똥해진 소금주를 데리고 풍암산중으로 향했다.

위소소가 내린 마지막 명령!

곧 자유를 되찾게 된다는 생각에 냉요란의 발걸음은 가벼웠다. 그동안 은근히 정이 든 소금주를 죽여야 한다는 게 조금 마음 아프긴 하나 어쩔 수 없는 일이라 치부했다. 다시 자유를 얻는 대가에 비하면 아무것도 아니란 판단이었다.

그때 산길을 묵묵히 걷고 있던 소금주가 입술을 삐죽거려 보였다.

"쳇! 아침밥도 주지 않고 정말 너무하네요!"

"아침밥?"

"본래 사형수들도 사형 전날엔 푸짐하게 먹이는 게 인지상정이잖아요!"

"……."

냉요란이 잠시 소금주를 바라봤다. 그녀가 어떻게 자신의 운명을 눈치 챘는지 궁금했기 때문이다.

소금주가 다시 입술을 삐죽거렸다.

"그리 대단한 일도 아니에요. 저는 본래 풍암산까지의 길잡이였잖아요? 그런데 어제 난리가 벌어졌으니, 더 이상 효용 가치가 없는 셈이죠."

"역시 강북 하오문의 지낭이란 말이 허명은 아니었군. 정말 정확하게 현 상황을 파악했어!"

"뭐, 백안천이라는 별호를 땅 따먹기 해서 얻은 건 아니니까요. 하지만 대단들 하시네요."

"뭐가 대단하다는 거지?"

"제가 명색이 강북 하오문의 지낭이에요. 사부님은 귀왕이시고요. 지금쯤 사부님이 강북 하오문의 정예를 이끌고 제 행적을 되짚어오고 있을 텐데, 아직도 풍암산을 떠나지 않고 있잖아요."

"설마 벌써 이 부근까지 강북 하오문주 귀왕이 왔을 거라 주장하고 있는 거야?"

"아마 구름같이 많은 고수들도 함께 데리고 왔겠죠. 최소한 삼십삼인살 아니면 백인혈랑귀가 따라붙었을 거예요. 어쩌면 은거한 냉면삼마 장로님들도 출도했을지 모르죠. 제자들이 당했으니, 그분들 지금쯤 열이 꽉 하고 받았을 텐데."

삼십삼인살, 백인혈랑귀. 그리고 냉면삼마!

북육성(北六省)에 산재되어 있는 강북 하오문도 중에서도 혁혁한 명성을 날리고 있는 고수 중 고수들이다. 그들의 존재가 있기에 강북 하오문은 주변의 거대 문파들로부터 독립성을 유지할 수 있었다.

냉요란 역시 그 점을 잘 알고 있다. 소금주가 한 말을 액면 그대로 받아들이긴 어려우나 완전히 배제하는 것도 결코 쉬운 일은 아니었다.

'이 어린 계집을 죽이고 나면 나는 자유다. 하지만 강북 하오문주인 귀왕에게 추격을 당하게 된다면 자유를 얻게 된들 무슨 의미가 있을까? 나는 앞으로 강북에서 살 수 없게 될 거야!'

냉요란의 뇌리로 위남 하가장에서 아직도 자신을 그리워하고 있을 하성문의 얼굴이 스쳐 지나갔다. 또한 명목상의 시아버지이자 자신을 친딸처럼 사랑해 줬던 정근모 노인의 얼굴 역시 살짝 꼽사리를 끼고 있었다.

그같이 냉요란이 주저하는 표정이 되자 소금주가 눈알을 데굴데굴 굴렸다. 어떻게든 눈앞의 냉요란을 설득해서 구사일생(九死一生)할 작정이었다.

'망할! 어쩌다가 내가 이런 꼴이 된 거야! 아무리 생각해도 이런 건 나같이 꽃다운 나이의 소녀가 경험할 만한 일은 아니라구!'

소금주는 내심 투덜거리며 다시 냉요란에게 말을 걸려고 했다. 그녀의 마음이 흔들렸을 때 현란한 말발을 이용해서 현 상황을 뒤엎으려 했다.

그러나 이번엔 그녀가 한발 늦었다.

잠깐 고뇌 어린 표정을 지어 보이던 냉요란이 놀랍게도 곧바로 살수를 펼쳐 온 것이다.

파팟!

곧바로 혈빙지를 일으켜 소금주의 마혈을 제압한 냉요란이 다른 쪽 수장을 불쑥 치켜 올렸다. 일격에 천령개를 내려쳐서 죽일 심산이다.

'아! 사부님과 타협을 하기보단 살인멸구(殺人滅口)를 하려 하는구나! 상대가 마도의 인물이란 걸 간과하다니! 천려일실(千慮一失)이로다!'

소금주는 마혈로 침습한 혈빙지의 한기에 온몸의 피가 얼어붙는 걸 느끼며 눈을 감았다. 지나치게 빨리 냉요란을 자극해서 예정보다 빨리 죽음을 맞게 되었음을 깨달은 것이다.

그런데 이게 어찌 된 일인가?

소금주는 눈을 감고 한참이 지났는데도 별다른 후속 조치가 없자 살짝 실눈을 떴다. 목전에 이른 죽음에 대한 공포보다 궁금증이 더욱 컸다. 그리고 그때였다.

'아!'

소금주의 실눈이 있는 대로 커졌다. 자신의 천령개를 부숴 버리기 위해 수장을 치켜 올렸던 냉요란의 가느다란 목이 옆으로 힘없이 꺾이는 모습을 정면에서 목도한 까닭이다.

풀썩!

냉요란의 몸이 바닥에 무너져 내렸다. 놀랍게도 일류고수인 그녀가 소금주가 눈을 감았다 뜬 그 짧은 순간 만에 목이 꺾여 목숨을 잃어버린 것이다.

그와 함께 모습을 드러낸 현의무복의 여인.

적당히 아담한 몸매에 인상적일 정도로 아름다운 외모를 지닌 이십대 초반 정도의 미녀다.

그녀는 두 눈조차 감지 못하고 죽은 냉요란 쪽으로 다가가 숨결을 확인해 보더니 입가에 가벼운 한숨을 매달았다.

"하아! 강호 첫 출도부터 사람을 죽이게 되다니! 사부님께서 아신다면 필경 불호령과 함께 검벽수련 십 년을 명하시겠구나!"

'검벽수련? 설마 지난 백여 년간 침묵하고 있던 무산검문(巫山劍門)의 전인이 세상에 모습을 드러낸 것인가?'

소금주의 커다란 눈이 데구루루 옆으로 굴러 내렸다. 현의 미녀의 허리춤을 살피기 위함이었다.

그녀의 허리춤.

황동빛 고검 하나가 걸려져 있다. 무림 중에 숱한 전설을 만든 신비문파 중 하나인 무산검문의 전인이 반드시 패용한다고 알려진 황룡고검(黃龍古劍)임이 분명했다.

그때다. 한숨을 멈추고 냉요란에게서 떨어져 나온 현의미녀가 소금주에게 다가와 수장을 가져다 댔다. 해혈을 위해 내공을 운기하기 시작한 것이다.

第二十四章

무산전인(巫山傳人)
먼저 천하를 알고 나서 검의 진수를 얻고자 한다

華山
劍宗

우웅!

현의미녀의 수장을 타고 일어난 한 가닥 부드럽고 온유로운 진기는 삽시간에 소금주의 내부에 침투했던 혈빙지의 한기를 날려 버렸다. 해혈 역시 곧바로 이뤄졌다.

부르르!

한차례 몸을 떨어 보인 소금주가 해혈과 함께 현의미녀의 품에 힘차게 달려들었다.

"우와앙! 무서웠어요! 무서웠다구요!"

"소, 소매……."

현의미녀가 얼떨결에 소금주를 품에 안고 난감한 표정을

지어 보였다. 소금주가 이리 격렬한 반응을 보일 줄은 몰랐기 때문이다.

그러거나 말거나 소금주는 현의미녀의 가슴팍에 잔뜩 눈물 콧물을 묻히고서야 떨어져 나왔다. 얼굴엔 어느새 배시시 웃음이 매달려 있다.

"언니는 무산검문의 당대 전인이시죠?"

"어, 어떻게……."

"어떻게 알았냐고요? 그야 언니가 말한 검벽수련과 허리에 매달려 있는 황룡고검을 보고 알았죠. 제가 이래 봬도 강북하오문의 지낭이라 불리는 백안천이 소금주거든요."

"아! 하오문에 속한 소매였구나!"

현의미녀가 나직한 탄성과 함께 미미하게 고개를 끄덕여 보였다. 의외로 하오문과 개방의 정보력이 무림에서 첫째, 둘째를 다툰다는 건 알고 있는 듯했다.

퉁!

현의미녀가 자신의 허리춤에 매달린 황룡고검의 검갑을 손가락으로 퉁긴 후 부드러운 목소리로 말했다.

"나는 소매의 예상대로 무산검문의 제자인 유영서라 해. 사부님의 명으로 천하주유에 나섰다가 풍암산을 들르게 되었는데, 우연찮게 마도의 인물을 만나게 되었네."

"마도의 인물이요?"

"소매에게 사악한 공력을 주입한 후 천령개를 부수려 했던 여인은 마도의 인물이 분명해. 그렇지 않다면 이런 사악한 공력과 독심을 지녔을 리 없으니까. 어떻게 마도의 인물도 아니면서 소매처럼 어린 소녀의 머리를 부숴서 죽일 생각을 할 수 있겠어?"

"맞아요! 유 언니가 아니었다면 저는 지금쯤 머리가 부서진 채 비참하게 죽었을 거예요!"

"응, 그래서 말인데, 소매가 나중에 그 점을 꼭 내 사부님한테 전해줬으면 좋겠어. 그래 줄 거지?"

"무산검문에 가서 오늘 있었던 일에 대해서 증언해야 한다는 건가요?"

"그래. 만약 소매가 그리해 주지 않는다면 사문으로 복귀 후 나는 이번 일에 대한 벌로 검벽수련을 십 년은 받아야만 할 거야. 그러니 소매가 반드시 오늘 일이 내 잘못이 아니란 점을 말해줘야만 해!"

"뭐, 그거야 어려운 일은 아니지만, 오늘 일에 대해서 그냥 언니가 입을 다물면 될 일이지 않을까요?"

"절대로 그럴 순 없어! 어떻게 사부님께 거짓말을 할 수 있겠어?"

"거짓말이라……."

말끝을 흐리며 소금주는 내심 눈앞의 유영서가 꽤나 희한한 성격을 지녔다고 생각했다. 이런 일을 굳이 사부에게 고백한 후 평가를 받으려는 그녀의 심리가 당최 이해가 가지 않았기 때문이다.

어쨌든 유영서는 생명의 은인이었다.

또한 소금주가 강호에 나온 후에 본 몇 안 되는 절정고수였다. 사실은 그녀의 무공 수위가 어느 정도인지 지금으로선 감조차 잡히지 않았다.

'이 언니, 성격이 조금 이상하긴 하지만 사람이 나빠 보이진 않으니까 잠시 동안 동행을 하는 것도 나쁘진 않겠네. 적어도 이 언니하고 있으면 그 구마련의 마인들한테 목숨을 위협받을 일은 없을 것 같으니까.'

얼른 수지타산을 따져 본 소금주가 유영서에게 해맑게 웃어 보였다. 일단 그녀를 친해둬서 나쁘지 않을 사람으로 분류한 것이었다.

잠시 후.

살살 유영서를 구슬려 냉요란과 함께 떠나왔던 민가로 돌아온 소금주가 내심 한숨을 내쉬었다.

썰렁한 모양새.

민가는 텅 비어 있었다. 냉요란이 소금주를 풍암산으로 데려간 사이 위소소와 사검은 감쪽같이 자취를 감춰 버리고 만 것이다.

"쳇! 그동안 당한 복수를 하려 했더니, 그사이 토껴 버렸네!"

"복수?"

유영서가 능숙하게 텅 빈 민가의 이곳저곳을 살피고 소금주에게 돌아와 의혹의 시선을 던졌다. 그녀의 혼잣말을 듣고 뭔가 다른 꿍꿍이가 있었음을 눈치 챘음이 분명하다.

소금주가 뒤통수를 긁적이며 웃었다.

"헤헤, 다름이 아니라 이곳에는 풍암산에서 절 죽이려고 했던 마인의 동료들이 있었거든요. 그래서 무림의 정의수호 차원에서 유 언니가 마인들을 정리해 주길 바란 거예요."

"마인이라 해도 특별히 큰 잘못을 저지르지 않는다면 계도를 해야지 죽여선 안 돼. 소 소매가 복수를 하고자 날 이곳으로 데려왔다면 무척 큰 잘못을 한 거야."

"하지만 그들은 이곳까지 오는 동안 무수히 많은 강북 하오문도들을 도륙했어요! 아주 나쁜 자들이라고요! 그런데도 복수를 하면 안 된다는 건가요?"

"물론 동도의 복수는 해야겠지. 하지만 그건 소 소매의 힘으로 해야 하는 거야. 남의 손을 빌리려 한다면, 그만한 대가를 치러야 하고 말야. 소 소매도 무림인이라면 그 같은 도리쯤은 알고 있을 테지?"

"뭐, 그야 알고는 있지만……."

소금주는 말끝을 흐리며 눈앞의 유영서를 다시 봤다. 그녀가 예상외로 사리가 분명하단 생각이 들었다.

그때다. 갑자기 웅성거리는 소리와 함께 한 떼의 녹의인들이 민가 주변으로 다가들었다. 권마 우금극의 명에 의해 풍암산 일대를 조사 나온 자들 중 한 무리였다.

"저기, 계집들이 있다!"

"어디! 어디!"

"히엑! 저런 먹음직한 계집들을 둘이나 만나다니! 이런 즐거울 데가 있나!"

풍암산채 소속의 녹림도들이 이구동성으로 괴성을 질러댔다. 비록 강북 녹림십팔채의 으뜸인 풍암산채 소속이라곤 하나 산적은 산적이다. 막돼먹은 본령이 어디 가지 않는다.

그때 길길이 날뛰는 무리를 헤치고 얼굴 한쪽에 세 줄기 칼자국이 선명한 장년 사내가 모습을 드러냈다. 풍암산채의 아홉 소채주 중 하나인 오호귀견수(五虎鬼見手) 막충이다.

그는 다른 소채주들과 마찬가지로 강호에서도 충분히 일류고수로 손꼽힐 실력을 지니고 있었다. 한눈에 두 명의 여인 중 허리춤에 황룡고검을 매달고 있는 유영서가 범상치 않은 고수임을 눈치 챘다.

'이 정도 인원이 몰려왔는데도 시선 한 번 던지지 않고 있다. 기도도 정제되어 있고, 자세 역시 곧은 걸 미뤄볼 때 최소한 나보다 윗길의 고수라고 봐야 할 테지? 그래도 평상시 같으면 한꺼번에 달려들어서 어찌해 볼 수도 있었을 것을. 아쉽게 됐구만. 쩝!'

내심 입맛을 다시며 아쉬움을 떨쳐 버린 막충이 손을 내저었다. 일단 휘하 산적들의 입을 다물게 만든 것이다.

그 후 그가 유연서에게 몇 걸음 다가갔다. 슬그머니 양손을 모아서 포권을 하는 것도 잊지 않는다.

"본인은 풍암산채에서 소채주를 맡고 있는 막충이라 하오. 여협은 어디서 오신 뉘신지 밝혀주셨으면 하오."

막충의 평소답지 않은 모습에 입을 봉한 채 뒤로 물러선 수하들이 두 눈을 휘둥그레 떴다.

'케헥! 막 소채주님이 저리 점잖은 말을!'

'저런 사람이 아니었는데… 저런 사람이……'

'도대체 저 야들야들하게 생긴 계집의 정체가 뭐길래 개망나니로 소문난 막 소채주가 저리 자세를 굽히는 게냐?'

만약 막충이 먼저 손짓을 해 보이지 않았다면 입에 게거품을 물고 떠들어댔을 터였다. 그만큼 막충의 지금 모습은 예상을 훌쩍 뛰어넘는 것이었다.

유연서가 그 같은 사정을 알 리 없다.

그녀는 예상 밖으로 점잖은 막충의 태도에 미미하게 고개를 끄덕여 보였다. 그래도 여전히 소금주를 대할 때의 부드러운 표정과는 거리가 멀다.

"풍암산채가 강북 녹림십팔채의 수좌라고 하더니, 과연 명불허전이로군요. 나는 검의 이치를 궁구하기 위해 천하를 주유하고 있는 유연서라 해요. 풍암산에 감숙제일의 권법고수가 있다는 말을 듣고 비무를 해보고자 왔으니, 전해주시면 고맙겠군요."

'감숙제일의 권법고수? 강북 녹림 총표파자인 권마 우금극이잖아! 아무리 무산검문의 전통이 먼저 천하를 알고 나서 검의 진수를 얻는다는 거지만, 개떼처럼 떼거리로 달려드는 게 주특기인 녹림도의 안방까지 찾아오다니, 너무 심하잖아!'

소금주는 비로소 유연서가 풍암산으로 찾아온 까닭을 알고 내심 침을 꼴깍 삼켰다. 자칫 잘못하면 늑대를 피하려다 호랑이를 만난 격이 될 수도 있다는 판단이었다.

과연 막충의 표정이 변했다. 자신의 우상이나 다름없는 우금극에게 건방지게 비무를 청하는 유연서의 모습에 분노가 치밀어 오른 것이다.

"씨발! 위에서 내려온 명령 때문에 대충 보내주려 했더니, 안 되겠군."

"뭐……."

"얘들아, 당장 달려들어 저년의 옷을 홀러덩 벗겨 버려라! 속옷 고쟁이 하나 걸치지 않고서도 감히 채주님의 존함을 입에 담을 수 있는지 궁금하다!"

"……."

유연서는 대변한 막충의 말투에 충격을 받은 듯 아미를 찡그려 보였다.

그사이 그러면 그렇지란 표정과 함께 힘찬 대답을 내뱉은 휘하 녹림도들이 일제히 달려들었다. 풍암산채의 정예들답게 움직임이 빠르고 체계적이다.

앞선 세 명.

뒤따르는 아홉 명.

삼재와 구궁을 제법 그럴듯하게 섞었다. 만약 진법과 연수합격에 대한 지식이 부족한 자라면 일류고수라 해도 크게 당황할 만한 공격이었다.

막충은 아미를 찡그린 채 발검조차 하지 않고 있는 유연서를 보고 내심 득의의 미소를 떠올렸다. 그녀가 곧 대패를 당해 옷이 벗겨지리란 걸 믿어 의심치 않았다.

바로 그때다, 유연서가 발검을 한 것은.

번쩍!

유연서의 허리춤에서 빠져나온 황룡고검이 순식간에 사방을 휘감아갔다. 거의 코앞까지 이른 녹림도들을 베어버린 것이다. 또한 그것만으로 끝이 아니었다.

스으.

한차례 검을 휘두르는 것으로 선두의 녹림도 세 명을 베어넘긴 유연서의 신형이 쑤욱 앞으로 튀어나왔다. 자신이 만들어낸 피보라를 뚫고 뒤따르던 아홉 명에게 달려든 것이다.

쉬쉭!

쉬쉬쉬쉬쉭!

소름 끼치는 검음과 함께 또다시 피보라가 일었다. 뒤따르던 아홉 명 역시 비명 한 번 못 질렀다. 어찌 된 영문인지도 모른 채 목이 잘려 바닥에 나뒹굴었다.

모두 합쳐 한 호흡은커녕 반 호흡이 가기도 전에 벌어진 일!

"이런 개 같은!"

삽시간에 자신을 따르던 수하 중 절반을 잃어버린 막충이 애병인 혈사도(血蛇刀)를 빼 들었다. 그리고 곧바로 지축을 박차니, 어느새 유연서의 머리 위다.

'역시 풍암채의 소채주! 앞서 나섰던 놈들과는 격이 다른 고수다!'

소금주는 어느새 바닥에 찰싹 엎드린 채 내심 탄성을 터뜨렸다. 막충이 일순 펼친 비룡번신(飛龍翻身)의 경공에 깜짝 놀란 것이다.

유연서는 침착했다.

그녀는 순식간에 자신의 머리 위로 날아오른 막충의 번개 같은 일도양단을 간발의 차로 피해냈다.

딱 한 뼘가량?

그 정도를 옆으로 이동하는 것만으로 족했다. 막충이 곧바로 허점을 드러냈음은 물론이었다.

쉭!

유연서의 황룡고검이 종으로 움직였다.

또다시 일어난 피보라!

막충은 회심의 일격이 실패한 후 두 번째 공격 기회를 얻지 못했다. 평생을 함께해 왔던 혈사도와 함께 오른팔을 잃어버렸기 때문이다.

"내가 풍암산에 온 건 감숙 제일의 권법고수와 비무하기 위해서예요. 목숨을 살려줄 테니 당장 날 풍암산채로 안내하도록 하세요."

"……."

황룡고검을 거둔 유연서의 말을 들은 막충이 살기 어린 표정으로 침묵했다.

한 식경 후.

외팔이가 된 막충을 앞세운 채 유연서와 소금주는 풍암산채에 도착했다.

적진의 한가운데다.

그럼에도 태연자약한 유연서와 달리 소금주는 안색이 흙빛으로 변해 있었다. 어쩌다가 자신이 이런 막 나가는 여인과 인연을 맺게 됐는가 싶다.

그때다. 풍암산채의 외곽을 둘러싸고 있는 방책 앞에 도착한 막충이 큰 목소리로 소리쳤다.

"당장 경계 태세에 들어가라! 강적이 나타났다! 강적이 나타났어!"

"……."

유연서는 굳이 막충의 입을 막지 않았다. 그냥 발로 단전을 차서 내공을 전폐시켜 버렸을 뿐이다. 또한 혼혈과 마혈 역시 때려서 더러운 입을 더 놀리게 놔두지도 않았다.

'대단하다!'

소금주는 진심으로 감탄했다. 유연서가 뛰어난 무공만큼이나 일의 처리가 독하고 확실하단 판단이었다. 결코 쉽지 않다는 생각 역시 뒤를 따랐다.

그때 풍암산채의 대문이 열리고 대여섯 명의 고수가 모습을 드러냈다. 막충과 동격인 소채주들이 연락을 받고 일제히 달려나온 것이다.

유연서의 맑은 눈이 그들을 훑어갔다.

흔들.

곧바로 그녀의 고개가 가로저어졌다. 모습을 드러낸 소채주들 중 비무 목표인 권마 우금극이 포함되지 않았음을 눈치챘기 때문이다.

그때 뒤로 몇 걸음 처져 있던 소금주가 얼른 목청을 높였다.

"여기 혹시 강남 녹림의 총표파자인 홍염마녀 진영언 언니와 운검 가가에 대해 아시는 분 없나요?"

"홍염마녀 진영언?"

"운검 가가?"

소채주들 중 몇이 소금주의 말을 받더니 그녀에게 강렬한 시선을 던졌다. 동료인 막충의 비참한 모습에 분노가 치밀어

오르긴 했으나 현재 운검과 진영언은 우금극의 귀빈이었다. 소금주가 그들과 관련이 있다면 무작정 달려들어 다굴을 놓을 순 없었다.

"어린 낭자, 진 소저와 운 소협과는 어찌 되는 관계지?"

"영언 언니와는 친혈육과도 같은 관계죠. 운검 가가와는 더욱 가까운 사이고요."

"오! 혹시 운 소협과 그렇고 그런 사이인 건가?"

"그렇게 대놓고 말하다니, 너무 짓궂잖아요!"

소금주가 짐짓 얼굴을 붉히며 소리를 지르자 질문을 던진 소채주가 고개를 얼른 끄덕여 보였다. 동료와 묘한 눈짓을 하면서 운검에게 도둑놈이란 말을 덧붙이는 걸 잊지 않았음은 물론이다.

그때다.

풍암산채의 방책 주변에 만들어져 있는 몇 개의 소로 중 한쪽에서 두 명의 남녀가 모습을 드러냈다. 새벽부터 비무를 위해 외출했다 돌아오던 운검과 진영언이었다.

운검은 풍암산채 쪽에서 일어난 소란을 벌써부터 알고 있었다. 진영언과의 비무를 평소보다 조금 일찍 끝낸 건 바로 그 때문이었다.

과연 소로를 따라 풍암산채 앞에 도착했을 무렵이다. 산채의 대문 바로 앞에서 두 여인과 한 떼의 소채주들이 심상치 않은 기색으로 대치하고 있는 모습이 보였다. 게다가 두 여인 중 한 명의 얼굴은 낯이 익다.

'강북 하오문의 백안천이 소금주? 어째서 이런 곳에 나타난 거지?'

운검이 알아봤다. 그의 옆에 찰싹 달라붙어 있던 진영언이 그냥 지나쳤을 리 없다.

'소금주! 이 쥐새끼 같은 년! 감히 풍암산까지 쫓아오다니!'

진영언의 두 눈에 살기가 맺혔다. 만약 운검이 옆에 있지 않았다면 당장 소금주에게 달려갔을 터다. 그만큼 그녀의 등장에 분노가 치밀어 올랐다.

그때 비로소 운검과 진영언을 발견한 소금주가 활짝 미소를 짓더니 쏜살같이 달려들었다. 물론 진영언이 아니라 운검이 목표였다.

진영언이 그냥 두고 볼 리 없다.

슥!

일보를 내딛자마자 운검을 뒤로한 그녀가 돌진하듯 달려오던 소금주의 이마로 손을 내밀었다.

톡!

손가락 하나를 튕겼을 뿐이다.

그러나 소금주는 달려들던 서슬에 더한 충격을 받고 뒤로 발라당 자빠졌다.

묘족 특유의 붉은색 나군(짧은 치마) 역시 무릎까지 치켜 올라갔다. 만약 속에 짧은 바지를 입고 있지 않았다면 꽤나 낭패한 상황이 되고 말았을 터다.

"우우! 영언 언니, 너무해요!"

"울게? 시늉만 하지 말고 울려면 제대로 울어봐!"

"우, 우와아아앙!"

마치 진영언의 허락을 기다리고라도 있었다는 듯 소금주가 나군을 내리고 대성통곡을 터뜨렸다. 진영언에게 덤비지 못할 바엔 운검에게 동정표라도 얻어두려는 심산이다.

'으이구! 울란다고 진짜 우냐? 백안천이란 그럴듯한 별호까지 지닌 게? 저걸 그냥 확!'

진영언이 이맛살을 찌푸렸다. 나름대로 무림 중에 이름이 있는 강북 하오문의 지낭이 딱 어린애나 할 법한 짓을 하니, 내심 기가 막혔다.

그때다. 바닥에 주저앉아 울고 있는 소금주의 곁으로 유연서가 다가들었다. 그리고 그녀의 손이 번개가 무색할 빠르기로 소금주의 안면을 훑고 지나갔다. 얼굴에 위치한 몇 개 혈도를 건드려서 소금주의 울음샘을 강제로 멎게 만든 것이다.

움찔!

진영언은 자신도 모르게 손끝을 가볍게 떨어 보였다.

목전.

순식간에 공간을 좁히며 다가든 유연서의 손놀림을 하나

도 빼놓지 않고 봤다. 그 정확하고 빠른 동작에 가벼운 소름이 돋는다. 눈앞의 여인의 무공이 결코 자신보다 못하지 않음을 눈치 챘기 때문이다.

운검 또한 유연서를 주목했다. 진영언과는 전혀 다른 의미에서다.

'묘하군. 이 정도나 되는 고수를 만났는데, 상념이 전혀 전해지지 않다니……'

마정에 깃든 천사심공.

여태까진 고수를 만나거나 위기 상황에서 더욱 강렬한 위력을 발휘하곤 했다. 자신의 그릇이랄 수 있는 운검의 몸이 망가지는 걸 두려워라도 하는 것처럼 말이다.

그런데 지금 그 법칙이 깨어졌다. 진영언에 버금가는 고수로 보이는 유연서의 상념이 전혀 전달되어지지 않고 있는 것이다. 그게 운검을 당황하게 만들었다.

물론 잠시뿐이다.

운검은 곧 평상심을 되찾았다. 마정과 그 속에 깃든 구마련의 마공절학에 관해선 아직 아는 것보다는 모르는 게 더 많다. 불확실한 상황에 법칙을 갖다 붙이는 것이야말로 웃긴 일일지도 몰랐다.

그때 운검이 보는 앞에서 소금주를 달래기를 끝낸 유연서가 진영언에게 다가들었다. 입가엔 어느새 부드럽고 호감 가는 미소 하나가 떠올라 있다.

"수년 전 강남의 녹림을 평정하고 총표파자에 오른 홍염마녀 진영언 소저가 맞겠지요?"

"맞아. 그쪽은?"

"나는 유연서라고 해요. 검을 익혔지요."

대답과 함께 유연서가 버릇처럼 허리춤에 매달린 황룡고검의 검갑을 손가락으로 튕겨 보였다.

여전히 입가의 미소는 사라지지 않았다. 그러나 진영언은 묘한 압박감에 눈살을 찌푸려 보였다.

'살기? 아냐! 이건 무형의 기도다!'

유연서가 황룡고검 쪽에서 손가락을 떼어내고 말을 이었다.

"진 소저는 전 강남 녹림의 총표파자인 권각무적 초삼제의 절학뿐 아니라 또 다른 무림명숙의 진전 또한 이었다고 하던데, 사실인가요?"

"그거, 누구한테 들었지?"

진영언의 시선은 이미 소금주를 향하고 있었다. 그녀가 범인이라 확신하고 있는 표정이다.

소금주가 얼른 고개를 잘래잘래 흔들었다.

"난 아니에요! 난 강북 무림에서 일어나는 일만 해도 정신없이 바쁜데, 어떻게 강남까지 조사했겠어요?"

"그야 내 뒤통수를 치기 위해서였겠지!"

"그렇지 않아요! 그렇지 않아요!"

"시끄럿!"

진영언이 살기를 담아 소리치자 소금주가 얼른 양손으로 자신의 입을 가렸다. 자칫 진영언의 권각에 한 대 얻어맞을지도 모른다는 위기감의 발로였다.

유연서가 말했다.

"소 소매의 말이 맞아요. 저는 그녀를 만나기 전부터 진 소저에 대해서 알고 있었어요. 비슷한 나이의 명성 높은 여류고수가 있다는 말을 듣고 한번 겨뤄보고 싶었거든요."

"그래?"

"예."

유연서의 대답이 떨어진 것과 동시다. 진영언이 유연서 쪽으로 한 걸음 나섰다. 그녀는 누군가의 도전을 피하는 성격이 아니다.

곧 두 여인 사이엔 일촉즉발의 긴장감이 감돌았다. 당장 불꽃이 튀는 듯한 대결이 시작돼도 무리가 아니게 된 것이다. 분명 그랬다.

'재밌겠다!'

소금주가 언제 울상을 지었냐는 듯 두 눈을 반짝였다. 실력의 끝을 알 수 없을 정도의 강자인 유연서와 진영언의 대립에 호기심이 잔뜩 동한 것이다.

하지만 그녀의 뜻대로 모든 상황이 돌아가진 않았다.

두 여인 간에 긴장이 고조될 무렵, 풍암산채의 대문 안쪽에서 훼방꾼이 모습을 드러냈다.

우금극이다.

그는 뒤늦게 소란이 일어났음을 알고 달려나왔다.

"언 매!"

진영언이 자신을 보자마자 반색이 된 우금극을 곁눈질하고 잔뜩 끌어올렸던 내력을 거뒀다. 이젠 버릇이 된 듯한 침음성 역시 뒤따른다.

"칫!"

유연서 역시 우금극의 등장을 눈치 챘다. 그의 풍채나 기도만 보고도 대충 정체가 짐작 간다. 그녀가 의혹 어린 시선을 던지자 진영언이 퉁명스레 말했다.

"다음으로 미루지?"

"좋을 대로요."

"말이 짧군."

"이하동문이라고 받아주죠."

"……"

한마디도 지지 않는 유연서의 대꾸에 진영언이 입을 다물었다. 이미 두 여인에게서 시선을 뗀 운검이 활짝 미소 띤 얼굴로 우금극을 맞이하고 있었다.

밤.

운검은 평상시처럼 진영언과 함께 비무를 위해 풍암산채

를 벗어나려다 눈을 빛냈다.

오두룡탑 주변을 서성이고 있는 그림자 하나.

낮에 풍암산채를 뒤집어놨던 유연서다. 그녀는 운검의 중재로 풍암산채와의 일전을 피하고 손님이 되기까지 했다. 소금주의 목숨을 구해준 일이 크게 작용했음은 물론이다.

운검의 뒤를 하품과 함께 따르고 있던 진영언의 아미가 곧바로 치켜 올라갔다.

"저년, 잠도 없나!"

"진 소저, 졸린 거요?"

"아무렴! 요 며칠 밤낮으로 너랑 비무를 거듭해서 이젠 걷다가도 꾸벅꾸벅 졸 지경이다!"

"잘됐군."

"뭐……."

운검의 생뚱맞은 대답에 진영언이 눈을 몇 차례 깜빡거려 보였다. 그가 한 말의 의미를 이해할 수 없어서다. 그러거나 말거나 운검은 이미 그녀를 놔두고 신형을 움직이고 있었다.

스슥!

구궁보를 펼쳐 단숨에 유연서 앞에 이른 운검이 이를 드러내며 웃어 보였다.

"반갑소. 잠이 오지 않나 보오?"

"본래 낯선 곳에선 잠을 쉽게 이루지 못하네요. 운 소협도 그러신 건가요?"

"그렇지 않소. 나는 아무 곳이나 가리지 않고 잘 자오. 단지 근래 할 일이 있어서 밤잠을 줄였을 뿐이오."

"어떤 일이기에 밤잠까지 줄여야만 하는 거죠?"

"수련이오."

운검의 간명한 대답에 유연서가 눈에 이채를 발했다. 달빛을 받아서인지 낮에 봤던 것보다 더욱 곱고 어여쁜 얼굴이다.

비록 전날 마정의 폭주를 야기시켰던 위소소의 조각같이 완벽한 미모와는 다르나 훨씬 여성스러운 매력을 지녔다. 요염하고 매혹적인 미모를 지닌 진영언이 곧바로 질투를 내비친 것도 무리는 아니었다.

'근래 내 주변에 어째서 이런 미인들이 넘쳐 나는 거지? 나는 내 제자들처럼 잘생긴 미남도 아닌데. 뭐, 어쨌든 일단 관심을 느끼게 만드는 데는 성공했고. 다음엔 호승심을 자극해야 하겠지?'

내심 중얼거린 운검이 말을 이었다.

"그래서 말인데, 유 소저의 허리춤에 매달린 검. 장신구는 아닐 테지요?"

"물론이에요. 의심나시면 지금 당장이라도 시험해 보서도 좋아요."

"하하! 그다지 의심나진 않소. 다만……"

"다만?"

"유 소저의 힘을 잠깐만 빌려볼까 생각했을 뿐이오."

무산전인(巫山傳人) 123

"……."

바로 대답하지 못하는 유연서를 향해 운검이 입가의 미소를 더욱 진하게 만들어 보였다. 이쯤 되면 유연서를 반쯤은 낚았다는 판단이었다.

그때 느닷없이 자신을 떠나 유연서를 구워삶기 시작한 운검에게 진영언이 다가섰다. 두 눈이 살기로 번뜩이는 게 노기가 머리끝까지 치밀어 오른 모습이다.

"이 새끼야!"

"응?"

"여태까지 나한테 온갖 말로 알랑거리면서 밤낮으로 괴롭히더니, 이제 다른 년이 나타났다고 곧바로 달라붙으려는 거냐!"

"진 소저……."

"뭐?"

"너무 막 나가는 거 아니오?"

"……."

진영언이 운검의 지적에 잠시 입을 다물었다. 하도 화가 나서 나오는 대로 막 소리쳤다. 그런데 곰곰이 생각해 보니, 속사정을 잘 모르는 사람이 듣는다면 오해의 소지가 다분하다.

힐끔.

진영언이 유연서에게 곁눈질했다.

과연 호기심 어린 표정을 짓고 있던 그녀의 하얀 얼굴이 붉게 달아올라 있다. 완벽하게 운검과 진영언의 사이를 오해한 것임이 분명하다.

"아냐! 그런 게 아니라구!"

유연서에게 왈칵 소리를 지른 진영언이 운검을 살벌하게 노려봤다. 그 때문에 이런 오해를 받았다는 생각에 더욱 화가 치밀어 오른 것이다.

운검은 고개를 옆으로 돌려 외면할 뿐.

가타부타 말이 없다.

그 같은 방관자적인 모습이 더욱 얄미워진 진영언이 한차례 발을 구르곤 신형을 돌렸다. 그리고 절정의 불영신법을 펼쳐 순식간에 모습을 감춰 버렸다.

"아!"

유연서가 가볍게 입을 벌렸다. 진영언의 불영신법이 생각했던 것보다 훨씬 빠르자 다소 놀란 모습이다.

운검이 말했다.

"대단한 보신경이지 않소? 아마 무림 중에 그녀보다 강한 고수는 많겠지만, 확실하게 더 빠르다고 자신할 수 있는 자는 손가락으로 꼽을 정도일 거요."

"그럴지도 모르겠군요. 제 사부님도 저 정도로 빠르진 않으셨던 것 같으니까요. 하지만……."

"하지만?"

"검은 제가 더 빠를 거라 생각해요."

"진 소저는 권법을 사용하오만?"

"권과 검은 본래 하나예요. 절정의 경지에 오르게 되면 그저 상대를 제압하기까지의 거리가 조금 차이날 뿐이지요."

"먼저 천하를 알고 나서 검의 진수를 얻는다?"

"어, 어떻게?"

운검이 느닷없이 입에 담은 한마디에 유연서가 깜짝 놀란 표정을 지어 보였다. 그가 한 말이야말로 무산검문의 전인이 천하주유에 나서기 전 전해 듣는 일종의 전통이었기 때문이다.

픽!

입가에 미소를 담은 운검이 말했다.

"유 소저가 패용한 황룡고검과 범상치 않은 검기를 갈무리하고 있는 기도를 보고 대충 넘겨 짚어봤을 뿐이오."

거짓말이다.

운검은 우연찮게 소금주의 상념을 엿봤다. 유연서와 관련된 사항은 바로 그때 얻을 수 있었다.

유연서가 그 같은 사실을 알 리 만무하다. 그녀는 버릇처럼 황룡고검의 검갑을 손가락으로 튕기곤 고운 아미를 살짝 찡그려 보였다.

"사부님께 무산검문은 강호에서 신비지문으로 알려져 있다고 들었어요. 그런데 고작해야 하룻새에 두 명이나 황룡고검을 알아보다니, 그 말이 무색하게 느껴지는군요."

"우연일 뿐이오."

"우연이라……."

"뭐, 그리 중요한 일은 아니니, 우리 방금 전에 하던 말을 계속해 봅시다."

"방금 전에 했던 말?"

"유 소저의 황룡고검이 장신구가 아니란 걸 증명하는 문제 말이오."

"저와 비무를 하고 싶다는 건가요?"

"물론이오, 지금 당장!"

운검의 말을 들은 유연서가 다시 황룡고검의 검갑을 손가락으로 튕겼다.

튱!

발검이 곧바로 이어졌음은 물론이었다.

그 밤.

유연서는 운검이 진영언을 밤낮으로 어떻게 괴롭혔는지 확실하게 깨닫게 되었다. 새벽이 될 때까지 쭈욱.

* * *

천양(千陽).

홀로 수해촌을 떠나 소금주를 납치해 간 사검의 뒤를 쫓고 있던 북궁휘는 어느새 감숙과 섬서의 경계에까지 이르러 있었다.

추종술(追從術).

누군가의 뒤를 쫓는 기술이다.

북궁휘는 북궁세가에서의 폐관수련 중 그 같은 추종술 계열의 공부를 몇 가지 익힌 바 있었다. 아무런 준비도 없이 추격에 나선 것이 아니었던 것이다.

'소 낭자는 역시 총명하다. 납치되어 가는 와중임에도 중간중간에 교묘한 흔적을 남겨놨다. 문제는 그녀를 납치한 자들도 그리 멍청하진 않다는 거다.'

북궁휘는 소금주가 남긴 흔적이 훼손되어 있는 걸 발견하곤 내심 고개를 가로저었다. 여태까지 이런 경우를 몇 차례나 당했다. 비록 추종술을 익혔다곤 하나 갈수록 추격의 속도가 떨어질 수밖에 없다.

그때다. 허리를 굽힌 채 소금주가 남긴 흔적을 살피고 있던 북궁휘의 곁으로 다가드는 일단의 무리가 있었다.

'고수들……'

북궁휘는 삽시간에 자신의 기감이 깔려 있는 범위 안으로 파고든 인물들의 등장에 눈살을 찌푸렸다.

궁벽한 산길.

이런 곳에서 절정고수들을 몇 명이나 만나게 되는 일은 극히 드물다. 사실 거의 불가능에 가깝다고 볼 수 있다. 같은 목적으로 움직이기 전까진.

스으.

북궁휘는 굽혔던 허리를 펴는 것과 동시에 유성삼전도를 펼쳤다.

일단 좁혀진 간격을 다시 벌리는 게 첫 번째다.

그다음 일은?

나중에 생각하고 볼 일이었다.

"오! 유성삼전도? 북궁세가에서 행방불명된 삼공자를 이런 곳에서 만나게 될 줄은 몰랐는걸?"

탄성!

소름 끼치는 귀면탈을 얼굴에 쓴 사나이였다. 그의 뒤에는 얼굴에 얼음이라도 내려앉은 듯 차가운 면상을 한 세 명의 노인이 서 있었다.

북궁휘가 귀면탈을 슬쩍 쳐다본 후 미미하게 고개를 끄덕여 보였다.

"귀왕이라면 본 가의 유성삼전도를 아는 것도 무리는 아닐 터. 소금주 낭자를 찾기 위해 직접 나서신 것이오?"

"북궁세가의 오룡일봉(五龍一鳳) 중 잡새 하나가 있으니, 행방불명된 세 번째라고 했던가? 강호의 소문이란 역시 믿을 게 아니로군."

'역시 귀왕인가? 그렇다면 그의 뒤에 그림자처럼 도열해

있는 냉면의 노인들은 강북 하오문의 최강 고수라 알려져 있는 냉면삼마겠군.'

북궁휘의 짐작대로다.

귀왕과 냉면삼마는 지난 한 달여간 북궁휘와 비슷한 과정을 거쳐서 천양의 궁벽한 산길에 도착했다. 빼어난 추종술과 섬서성 전역에 있는 수많은 하오문도들의 정보가 있었기에 기간을 많이 단축할 수 있었다.

하지만 그 같은 추격도 천양의 바로 앞까지였다. 얼마 전부터 소금주가 남긴 흔적이 훼손되는 일이 많아서 그들은 큰 곤란을 겪고 있었다. 북궁휘와의 만남이 우연이 아닌 필연인 까닭이었다.

귀왕이 잠시 생각을 정리한 후 말을 이었다.

"궁금한 게 있네. 대답해 줄 수 있겠는가?"

"먼저 내 질문에 대한 대답이 선결되어야 하지 않겠소?"

"아주는 내 하나밖에 없는 제자라네. 그것으로 대답은 충분한 것 같은데?"

"충분하오. 하지만 당신의 질문에는 답을 줄 수 없으니, 미안하오."

귀왕의 눈에 이채가 어렸다. 북궁휘의 재지가 자신의 예상보다 훨씬 뛰어나단 생각이 든다.

"어째서인지 물어도 되겠는가?"

"자칫 내 한마디로 인해 강호에 혈란이 이는 건 참을 수 없기 때문이오."

"확신이 없다는 뜻인가?"

"그렇소."

북궁휘의 단호한 대답에 귀왕이 미미하게 고개를 끄덕여 보였다.

그리고 수결 하나!

미동조차 없이 그의 뒤에 도열해 있던 냉면삼마가 움직임을 보였다. 그전에 귀왕이 먼저 산길 저 너머로 신형을 날려 갔음은 물론이다.

북궁휘가 내심 감탄과 함께 중얼거렸다.

'하오문. 강호의 밑바닥을 뒹구는 자들이라곤 하나 상층부의 무력은 결코 약하지 않다. 최소한 오늘 모습을 보인 귀왕과 냉면삼마는 본 가의 고수들과 견줘도 결코 모자람이 없을 것이다. 추종술이나 정보력이 훨씬 위란 건 자명한 사실일 테고. 게다가 그들은 놀랍게도 어쩌면 구마련의 잔존 세력과 관계된 일인지도 모르는 이번 납치 사건에 나섰다. 그것만으로도 앞으로 그들을 주시해야 할 이유는 충분할 것이다.'

귀왕과 냉면삼마는 한참을 달린 후에야 신형을 멈췄다.

무럭무럭!

보신경을 멈춘 사 인의 몸에서 기화된 땀으로 인한 수증기가 잔뜩 솟아오른다. 일시 전신 내력을 몽땅 경공에다 쏟아

부은 탓에 벌어진 일이다.

잠시 가빠진 숨을 고르느라 침묵하고 있는 귀왕에게 냉면삼마의 좌장인 일마(一魔)가 질문했다.

"귀, 귀왕, 어째서 갑자기 그리 지독하게 달린 것이오? 뒤따르느라 이 늙은이, 죽는 줄 알았소!"

"후욱! 훅! 다, 당연히 북궁세가의 애송이한테 무시를 당할 수 없었기 때문이오. 그 녀석은 앞으로 북궁세가의 가주가 될 가능성이 상당히 높으니, 강북 하오문에도 고수가 있다는 걸 확실하게 보여주어야만 했소."

"그, 그렇게 대단한 놈이었다는 거요? 노부가 보기엔 그저 얼굴만 반반한 애송이 같았거늘……."

"그 애송이는 놀랍게도 내 생각을 넘겨짚고서 대답을 거부했소이다. 무공은 둘째 치고 심기가 보통이 아니오. 북궁세가의 오룡일봉 중 그 정도 심기를 지닌 건 그 녀석뿐이라고 나는 단언할 수 있소이다."

"그렇구려."

천천히 고개를 끄덕여 보인 일마가 은근한 표정으로 질문했다.

"그런데 귀왕, 그 애송이한테 물어보려 했던 게 뭐요?"
"그야 뻔한 게 아니겠소?"
"그 뻔한 게 궁금하니 말씀해 주시구려."
"그야……."

잠시 말끝을 끌어 보인 귀왕이 귀면탈 밖으로 보이는 눈을 반달 모양으로 만들어 보였다.

"그야 당연히 그 녀석과 우리 아주가 그동안 사랑의 도피행을 하고 있었냐는 것이지 않겠소? 하긴 그 정도 반반한 용모가 아니라면 우리 아주의 높은 눈을 충족시킬 수 없었을 테지. 암! 그렇고말고."

"귀왕, 그런데 고작 그런 이유 때문에 강호에 혈란이 인다는 건 좀……."

"상대는 북궁세가의 셋째요! 앞으로 차대 후계권을 놓고 치열한 싸움을 벌여야 하는 위치이니, 어찌 하오문 출신의 여인과의 사랑에 대해 언급할 수 있겠소? 무림이 제 것인 양 날뛰는 사패 중 하나인 북궁세가에서 강북 하오문도들을 상대로 혈란을 일으킬 수도 있으니만큼 그 녀석은 침묵을 지킨 게 분명하오! 만약 그렇지 않다면 어째서 그 녀석이 아주의 뒤를 쫓고 있었겠소이까? 내 판단이 틀림없을 것이오!"

딴은 그렇다.

귀왕의 다소 편향되어 있는 주장을 들은 일마가 미심쩍은 표정을 한 채 고개를 끄덕여 보였다. 일단 한번 우기기 시작하면 대책이 없는 귀왕의 성미를 잘 알고 있었기 때문이다.

第二十五章

마신흉갑(魔神胸甲)
마신의 갑주를 얻어야만 천하를 제패할 수 있다

華山
劍宗

솔깃!

소금주는 총총거리며 걸음을 옮기던 중 갑자기 주변을 이리저리 둘러보았다.

왠지 귀가 가렵다.

누군가 자신의 얘기를 하고 있는 것 같다.

결국 그녀는 약지로 귀를 살살 후비기까지 했다. 물론 앞서 걷고 있는 일행의 눈치를 보면서다. 정확히는 진영언과 유연서를 양쪽에 대동하고서 앞서 가고 있는 운검에게 들키지 않기 위함이었다.

'그런데 참 운 가가도 대단해! 오만하고 자존광대하기로

유명한 권마 우금극을 결국 설복시켜서 영언 언니를 포기하게 만들었으니 말야!'

그랬다.

수일 전 운검 일행은 우금극의 만류를 뿌리치고 풍암산채를 떠났다. 내공을 회복한 운검이 우금극을 단 일 초 만에 제압했기에 가능한 일이었다.

그래서일까?

풍암산채에서 조우한 진영언과 유연서는 근래 들어 운검을 사이에 두고 기묘한 대치 상태에 들어가 있었다. 두 여인 모두 겉으로는 티를 내지 않으려 노력하고 있지만 운검을 노리고 있음은 자명했다.

소금주로선 모두 재밌는 구경거리다.

그녀 역시 운검에게 깊은 관심이 있긴 하나 사랑이라고 말하기엔 조금 이른 감이 있다. 오히려 호기심에 가깝다고 할 수 있었다. 이런 애정 싸움을 지켜보게 되었으니, 일단 즐기자는 마음이 되지 않을 수 없다.

'뭐, 저 두 언니들보다는 내가 훨씬 젊으니까 시간이 많은 셈이지. 일단 자기들끼리 싸우게 놔두고서 기회를 노리는 편이 나을 거야.'

내심 중얼거린 소금주가 걸음을 빨리해 유연서에게 다가갔다. 아무래도 성질 나쁜 진영언보다는 그녀가 어리광을 부리기엔 손쉬운 까닭이었다.

"연서 언니, 나 배고파요!"

"배고파?"

"예!"

유연서에게 냉큼 대답을 하면서도 소금주의 시선은 운검의 옆얼굴을 힐끔거리고 있다. 그가 유연서의 팔에 매달려 애교를 부리는 자신을 바라봐 주기를 기대하고 있는 것이다.

불쑥!

운검 대신 그의 옆에 바짝 붙어 있던 진영언이 소금주 쪽으로 고개를 내밀었다.

'이 쬐끔한 계집애야! 까불지 마!'

시퍼렇게 독기가 올라 있는 눈빛이 강하게 말하고 있다. 소금주로선 운검에게서 고개를 돌리지 않을 수 없다.

'무, 무서워······.'

겁에 질려 어깨를 바들거리며 떨고 있는 소금주를 유연서가 구원해 줬다.

슥!

소금주를 자신의 뒤켠으로 밀어 넣은 유연서가 진영언에게 특유의 봄바람 같은 미소를 던졌다.

"진 소저, 잠시 쉬어가는 게 어떨까요? 그러고 보니 벌써 점심때가 훨씬 지났네요."

"근방에는 아직 인가 하나 없다! 그러니까 인가가 있는 곳에 도착할 때까진 계속 가는 게······."

"제가 어젯밤 묵었던 객점에서 얻은 재료로 요기할 거리를 좀 만들어놨어요. 잠시 그늘이 있는 곳으로 이동해서 식사를 하고 움직이는 게 좋지 않을까요?"

"……."

진영언이 일순 입을 가볍게 벌린 채 할 말을 잃었다. 유연서가 한 말에 운검이 어떤 반응을 보일지 미뤄 짐작할 수 있었기 때문이다.

스슥!

여인들끼리의 옥신각신에 전혀 개입할 의지를 보이지 않고 있던 운검이 곧바로 다가왔다.

어느새 유연서를 향해 무서울 정도로 번뜩이고 있는 눈빛.

입가엔 침도 약간 흘러내리고 있다. 평상시처럼 공짜 음식에 강한 집착을 드러낸 것이다.

"쓰읍! 유 소저, 저기 그늘을 드리우고 있는 노송 아래로 빨리 갑시다!"

"운 소협, 배가 많이 고프셨군요?"

"본래 나는 소식을 하는 사람인데, 그동안 풍암산채에서 너무 잘 먹어서 위장이 늘어나 버린 것 같소. 예전에는 하루 한 끼만 먹어도 족함을 느꼈는데, 이젠 그러기가 쉽지 않소."

"그렇군요. 하긴 운 소협은 근래 계속해서 저나 진 소저와 비무를 거듭했으니, 시장기가 빨리 도시는 것도 무리는 아닐 거예요."

"비무도 그렇고, 이번 일도 그렇고 정말 유 소저에겐 도움만 받는 것 같아 미안하게 생각하오."

"저 역시 운 소협과의 비무로 근래 많은 깨달음을 얻을 수 있었어요. 오히려 앞으로도 계속 지도 편달을 부탁드리고 싶을 정도예요."

"하하! 그런 것이라면 언제라도!"

갑자기 화기애애한 분위기가 된 운검과 유연서를 바라보는 진영언의 눈매가 더욱 사나워졌다.

'죽일 놈! 개자식! 언제는 날더러 자기 인생의 재신이며 희망이라며 알랑거리더니, 고작해야 밥 한 끼에 넘어가 저리 입에 발린 말을 늘어놓는구나!'

진영언이 내심 욕설을 퍼붓든 말든 이미 운검은 유연서와 함께 그늘을 드리운 노송 쪽으로 걸어가고 있었다. 소금주가 두 사람의 뒤를 얼른 따라나섰음은 물론이었다.

"같이 가!"

결국 대세를 거스르지 못하게 된 진영언이 새된 목소리와 함께 그들의 뒤를 따라나섰다.

잠시 후.

노송의 너른 그늘 아래에 모여 앉아 유연서가 건네준 주먹밥 등으로 배를 채운 일행은 잠시 여유로운 시간을 보내고 있었다. 본래는 식사를 끝내자마자 곧바로 출발할 작정이었으나 날씨가 너무 무더웠다. 슬그머니 꾀가 나는 것도 무리는 아니다.

그늘 아래.

바람까지 살랑살랑 불어오자 바닥에 척 하고 누워버린 운검이 입가에 웃음 하나를 담은 채 눈을 감았다. 곧바로 진영언의 잔소리가 뒤따른다.

"자지 마!"

"자는 거 아니오."

"그런데 어째서 눈을 감는데?"

"그냥 명상에 잠기고픈 심정이랄까?"

"웃기고 있네!"

부정적인 대꾸와 달리 진영언의 요염한 입술은 어느새 작은 호선을 만들어내고 있었다. 운검과 나누는 이런 소소한 대화가 꽤나 마음에 드는 듯하다.

유연서가 그런 두 남녀를 물끄러미 바라보다 시선을 길가 쪽으로 던졌다. 갑자기 아무도 없던 관도 저편에서 무인으로 보이는 사내 하나가 모습을 드러냈기 때문이다.

임풍옥수(臨風玉樹)랄까?

모습을 드러낸 사내는 얼굴이 극히 준수하고 키가 훌쩍 커서 멀리서도 사람의 시선을 확 잡아끄는 점이 있었다. 기도 역시 출중하다.

그러나 유연서가 주목한 건 사내의 목과 오른손을 연결하고 있는 한 가닥의 줄이었다. 어느 모로 보든 발검 시 불편함을 감수해야만 할 것 같다.

만약 실전 시라면 목숨이 위험할 수도 있다.

그런데 기이하게도 미청년의 모습은 전혀 어색하지 않았다. 마치 손목과 목을 연결한 줄과 완벽하게 동화가 된 듯한 모습이었다.

유연서가 내심 눈을 빛내고 있을 때 운검과 진영언 사이를 끼어들 틈만 노리고 있던 소금주가 역시 미청년을 발견했다. 그리고 곧바로 환호작약한다.

"야아! 북궁 소협이다! 북궁 소협이 왔어!"

'북궁 소협?'

운검이 반개하고 있던 눈을 떴다. 소금주의 외침을 듣고 누가 왔는지를 눈치 챌 수 있었다.

슥!

손바닥으로 바닥을 치며 신형을 일으켜 세운 운검이 곧바로 구궁보를 펼쳐 냈다. 내력을 사용하지 못할 때완 비교가 되지 않는 빠르기로 관도 저편으로 달려간 것이다.

'웃!'

북궁휘는 일정한 보폭으로 관도 위를 걷던 중 내심 신음을 토해냈다.

일생 중 몇 번 경험해 본 적이 없는 압박감!

그것도 실체를 접하기도 전에 벌어진 일이다. 화살처럼 날아든 날카로운 기세에 먼저 전신 근육이 위축을 일으키고 말았다는 뜻이다.

그러나 북궁휘가 괜스레 관도를 일정한 보폭을 유지한 채 걷고 있었던 게 아니다.

그는 어떤 상황에서도 유성삼전도를 펼칠 수 있고, 곧바로 반격에 나설 수 있었다. 그렇게끔 항상 몸의 상태를 유지하고 있었기 때문이다.

스슥!

다음 발끝이 바닥에 닿는 것과 동시였나. 곧바로 유성삼진도를 펼치며 신형을 분신한 북궁휘의 신형이 세 개의 분신을 만들어냈다.

그중 하나만이 본체!

곧바로 발검이 이어졌다. 그렇게 되게끔 훈련을 한 만큼 반드시 그리될 터였다.

그런데 발검에 들어가려던 북궁휘의 손목이 일순 경직을 일으켰다. 자동적으로 이뤄지던 발검 자세를 방해하는 어떤 것이 작동했음이 분명하다.

'큭!'

북궁휘는 손목의 욱씬거리는 통증을 이를 악물고 참았다. 비명 따월 터뜨릴 때가 아니었다.

스슥!

대신 그는 다시 유성삼전도를 펼쳐서 신형을 위로 띄웠다. 발검에 실패했으니 보신경으로 공간을 확보한 후 육박전으로 들어가기로 한 것이다.

여전히 적의 실체는 모호하다.

그런데도 이미 자신의 지근거리까지 파고들었다는 점을 상정한 반격에 들어가고 있었다. 그리할 만큼 강대한 적수를 만났다는 판단이었다.

파파팍!

북궁휘의 신형이 사람의 키 정도 되는 높이에서 현란한 변화를 일으켰다. 유성삼전도의 비전 후에 펼쳐진 만큼 평범한 원앙각이라곤 하나 그 위력이 상당하다. 만약 그가 상정한 예상대로의 상황이 벌어졌다면 필경 전세를 뒤바꿀 만큼의 한 수가 됐을지도 모른다.

그러나 북궁휘의 벼락같은 원앙각은 그저 빈 공간을 가로질렀을 뿐이었다. 그의 손목을 공격해서 발검을 막은 적은 예상대로 움직이지 않았다.

그래서 어쩔 수 없이 북궁휘는 바닥에 힘없이 착지했다. 더 이상 공격을 펼치는 게 상당히 헛된 일이란 걸 눈치 챘기 때문이다.

그런 그의 앞.

어느새 코앞까지 다가온 운검이 쭈그린 채 앉아 있다. 물끄러미 북궁휘를 바라보며 입가에 흐릿한 미소를 매달고 있기도 하다.

"사, 사부님……."

자신도 모르게 말을 더듬는 북궁휘에게 운검이 입가의 미소를 더욱 짙게 만들었다.

"용케도 그 같은 상황에서도 창파도법을 사용하던 때의 나쁜 버릇이 나오지 않았구나?"

"그, 그건 모두 사부님의 덕분입니다."

북궁휘는 비로소 운검이 자신을 시험한 것이었음을 깨닫고 손목을 들어 올렸다. 목과 연결되어 있는 줄의 여기저기엔 무수히 많은 상처가 매달려 있었다. 목과 손목 역시 마찬가지다. 수련의 과정이 꽤나 혹독했음을 짐작케 하는 상징적인 모습이라 할 수 있겠다.

운검이 흡족한 표정으로 고개를 끄덕이곤 쭈그리고 있던 자세를 풀고 일어섰다.

슥!

그때 그의 뒤로 진영언과 소금주 등이 다가들었다. 운검의 뒤를 곧바로 따랐으나 조금 늦은 것이다. 북궁휘가 소금주를 눈으로 살핀 후 놀란 기색을 지어 보였다.

"소 낭자, 무사하셨소이까?"

"죽을 뻔했어요! 고생이 이만저만이 아니었다구요! 하긴 저처럼 쬐끔한 계집애가 잡혀간다 한들 누가 찾으려 하기나 하겠어요?"

"죄송하오. 모두 소생이 못난 탓이오."

북궁휘가 소금주를 향해 정중하게 고개를 숙여 보였다. 자신이 부근에 있었음에도 소금주가 납치된 것에 대해 진심으로 사과를 한 것이다.

움찔!

소금주가 어깨를 가볍게 떨어 보였다. 얼굴 역시 살짝 붉어진다.

'쳇! 나는 그냥 농담을 던진 것인데… 이렇게 진심을 담아 사과를 하면 부끄럽잖아!'

내심 소리를 버럭 지른 소금주가 북궁휘에게 얼른 손을 휘휘 저어 보였다.

"알면 됐어요! 이번 일로 내게 큰 빚을 하나 진 셈이니 나중에 반드시 갚아야 해요!"

"그러겠소."

다시 고개를 숙이며 답하는 북궁휘의 모습에 소금주가 살짝 기가 질린 표정이 되었다. 이런 식으로 정중한 태도에는 꽤나 적응이 되지 않는다.

그때다. 가장 늦게 일행에 합류한 유연서가 나직한 경호성을 발했다.

"또 다른 고수들이 주변에 숨어 있으니 모두 경계를 해야만 할 거예요!"

'또 다른 고수들?

북궁휘의 눈에 이채가 어렸다. 뒤늦게 나타난 유연서의 경호성이 누굴 가리키고 있는지 대충 짐작이 가는 바가 있었기 때문이다.

그렇다면 그다지 걱정할 필요는 없다. 그는 오히려 경호성을 발한 유연서에게 관심이 갔다.

누구라도 단번에 호감을 느낄 만한 인상의 미녀. 특히 입가에 걸려 있는 부드럽고 단아한 미소가 일품이다. 일반적인 미녀들보다 높은 점수를 줄 만하다.

그러나 그런 점만으로 북궁휘의 눈길을 끌 순 없다. 그는 자신조차 제대로 파악치 못한 기운을 눈치 챈 유연서의 무공 수준이 흥미로웠다. 특히 허리춤에 매달려 있는 황룡고검은 더욱 관심이 갔다.

그때 경호성과 함께 주변에 대한 경계에 들어갔던 유연서가 으쓱 어깨를 추어 보였다. 어느새 자신이 느꼈던 기운이 사라져 버렸음을 눈치 챈 까닭이다.

"대단한 은신술이군요. 기척조차 없이 나타났다가 사라질 수 있다니……."

"보통 하오문의 무공은 폄하되기 십상이지만, 보신경과 은신술은 타의 추종을 불허할 정도지요."

"하오문?"

유연서가 자신에게 말을 건 북궁휘에게 시선을 던졌다. 그의 말에 담겨져 있는 강한 확신이 이채로웠기 때문이다.

북궁휘가 슬쩍 포권해 보였다.

"운검 사부님의 이제자인 북궁휘라 합니다. 소저는 무산검문의 당대 전인이 분명하겠지요?"

"북궁… 혹시 북궁세가의 자제이신가요?"

"그렇습니다."

"그렇군요."

유연서가 미미하게 고개를 끄덕여 보였다. 북궁휘가 지닌 무공이 운검과 상이한 까닭을 이해한 것이다.

그때 운검이 주변을 휘휘 둘러보곤 두 사람에게 말했다.

"여기서 이러지 말고 주변에 객점이나 반점이라도 찾아보도록 하지. 슬슬 다시 배가 고파지기 시작했어."

"제자가 곧 주변에 구… 양해를 구하러 다녀오겠습니다!"

"아니, 그건 됐어."

"예?"

당황한 표정이 된 북궁휘에게 운검이 기분 좋게 웃어 보였다.

"내 주변에 있는 재신들이 보이지 않아? 이럴 때는 양해를 구할 필요가 없는 거야."

"……."

미처 대답하지 못한 북궁휘를 대신해서 진영언과 유연서가 각자 기묘한 눈빛을 한 채 운검을 바라봤다. 소금주가 재밌다는 듯 키득대며 웃었음은 물론이었다.

마신흉갑(魔神胸甲) 149

밤.

객점에 들러 식사를 하고 지나온 얘기를 나누다 보니 어느새 저녁이 되어버렸다. 딱히 밤길을 재촉할 정도의 일이 없으니 객실을 잡지 않을 이유가 없다.

혼자 객실을 잡은 진영언과 달리 유연서와 같은 방을 쓰게 된 소금주는 초저녁부터 잠을 자는 척하다 몰래 객점 밖으로 나섰다.

휘이이이!

여름이라곤 하나 밤에는 바람이 시원하다. 특히 낮 동안 폭염에 시달렸던 만큼 뺨을 스쳐 가는 한줄기 바람이 더욱 고맙게 느껴진다.

밤바람에 잠시 몸을 내맡기고 있던 소금주가 귀여운 입술을 슬그머니 비죽거려 보였다.

"늦었어! 늦었다구!"

혼잣말?

그렇진 않았다. 그녀의 중얼거림이 흘러나온 것과 동시, 어둠 속에 잠들어 있던 객점 한 켠에서 미묘한 대기의 일렁임이 일었다.

곧바로 모습을 드러낸 사 인.

바로 며칠 전 천양에서 북궁휘와 조우한 바 있는 귀왕과 냉면삼마의 등장이었다.

"에엑! 어째서? 왜?"

소금주가 입을 가볍게 벌린 채 귀왕을 향해 손가락질을 해댔다. 설마하니 사부이자 강북 하오문의 총책임자인 귀왕이 직접 찾아올 줄은 몰랐기 때문이다.

귀왕은 태연자약하다.

오히려 그의 뒤에 도열해 있던 냉면삼마가 계면쩍은 표정을 지어 보이고 있다.

그들은 본래 무림 은퇴를 선언하고 은거에 들어갔었다.

비록 제자들이 살해당했다는 소식에 화가 나서 은거지를 뛰쳐나왔긴 하나 그리 떳떳한 기분은 아니었다. 특히 모든 사실을 너무 잘 알고 있는 소금주 앞에선 더욱 그러했다.

귀왕이 너털웃음을 터뜨렸다.

"푸헐헐! 역시 내 사랑하는 제자 아주답구나! 처음부터 걱정 따윈 하는 게 아니었어!"

소금주가 곧바로 새침한 표정을 지어 보였다.

"언제부터 사부가 제 걱정을 했다고 그런 객쩍은 말을 늘어놓는 거예요? 빨랑 사실대로 불어봐요! 뭣 때문에 세상에서 가장 바쁜 분이 은거한 어르신들까지 데리고 강호에 나온 건지?"

"그야 당연히……."

"객쩍은 소리는 하지 말라니깐요!"

소금주의 목소리 끝이 더욱 높게 올라가자 귀왕이 얼른 입을 다물었다.

힐끔!

그의 시선이 객점 쪽을 향한다. 그중에서도 운검과 북궁휘 사제 간이 머물러 있는 방 쪽임은 두말하면 잔소리다. 그리고 곧바로 은근한 전음입밀이 뒤따랐다.

"아주야, 둘 중 누구냐?"

'이런 느물느물한 중년 같으니! 역시 다 알아보고 날 찾아왔구나!'

소금주는 내심 치를 떨면서도 냉면삼마 몰래 전음을 통해 물은 걸 다행으로 여겼다. 역시 밑바닥에서 굴러먹던 개뼉다귀들의 우두머리답게 눈치 하나는 기가 막히게 빠르다.

으쓱!

얼른 어깨를 한차례 추어 보인 소금주가 입술을 삐죽하니 내밀며 대답했다.

"나는 사부가 알다시피 명문세가랍시고 거들먹거리는 자들을 본래 싫어했어요."

"그러냐?"

"그래요."

소금주의 단호한 대답에 귀왕이 눈에 신광을 일으켰다. 소금주가 극히 준수한 북궁휘가 아니라 그저 평균보다 잘생긴 축에 속하는 운검을 선택한 것은 좀 의외다.

그러나 그리 나쁜 기분은 아니다. 진작에 운검에 관한 사항

역시 파악해 놓고 있었다. 그의 범상치 않은 내력이라거나 강호 출도 후의 행보는 꽤나 흥미로웠다.

'고작해야 이십대 중반의 나이에 화산파의 운 자 항렬. 게다가 북궁휘의 사부라고 했던가? 어쩌면 괜스레 콧대만 높은 사패와 사돈지간이 되는 것보다 남는 장사가 될지도 모르겠군.'

내심 고개를 끄덕여 보인 귀왕이 갑자기 소금주에게 손을 들어 흔들어 보였다.

"아주야, 그럼 이 사부는 이만 가보마!"

"예? 그냥 이대로 가시게요?"

"그래. 그동안 네 뒤를 쫓느라고 급한 일거리를 너무 뒤로 밀어놨단다. 너와 이렇게 만났으니 사부 제자 간에 천천히 회포라도 풀고 싶다만, 네 '작업'에 걸림돌이 되어선 안 될 테니까······."

작업이란 말을 강조하며 눈을 한차례 찡긋해 보이는 귀왕에게 소금주가 얼른 손을 내저어 보였다.

"헛소리가 그만 하고 어서 가세요!"

"그럴까?"

"예!"

소금주의 단호한 대답에 귀왕이 다시 파안대소를 터뜨리며 신형을 돌려세웠다. 곧바로 냉면삼마와 함께 자리를 뜰 작정이었다.

그때다. 사제 간의 대화를 위해 뒤로 물러서 있던 냉면삼마의 첫째인 일마가 서늘한 목소리로 항의했다.

"귀왕, 설마 이대로 돌아가시겠다는 것이오?"

"그럴까 하오."

"아직 우리는 제자들의 목숨값을 받지 못했소! 이제 아주를 만났으니……."

"아주는 암영삼살의 죽음을 눈앞에서 본 녀석이오. 그리고 흉수들에게 붙잡혀 갔지. 그런데도 내게 그 일에 대해 한마디도 하지 않고 있소. 그 이유를 모르겠소이까?"

"그건……."

일마가 말끝을 흐린 후 시선을 소금주에게 던졌다. 뭔가 묻고 싶은 게 있지만, 차마 입을 떼지 못하고 있는 것 같다.

소금주가 꾸벅 고개를 숙여 보였다.

"삼마 어르신들, 용서해 주세요! 강북 하오문은 암영삼살과 섬서 지부 형제들의 복수에 나서선 안 돼요!"

"흉수들의 세력이 그 정도란 뜻이더냐?"

"어르신들이 생각하는 이상이에요. 지금은 거기까지만 말할게요."

"……."

일마의 얼음 같은 얼굴에 가벼운 균열이 일었다. 그러나 그는 더 이상 질문하지 못했다. 귀왕만큼이나 소금주의 성품을 잘 알고 있었기 때문이다.

귀왕과 냉면삼마는 순식간에 소금주 앞에서 모습을 감췄다. 나타날 때와 마찬가지로 놀라운 은신술을 유감없이 발휘한 것이다.

으슬!

밤바람이 세지고 있었다.

작은 어깨를 한차례 떨어 보인 소금주가 객점 쪽으로 신형을 돌려세웠다. 이제 그만 잠자리로 돌아가서 새벽까지 쿨쿨 잠을 청할 생각이었다.

그러나 그녀는 곧 자신의 계획을 전면 수정해야 함을 깨달았다. 객점 앞에 모습을 드러낸 운검과 북궁휘 사제를 발견한 까닭이다.

'히야! 사부가 고민할 만도 하겠다! 저 두 사제지간, 지나치게 멋있잖아!'

솔직히 운검에 대한 평가는 소금주 개인의 사견이 살짝 포함되었다고 할 수 있다. 함께 어깨를 나란히 하고 서자 두 사람 중 북궁휘의 준수함이 좀 더 빛을 발하는 건 어쩔 수 없는 진실이었기 때문이다.

"헤헤, 두 분 이 밤중에 어쩐 일로 객점을 나서신 거예요?"

"그러는 소 낭자는?"

"저야 초저녁부터 잠을 자서 그런지 중간에 깨어버리더라고요. 그래서……."

"밤산책을 나서셨다?"

"뭐, 그렇죠. 헤헤!"

버릇처럼 귀엽게 웃는 소금주의 대답에 운검이 의미심장한 표정으로 고개를 끄덕여 보였다. 굳이 그녀를 다그치고 싶지 않고 그럴 이유도 없었다.

북궁휘가 정중하게 말했다.

"소 낭자, 소생은 지금부터 사부님과 함께 연공을 할 것이오. 혹여 아직 산책이 끝나지 않았다면 다른 곳으로 옮기도록 하겠소."

"그럴 필요는 없어요. 그렇지 않아도 이만 산책을 끝낼 작정이었으니까요."

"그럼 자리를 좀 비켜주시겠소?"

"물론 그래야죠! 저는 이만 들어가서 잘게요!"

착한 어린이 같은 표정으로 대답을 한 소금주가 운검의 얼굴을 한차례 훔쳐본 후 얼른 객점 안으로 뛰어들어 갔다. 귀왕 등과의 만남을 추궁당하지 않은 것만도 다행이란 판단이었다.

"하는 짓이 귀엽군."

소금주의 뒷모습을 살핀 운검이 북궁휘에게 흐릿한 미소를 던졌다.

"그럼 낮에 이은 이차전에 들어가 볼까?"

"예!"

대답과 함께 북궁휘가 안색을 가볍게 굳혔다. 현재의 운검이 헤어지기 전과 완벽할 정도로 달라졌음을 직감적으로 느끼고 있었기 때문이다.

*　　　*　　　*

천산.

사검은 홀로 구마련의 비밀 총단으로 돌아왔다. 떠날 때는 하늘을 찌를 듯한 살기와 함께 완전무결한 몸을 지니고 있었으나 지금은 그렇지 못하다.

독비.

그는 평생에 걸쳐 완성한 살인검을 잃어버렸고, 목숨 바쳐 충성을 맹세했던 위소소에게도 버림받았다.

최소한 지금은 그렇다.

그녀는 독비검마의 반천쾌검식을 완성하기 전까지 결코 자신에게 돌아오지 말라 했다. 태어날 때부터 이름도 없는 수호위사로 키워진 사검에게 그리 말했다.

천종각.

현 구마련의 실질적인 지배자나 다름없는 천종독심 가극염은 근래 들어 외양이 조금 변했다. 그를 특징짓던 백발흑염 중 백발이 검어져서 훨씬 젊어 보였다.

그 같은 가극염 앞에 부복한 사검이 위소소에게 받은 명령대로 보고를 올렸다.

"대공녀님께서는 한동안 혼자서 천사심공의 행방을 찾기로 하셨습니다. 만약 천사심공의 행방을 찾게 되면 곧바로 대마종님께 비맥을 통해 알리겠다고도 하셨습니다."

"비맥을 이용하시겠다고?"

"그렇습니다."

사검의 무심한 대답에 가극염이 턱수염을 손으로 천천히 쓰다듬어 보였다. 뭔가 생각할 것이 있을 때 보이곤 하는 버릇이다. 곧 질문이 이어졌다.

"그 외에 다른 명령도 있었을 테지?"

"대공녀님은 속하에게 폐관수련을 명하셨습니다."

"좌수검을 연마하게 하려는 배려시로군. 설마하니 반천쾌검식을 받은 건 아닐 테지?"

질문이나 질문이 아니다. 이미 짐작하고 있는 사항을 그저 확인 삼아 묻고 있을 뿐이다. 사검이 그 같은 점을 모를 리 만무하다.

"대공녀님께서 속하에게 반천쾌검식을 하사하셨습니다. 최소한 팔성의 성취를 보기 전에는 결코 자신을 찾지 말라는 명령도 함께 내리셨습니다."

"그건… 축하할 일이군. 반천쾌검식은 노부의 친우인 독비검마의 독문절학인데, 다행스럽게도 후계자를 두게 되었어."

"모두 대공녀님의 은혜입니다."
"그렇겠지."
천천히 고개를 끄덕여 보인 가극염이 손을 휘저어 보였다. 그만 나가보라는 뜻이다.

잠시 후.
사검을 물린 후 한참 동안 천종각의 내부를 서성거리고 있던 가극염에게 또 다른 방문자가 찾아왔다.
적의백발.
불타는 적의 장포에 백발을 한 방문자의 정체는 사대마종 중 한 명인 혈군자(血君子) 당무결이었다. 백 년 전까지 사패와 어깨를 나란히 하던 사천당가(四川唐家)의 배신자이자 현존하는 천하제일의 암기 고수이기도 하다.
팔순에 이른 나이에도 불구하고 암기술과 함께 독공 역시 노화순청의 경지에 이른 당무결의 얼굴엔 주름 하나가 없다. 그의 현재 나이를 짐작케 하는 건 백발이라기보다는 은발에 가까운 머리 색깔뿐이다.
'당무결. 여전히 젊은 얼굴이군. 만약 머리 색깔만 검게 물들인다면 삼십대 초반이라고 해도 믿을 수 있을 정도야.'
가극염이 당무결의 여전한 젊음을 잠시 질시하곤 곧바로 입가에 온화한 미소를 매달았다.
"혈군자, 자네가 어쩐 일인가? 독종각(毒宗閣)을 다 벗어나

노부를 찾아오고?"

"왜? 내가 반갑지 않은 건가?"

"그럴 리가!"

가볍게 손사래를 친 가극염이 한 켠에 마련되어 있는 의자를 얼른 가리켜 보였다. 일단 앉아서 천천히 얘기를 나누잔 뜻이었다.

당무결이 그리하지 않았다.

대신 그의 흰자가 거의 보이지 않을 정도로 검은 두 눈이 가극염을 탐색하듯 향한다.

"소수현마경을 완성하지 못한 내공녀를 중원으로 빼돌린 건 그렇다 치고, 마신흉갑(魔神胸甲)은 어쩔 건가?"

"마신흉갑?"

가극염은 짐짓 이해할 수 없다는 듯 눈매를 가늘게 만들었다. 이미 이곳에 오기 전부터 성질이 많이 나 있던 당무결로선 분노하지 않을 수 없다.

"딴 사람도 아니고 천종, 자네가 마신흉갑을 모른 척하긴가! 내가 당가를 배신하고 구마련에 들어온 까닭을 누구보다 잘 알고 있는 자네가!"

당무결이 노성을 터뜨리자 일순 천종각의 내부 온도가 치솟아올랐다.

그가 익힌 귀염독화공(鬼炎毒火功)의 영향!

일종의 기파를 형성한 귀염독화공의 기운이 대기를 열탕

처럼 끓어오르게 만들고 있었다.

'끌! 혈군자. 그동안 독종각에서 은인자중하더니, 결국 귀염독화공을 대성하는 데 성공했군. 암기술에 지나치게 빠져서 절대로 상극인 화공과 독공을 한데 융화시키진 못하리라 봤거늘!'

귀염독화공!

백여 년 전까지 사패와 어깨를 나란히 했던 사천당가의 삼대절기 중 하나다. 당무결은 다른 삼대절기 중 하나인 암흑파천(暗黑破天)을 이미 완성한 상태였기에 가극염의 놀람은 상당하다고 할 수 있었다.

그러나 가극염은 명색이 사대마종의 수좌다.

대마종이다.

비록 당무결의 성취에 어느 정도 감명을 받았다곤 하나 단지 그뿐이었다. 그리 크게 신경이 쓰일 정도는 아니다.

파앗!

한차례 소매를 휘둘러 당무결이 일으킨 귀염독화공의 기운을 사그러뜨린 가극염이 슬쩍 코웃음 쳤다.

"홍! 혈군자, 감히 천종각에 와서 무력시위를 하려 하다니! 나와 척을 지겠다는 뜻으로 받아들여도 되겠는가?"

'으음, 내 귀염독화공의 기운을 이렇게 쉽사리 사그러뜨리다니! 가극염, 무공이 이젠 거의 신화경에 이르렀구나!'

당무결이 내심 신음과 함께 귀염독화공을 거둬들였다. 짐짓 화를 내며 가극염의 무공 수준을 엿보려 했는데, 오히려 반대 상황이 되어버렸다. 크게 계면쩍은 상황이긴 하나 속마음을 겉으로 드러낼 정도의 바보는 아니었다.

"무력시위라니! 나는 단지 천종 자네가 마신흉갑에 대한 내 마음을 무시한 것에 대해 화가 났을 뿐이네!"

"그것도 그렇네. 혈군자 자네도 알다시피 그 마신흉갑은 완성도 되기 전에 사패에게 빼앗겼네. 지금은 사패 중 어느 곳이 가지고 있는지도 몰라. 그런데 어찌 지금 같은 시기에 언급하는 것인가?"

"그거라면 내가 좀 알고 있네."

"마신흉갑이 어디에 있는지 알았다는 건가?"

"그렇네. 오 년 전 몰락했긴 하나 아직도 당가는 무림 중에서 힘을 좀 쓰네. 그곳의 아이들을 통해서 마신흉갑의 현재 위치를 알아냈네. 지금은 적룡신갑(赤龍神甲)이라 불리고 있다더군."

"적룡신갑!"

가극염의 안색이 처음으로 변했다. 그 역시 적룡신갑이 어디에 있는지에 대해선 익히 알고 있었기 때문이다.

그 모습을 본 당무결의 만면에 득의만면한 표정이 떠올랐다.

"자네도 마신흉갑의 효능에 대해선 익히 알고 있을 것이네. 만약 당시에 마신흉갑이 완성만 되었더라도 마제께서는 결코 사패주들의 연수합공에 패배하지 않았을 것임을."

"그걸 어찌 내가 모르겠는가. 마신흉갑이야말로 천하불패의 호신갑인 것을. 그보단 적룡신갑이 진짜로 마신흉갑이란 거, 책임질 수 있는 발언일 테지?"

"물론이네. 내 목을 걸 수도 있어. 그래서 말인데, 이번에 비맥을 좀 움직여 주게."

"비맥을? 설마 자네가 직접 중원으로 나가려는 것인가?"

"대공녀도 나갔네. 난들 어째서 못 나가겠나? 지난 오 년간 숨죽이고 있었던 비맥을 이용한다면 능히 개방이나 사패의 눈을 피할 수 있을 걸세."

"그건 장담할 수 없는 일이네. 대공녀의 정체는 사패나 구대문파, 개방에서도 아는 이가 없었네. 하지만 나를 비롯한 사대마종은 다르네. 비록 그동안 자네의 용모와 무공이 현저히 바뀌었다곤 하나 중원에 도착하자마자 신분이 노출될 가능성이 대단히 높네."

"그렇다 해도 마신흉갑을 포기할 순 없네. 내 이미 당가에도 손을 써놨으니, 비맥의 힘을 빌려주게나!"

"으음, 당가에까지……."

가극염이 나직한 신음과 함께 눈앞의 당무결을 물끄러미 바라봤다.

마신흉갑!

사천당가의 시조가 우연찮게 발견한 고대 마교(魔敎)의 유물이다. 그는 평생 마신흉갑을 연구해서 암기와 독공의 명가인 당가를 탄생시켰다 한다.

그러나 그는 죽기 전 마신흉갑을 봉인했다. 마교의 유물이 당가의 기초가 됐음을 정파무림에서 알 것을 겁냈음이다. 또한 그는 자신조차 알아내지 못한 마신흉갑의 힘을 두려워했다. 혹시라도 고대 마교의 힘이 부활할 것을 겁낸 것이다.

당무결은 우연찮게 그 같은 사연을 알아냈다. 당시 당가의 미래를 짊어진 천재로 알려졌던 그이기에 호기심을 주체할 수 없었다. 그만큼 오만했던 것도 사실이다.

그는 결국 시조의 유시를 어기고 마신흉갑의 봉인을 풀었고, 순간적으로 마기에 혼을 빼앗기고 말았다.

폭주!

그날, 당무결의 손에 의해 현 사패와 대등하다 알려졌던 사천당가의 정영 수백이 몰살당했다.

뿐만 아니다. 당가의 모든 것이라 할 수 있는 독고(毒庫)와 암기고(暗器庫) 역시 불탔다. 수백 년 내 절전되었다 알려졌던 삼대절기를 당무결이 얻은 대가였다.

당연히 그날 이후 당무결은 가문과 정파 전체에서 쫓기는 몸이 되었고, 마신흉갑을 바치는 조건으로 구마련에 몸을 의탁할 수 있었다.

잠시 과거의 상념에 잠겨 있던 가극염이 당무결에게 천천히 고개를 끄덕여 보였다.

"자네의 각오가 놀랍네. 다시는 당가와 연관된 어떠한 일도 하지 않을 거라 생각했거늘."

"마신흉갑에 대한 일이라면 다르지."

"알겠네. 내 비맥을 움직이도록 하겠네. 대신 마신흉갑을 회수한 후 반드시 천산으로 돌아와야만 할 것이네."

"그러지. 내 약속함세."

"반드시 그래야만 할 것이네. 비맥은 자네의 신분을 감춰 줄 수도 있으나 반대로 중원 전체에 알릴 수도 있는 힘을 가지고 있으니까 말일세."

"알고 있네."

대답과 함께 당무결이 한쪽 입꼬리를 슬쩍 치켜 올렸다.

오만한 미소.

그에게 가장 어울리는 표정이라 가극염은 생각했다.

第二十六章

검향만리(劍香萬里)
검의 향기가 만 리에 이르니, 영웅들이여 모여라!

華山劍宗

사천(四川).

중국 남서부 장강 상류에 있는 성이다. 성도(省都)는 성도(成都)고 네 개의 강이 성내를 흐르기 때문에 사천이라는 명칭이 붙었다. 한족(漢族) 외에 이족(彝族), 장족(藏族), 묘족(苗族), 회족(回族) 등 여러 종족이 살고 있다.

그런 사천의 성도에서 남쪽으로 백여 리가량 가면 모습을 드러내는 거대한 크기의 장원이 있다. 바로 한때 사천 일대의 패주로 군림했던 당가다.

디링!

당대 당가의 가주이자 사천십대고수 중 한 명인 천수천독(千手千毒) 당중경은 귓가를 울리는 소성에 얼른 자리에서 일어섰다.

옆에 누운 나이 어린 애첩은 여전히 혼곤한 잠에 빠져 있다. 사십이 훌쩍 넘은 나이임에도 청년 시절과 다름없는 정력을 자랑하는 당중경에게 밤새 시달렸다. 무가에 시집 온 여인답게 무공 수위가 결코 낮지 않으나 잠에서 깨어나지 않는 것도 무리는 아니다.

'그런데 어째서 사십사숙(四十四潚)에게선 여태까지 아무런 보고가 없단 말인가? 정녕 눈먼 야조라도 날아들었던 것이란 말인가?'

사십사숙.

당가에서 암기를 가장 빠르고 정확하게 날릴 수 있다고 알려진 정예다. 그들은 항시 가주의 주변 백 보 이내를 떠나지 않는데, 밤낮 없이 경계를 선다.

잠시 더 사십사숙의 보고를 기다리던 당중경이 재빨리 침상을 벗어났다. 혹여 나이 어린 애첩이 잠에서 깰까 봐 슬쩍 수혈을 눌러주는 것도 잊진 않았다. 아침에 잠이 부족하다고 종알거리면 감당키 어렵다.

스슥!

곧바로 침소를 벗어나니 스산한 달빛이 기다렸다는 듯 마중을 나온다.

해를 보면 개가 짖는다고 알려진 사천이다.

야심한 밤중에도 환한 달빛을 기대한다는 건 우스운 일이다.

침소를 벗어나자마자 사십사숙이 잠복해 있는 장소 쪽으로 시선을 던지던 당중경의 눈살이 절로 찌푸려졌다.

벽에 기댄 채 주저앉은 모습.

한눈에 잠들어 있음을 알게 한다. 아주 확실한 근무태만이다. 딱 걸렸다.

'저것들이 미쳤나!'

당중경은 당장 사십사숙의 우두머리이자 호위대장인 조카 당정을 불러 호통을 칠 작정이었다. 그러다 뭔가 이상한 낌새를 눈치 챘다. 주변 이곳저곳에서 사십사숙의 규칙적인 호흡 소리를 듣게 된 것이다.

"이런 말도 안 되는 일이!"

당중경은 곧바로 경호성을 터뜨리려 했다. 그래서 깊은 잠 속에 빠져 있는 당가 전역에 비상사태를 선포하고 가문의 고수들을 일제히 소집하려 했다.

그러나 그는 그리하지 못했다.

스슥!

일순 당중경의 바로 앞에 그림자 하나가 떨어져 내렸다. 눈 깜짝할 새 벌어진 일이다.

퍽!

일수유 만에 천 개의 손으로 암기를 발출하고 천 개의 독을 풀 수 있다는 당중경이 복부를 거머쥐고 두 눈을 부릅떴다. 그림자의 일각에 배를 얻어맞았다. 숨조차 제대로 쉬지 못할 정도의 고통이 뒤따랐음은 물론이다.

"허접한 놈! 그동안 뭘 했기에 내가 전수해 준 암흑파천이 고작해야 오성을 넘지 못했는고?"

"서, 설마……."

복부에 손을 댄 상태 그대로 비장의 절초인 암흑파천을 펼치려던 당중경의 입술 새로 당혹성이 흘러나왔다. 사십사숙을 삽시간에 제압하고 자신 앞에 나타난 그림자의 정체를 눈치 챘기 때문이다.

당무결이 입가에 흐릿한 조소를 담았다.

"흥! 설마는 무슨! 네놈에게 암흑파천을 전수해서 당가주에 오르게 한 사백이니라!"

'역시! 하지만 어째서 이 노괴가 당가에 모습을 드러냈단 말인가! 구마련이 패망한 이상 다시는 중원으로 들어오지 못하게 되었을 터인데…….'

내심 염두를 굴린 당중경이 얼른 허리를 접어 보이곤 은근슬쩍 물었다.

"조카 중경이 사백님을 뵙습니다! 그동안 별래무양하셨는지요?"

"별래무양은 무슨! 네 녀석과 그따위 인사치례를 하기 위해 당가를 방문한 게 아니다!"

"그럼 무슨?"

"근래 서패 북궁세가에서 비무초친에 대한 초청장을 받았으렷다?"

"예, 그렇긴 합니다만……."

"당장 그거하고 당가의 자손임을 알리는 혈룡패를 가져오거라."

"예?"

"이런 곳에서 지체할 시간 없다! 어서 가져와!"

"……."

당중경은 잠시 눈앞의 당무결을 미심쩍은 표정으로 바라보다 그가 살기를 일으키자 얼른 초청장과 혈룡패를 꺼내왔다. 과거 당무결이 일으킨 혈사를 누구보다 잘 알고 있었기 때문이다.

당무결이 초청장과 혈룡패를 챙긴 후 말했다.

"당가에 나쁜 일은 하지 않겠다만, 만약 문제가 발생하면 이 초청장과 혈룡패를 탈취당한 것으로 하거라!"

"예, 알겠습니다."

"그리고 너도 이제 장년의 나이다. 색은 이제 작작 탐하고 연공에 힘쓰도록 하거라."

'백부, 칠십이 다 된 나이로 열여덟 살짜리 계집과 비무초친하러 가는 변태 늙은이한테 그런 말을 듣기는 싫수다!'

당중경이 극히 공손한 표정을 한 채 내심 중얼거렸다. 비록 당무결이 몰래 전수해 준 암혹파천으로 가주의 자리에 오르긴 했으나 결코 그에 대한 감정은 좋지 않았다. 사패와 어깨를 나란히 하던 당가의 몰락이 그와 깊은 관련을 맺고 있음을 알고 있었기 때문이다.

  *   *   *

수해촌.

언제나와 마찬가지로 새벽 연공을 끝마친 영호준은 활력 넘치는 걸음으로 저잣거리로 향했다.

입가로 번져 나오는 더운 입김!

슬슬 폭염이 시작될 시기지만 아직 아침이 시작되지 않은 저잣거리의 공기는 서늘하게 식어 있었다. 다른 사람보다 훨씬 피가 쉽게 끓어오르는 영호준으로선 딱 좋은 날씨다.

'오늘도 많이 더우려나? 슬슬 유옥 누님이 덥지 않도록 차양이라도 만들어야겠다.'

지난 몇 달간.

어쩌다 보니 유옥과 단둘만 남게 된 영호준은 어느새 오누이처럼 지내게 되었다. 실제로 나이 차가 두 살 정도 되는지라 누님, 동생 하기가 쉬웠다. 둘만 있는지라 서로가 서로를 의지하는 사이가 되어버린 것이다.

그런 소소한 상념과 함께 유옥의 장사터에 도착한 영호준이 얼른 주변 정리에 들어갔다. 밤새 지저분하게 쌓인 쓰레기를 치우고 좌판이 들어설 자리를 확보했다. 일 처리가 익숙한 게 한두 번 해본 솜씨가 아니다.

그렇게 주변 정리가 거의 끝났을 무렵이다. 언제나와 다름없이 유옥이 좌판과 음식 재료를 짊어지고 모습을 드러냈다. 지난 몇 달간과 전혀 변함이 없는 모습이다.

'유옥 누님도 참! 사부님이 주신 돈이 그렇게 많은데, 한 푼도 쓰지 않으려 하시니……'

유옥을 발견하고 내심 눈살을 찌푸려 보인 영호준이 얼른 그녀에게 다가가 고개를 꾸벅 숙여 보였다. 인사다.

"유옥 누님, 밤새 안녕하셨습니까?"

"영호 동생, 자꾸 이런 일 하지 말라니까……."

책망하는 듯한 말투와 달리 유옥의 얼굴에는 고마운 기색이 완연했다. 수해로 모든 것을 잃어버렸다. 그런 그녀에게 이처럼 살가운 태도를 보이는 친인의 존재란 극히 소중하다고 할 수 있었다.

주변에서 아침 장사를 준비하던 아줌마, 아저씨들이 놀리듯 소리쳤다.

"아이구! 한 쌍의 원앙이네, 원앙이여!"

"크하하! 그냥 살림을 차리는 거여, 살림을!"

"청춘이라! 좋구나, 좋아!"

시장통이 갑자기 시끌벅적해졌다. 모두 유옥과 영호준이 사귀는 걸 기정사실화시키고 있었다.

화끈!

유옥이 난처한 기색을 지었고, 영호준의 얼굴이 버릇처럼 붉게 달아올랐다. 주변의 소란이 더욱 심해진 건 두말하면 잔소리였다.

그러나 유옥과 영호준 중 누구도 화를 내는 사람은 없었다. 이런 일을 경험한 게 한두 번이 아니다. 이럴 때 화를 내거나 어떤 반응을 보이면 더욱 시끄러워진다는 걸 경험을 통해 잘 알고 있었다.

'괜스레 나 때문에 유옥 누님이 고생을 하시는구나! 나쁜 사람들 같으니!'

'나 때문에 영호 동생이 난처한 상황에 처하니, 정말 미안하다. 하지만 나쁜 분들이 아니니 화를 낼 수도 없어.'

유옥과 영호준.

두 사람은 서로의 얼굴을 살피며 묵묵히 장사 준비에 들어갔다. 주변의 소란에 무대응으로 일관하는 것이다.

그러자 곧 소란이 잦아들었다. 여기저기에서 재미없다는 듯 혀 차는 소리와 투덜거림이 들려왔다. 하루를 시작할 때의 즐거움과 활력소가 사라졌다는 투다.

그러거나 말거나 유옥과 영호준은 장사 준비를 끝마쳤고, 곧 손님들이 하나둘 몰려오기 시작했다. 지난 몇 달간 영호준이 불철주야 노력한 끝에 유옥의 음식 솜씨가 저잣거리 전체에 소문난 결과였다.

정오 무렵.
유옥이 곤란한 얼굴이 되었다.
점심때가 끝나기도 전인데 오늘 준비해 온 식재료가 떨어졌다. 아직도 음식이 나오길 기다리고 있는 사람이 잔뜩 있는 만큼 난감하지 않을 수 없다.
힐끔.
열심히 음식을 나르고 있던 영호준을 곁눈질한 유옥이 그를 자그마한 목소리로 불렀다.
"영호 동생, 잠깐만 이리로 와봐요!"
"예, 누님!"
영호준이 얼른 다가오자 유옥이 빈 식재료 통을 가리키며 난감한 표정을 지어 보였다.
"오늘은 아침부터 손님이 많아서 식재료가 벌써 떨어졌어. 이 일을 어쩌지?"
"제가 시장으로 달려가서 구해오겠습니다! 품목을 불러주십시오!"
"고마워요."
영호준의 시원스런 대답에 고마움을 표한 유옥이 재빨리 떨어진 식재료 품목을 열거하곤 구입비에 웃돈을 얹어서 건

넸다. 영호준이 얼른 손사래를 쳤으나 소용없었다. 이런 점에 있어서 그녀의 고집은 대단했다.

어쩔 수 없이 돈을 건네받은 영호준이 재빨리 시장으로 달려갔다. 자연스레 태극매화권의 보법을 밟아간다. 진정한 연공이란 실생활 중에 하는 것이란 사부 운검의 가르침에 대한 실천이었다.

그렇게 영호준이 시장통을 돌며 식재료를 구입하고 돌아올 무렵이었다. 시장 한 켠에 잔뜩 모여 있는 사람들이 그의 눈길을 잡아끌었다.

'하나같이 칼이나 검, 창 같은 걸 패용하고 있네? 도대체 무슨 일이기에 저리 많은 무림인들이 모인 거지?'

영호준은 궁금증을 참지 못하고 시장통의 한 켠을 완전히 장악하고 있는 무림인들 쪽으로 다가갔다. 일단 무림에 관련된 일은 결코 그냥은 못 넘어가는 습성이 발동한 것이다. 도착도 전에 거친 무림인들의 목소리가 들려온다.

"캬아! 검향만리라! 정말 죽이는 문구로군! 죽이는 문구야!"

"하지만 서패 북궁세가는 도법으로 유명한 곳인데, 검향만리라니, 좀 우습기도 한 것 같은데?"

"모르는 소리! 본래 권장지각(拳掌指脚)과 도검창궁(刀劍槍弓)은 모두 함께 다뤄지는 거라구. 비무초친를 청하는 글에 검향만리란 멋들어진 표현을 쓰는 건 지당하단 말씀이지!"

"그런가?"

"아무렴! 하지만 우리 같은 삼류무인들한테 이런 글월은 그야말로 하늘의 거위를 탐하는 격이지! 아무리 검의 향기가 만 리에 이르니, 영웅들이여 모여라! 라고 말해봤자 순서조차 돌아오지 못한달까?"

"하긴, 서패 북궁세가의 오룡일봉 중 한 명인 북궁상아의 무위가 이미 절정을 넘본다고 하더구만. 괜스레 예쁜 부인 한 명 얻으려다 목숨을 잃기 십상이지."

"오룡일봉은 무슨! 사룡일봉이 맞는 말이지! 셋째 아들인 북궁휘란 녀석은 무공도 비리비리한 데다가 얼마 전 행방불명돼서 소식조차 모른다고 하던데……."

"쉬잇! 근처에 북궁세가의 인사가 있으면 어쩌려고 그런 소리를 하는 건가! 자칫 그런 말을 떠들다가는 살신지화(殺身之禍)를 면키 어렵다구!"

"쳇!"

나직이 혀를 차면서도 주의를 받은 자는 더 이상 투덜거리지 않고 입을 다물었다. 은근히 주변의 눈치를 살피는 것도 잊진 않았다.

정작 화가 난 건 부근까지 다가들었던 영호준이다. 그는 안색을 붉히고 양 주먹을 쥔 채로 북궁휘를 모욕한 자를 무섭게 노려봤다. 자신보다 족히 몇십 배는 강하고 훌륭한 사제를 모욕하는 말에 분노가 치밀어 오른 것이다.

그러나 운검의 문하에 들어온 후 영호준은 많은 일을 겪었다. 여전히 몸속의 피가 뜨거웠지만, 과거처럼 막무가내로 사고를 치는 일은 많이 줄어들었다.

게다가 그는 지금 운검과 북궁휘의 부탁으로 유옥을 지키는 역할을 맡고 있었다. 조금이라도 문제가 될 일을 만들어선 안 되는 처지였다.

꾸욱!

양 주먹에 들어갔던 힘을 뺀 영호준이 무림인들의 시선을 빼앗고 있는 한 통의 방문을 바라봤다. 그들이 제멋대로 떠들고 있는 일과 관계된 사항이 적혀 있으리란 판단이었다.

고(告)!

비무초친(比武招親)!

천하 영웅들이여!

금년 꽃다운 십팔 세가 되는 북궁세가의 여식, 청명뇌음도 북궁상아의 남편이 될 영웅을 비무로써 찾고자 하니, 나이 삼십오 세를 넘지 않고 미혼인 자들의 많은 참여를 부탁드리오!

또한 우승자에겐 북궁상아와의 혼약 외에 무림의 기보인 적룡신갑과 북궁세가의 비전지학 한 가지가 부상으로 주어질 것이오! 미인과 기보, 절학을 한 번의 겨룸으로 차지하게 되니, 이 아니 즐겁지 않겠소!

본시 검의 향기가 만 리를 간다[劍香萬里] 했으니, 천하 영웅들은 부디 이번 기회를 놓치지 말기 바라오! 본시 도전하는 자에게만 문은 열리게 마련이지 않겠소?

북궁세가 가주 서방도신 북궁한경.

"아!"

방문을 읽은 영호준의 입이 가볍게 벌어졌다. 비로소 방금 전에 무림인들이 지껄여 댄 말의 의미를 이해할 수 있게 되었기 때문이다.

그때다. 영호준 주변에 있던 무림인 몇이 조소 어린 표정으로 중얼거렸다.

"여기 또 한 명의 경쟁자가 있구만? 그런데 엄마 젖은 떼고 왔는가?"

"얼굴은 정말 자알생겼는걸? 혹시 비무초친이 아니라 연애라면 북궁상아를 꼬실 수 있을지도 모르겠는걸?"

"그럴 수도 있겠군. 하지만 손에 든 식재료들을 보니, 무림인은 아닌 것 같은데?"

"응? 그렇네! 하긴 저런 꼬맹이까지 비무초친을 위해 북궁세가로 달려가겠다고 하면 꼴이 우습긴 할 테지."

영호준의 얼굴이 다시 붉어졌다. 이번에는 분노가 아니라 부끄러움 때문이다.

'나도 참 한심한 놈이다. 방금 전까지 북궁 사제를 욕하는 자들에게 화를 낸 주제에 기껏해야 방문 하나를 보고 넋을 잃어버렸으니!'

내심 자신을 나무란 영호준이 얼른 무림인들 틈에서 빠져나와 시장통을 향해 걸음을 재촉했다. 문득 이곳에서 시간을 너무 많이 끌었다는 생각이 들자 자연스레 태극매화권의 보법이 빠르게 전개되었다.

스스슥!

순식간에 멀어져 가는 영호준의 모습에 방금 전 조소를 던졌던 무림인 몇의 입이 크게 벌어졌다.

"태극매화권?"

"서, 설마! 태극매화권의 보법은 저리 빠르지 않아!"

그들이 어찌 알 수 있으리오.

화산파의 무공을 세세한 부분까지 새롭게 정립한 운검에게 전수받은 태극매화권이다. 결코 섬서성 일대의 웬만한 무관 아무 데서고 배울 수 있는 일반적인 태극매화권과는 다를 수밖에 없었다.

저녁 무렵.

두 번이나 영호준이 식재료를 사다 나르고서야 장사는 끝이 났다.

유옥의 입가에 은은히 감도는 미소.

고된 하루 일과였으나 내심 크게 만족한 표정이다. 근래 들어 매상이 하루가 다르게 늘고 있었다. 어찌 몸이 고단한들 기쁘지 않겠는가.

그때 주변 뒷정리를 끝마친 영호준이 유옥에게 다가왔다. 그 역시 표정이 밝다.

"유옥 누님, 대충 정리가 끝났습니다. 이제 슬슬 집으로 돌아가시죠?"

"저녁밥도 제대로 못 먹고… 미안해……."

"밥을 못 먹긴요. 누님이 준 주먹밥을 두 개나 먹어서 배가 빵빵한걸요."

영호준이 자신의 배를 소리나게 쳐 보였다. 아랫배에 힘을 꽉 줘서인지 방귀 소리까지 터져 나온다.

뿌웅!

유옥이 결국 참지 못하고 입가를 가리고 웃음을 터뜨렸다. 영호준이 일부러 방귀를 뀌었음을 눈치 챘기 때문이다.

"아하하, 영호 동생, 그만 해! 제발 그런 짓은 하지 말아 줘!"

"어떤 짓이요? 이런 짓이요?"

영호준이 다시 방귀를 뀌었다. 슬슬 육합구소공의 수련에 익숙해진 터라 방귀쯤 뀌는 건 자유자재다.

그때다. 유옥이 즐거워하는 모습을 보고 아예 작심을 한 영호준이 다시 내공을 움직여 연속적으로 방귀를 뀌려는 찰나,

그의 뒤통수로 돌멩이 하나가 날아들었다.

파슷!

영호준은 돌멩이가 머리를 직격하기 바로 직전에 고개를 살짝 옆으로 틀어 보였다.

그동안 부지런히 육합구소공과 태극매화권을 연마했다. 덕분에 어느덧 대기의 흐름 정도는 읽을 수 있게 되었다. 파공성을 동반한 돌멩이쯤 흘려보내는 건 일도 아니었다.

물론 그것만으로 끝일 리 없다.

영호준은 돌멩이를 흘려내자마자 신형을 갈지자로 휘저었다. 태극매화권의 투로에 따른 보법을 펼쳐서 연속된 공격을 피하려 한 것이다. 경호성 역시 뒤따른다.

"유옥 누님, 얼른 뒤로 피하십시오! 절대로 나서시면 안 돼요! 절대로요!"

"……"

유옥은 대답하지 못했다.

그녀로선 영호준이 어째서 갑자기 미친놈처럼 신형을 이리저리 움직이는지 이해할 도리가 없었다.

그때 영호준의 곁으로 그림자 하나가 다가들었다. 바로 태극매화권의 보법이다. 돌멩이를 던져 영호준의 대응을 살핀 운검이 직접 신형을 날려온 것이다.

"엇!"

영호준은 다급한 신음을 토하면서도 곧바로 태극매화권을

펼쳐 반격에 나섰다.

뜻밖의 일을 당한 것치곤 반응이 빠르다.

그 정도의 수련이 없고서는 있을 수 없는 일이다.

'제법!'

어느새 영호준의 바로 코앞까지 다가든 운검 역시 그리 생각했다. 그러나 이미 달려든 터다. 이제 와서 뒤로 신형을 빼내는 것도 그리 탐탁지는 않다.

스슥!

영호준의 권각을 흘리며 사각으로 파고든 운검이 곧바로 장권을 날렸다. 권각을 날려 공격하느라 훤하게 드러난 영호준의 가느다란 턱이 목표다.

따닥!

영호준의 턱이 위쪽으로 크게 들썩였다. 운검이 펼친 장권을 미처 피하지 못하고 얻어맞은 것이다. 어쩔 수 없이 다리에 힘이 풀려 몸이 크게 휘청거린다.

그러나 바로 그때다.

곧바로 바닥에 주저앉을 것 같던 영호준의 신형이 번개같이 회전을 일으켰다. 그에 따라 고관절이 격렬한 움직임을 보였고, 곧바로 날카로운 각법이 사각 안의 운검을 노린다.

파곽!

바로 태극매화권의 각법 중 가장 위력이 강한 난풍각(亂風脚)이다.

'살을 내주고 뼈를 깎는다? 자식, 어디서 주워들은 건 있어 가지고!'

운검은 난풍각을 피하며 피식 입가에 미소를 담았다.

영호준에게 태극매화권을 가르친 건 운검 자신이다. 당연히 태극매화권의 세세한 변화까지 알고 있었다.

만약 그렇지 않았다면?

어쩌면 방금 전의 일각에 꽤나 곤욕을 치렀을지도 모른다는 생각이 든다. 물론 내공의 사용 없이 태극매화권만으로 대련을 벌였을 때만의 일이다.

스슥!

또다시 영호준의 사각으로 파고든 운검이 주먹으로 뒤통수를 후려쳤다. 앞서의 장권과 마찬가지로 내공이 실리진 않았으나 꽤나 아플 만한 위력이 담겼다.

빠악!

그리고 다시 신형을 움직이자 운검은 어느새 영호준의 바로 앞에 서 있었다. 더 이상 자신의 정체를 숨기지 않고 드러낸 것이다. 이맛살을 잔뜩 찌푸리고 있던 영호준의 눈이 두 배쯤 커졌다.

"사, 사부님?"

"턱에 장권을 얻어맞은 순간에 이미 네 녀석은 패한 것이다! 어찌 난풍각 따위로 상황의 반전을 노리려 하느냐!"

"하지만 제자는 아직 여력이 남아 있었습니다. 그러니 그 상황에선……."

"그래서 일부러 내력을 담지 않고 손을 쓴 상대에게 암계를 사용해서라도 이겨야만 했다는 뜻이더냐?"

"그, 그건……."

영호준이 다시 항변을 하려다 얼굴을 붉게 물들였다. 비로소 운검이 한 말의 의미를 깨달은 것이다. 자연스레 얼굴이 시무룩해지고 고개가 밑으로 떨궈진다.

'그래도 지난 몇 개월, 생각보다 많은 성취를 이뤘다. 그동안 꾀부리지 않고 부지런히 연공했다는 뜻이지.'

내심 고개를 끄덕인 운검이 슬쩍 손을 내밀어 영호준의 머리를 쓰다듬어 줬다.

"어쨌든 그동안 사부가 내린 명은 잘 수행한 것 같구나. 고생했다."

"사부님……."

영호준이 언제 시무룩한 표정이 되었냐는 듯 운검을 감격한 표정으로 바라봤다. 운검의 문하에 들어온 후 처음으로 들은 칭찬이었기 때문이다.

그러나 운검은 이미 그를 뒤로하고 유옥에게 다가가고 있었다. 이미 볼장 다 봤으니 관심없다는 태도다. 그게 사실이기도 했다.

추욱!

영호준이 어깨를 늘어뜨렸고, 그의 배후로 북궁휘와 진영언 등이 다가들었다. 수해촌에 도착하자마자 저잣거리로 달려온 운검의 뒤를 가까스로 쫓아온 것이다.

운검이 유옥을 향해 씩 웃어 보였다.

"나 왔다."

"오… 라버니라 불러도 되나요?"

"뭐, 네가 원한다면."

"……."

유옥이 대답 대신 주르륵 눈물을 쏟아냈다. 운검과의 만남 이후 줄곧 꿈꿔왔던 일이다. 그런데 어째서 이리 가슴 한 켠이 쓰라려 오는가.

뒤늦게 유연서와 함께 도착한 소금주가 영악한 눈을 반짝이며 내심 쾌재를 불렀다.

'아싸! 이로써 한 명 탈락 확정이다!'

저잣거리로 천천히 어둠이 나래를 펴가고 있었다.

며칠이 빠르게 지나갔다.

운검과 해후한 후 유옥은 평소보다 훨씬 바빠졌다. 장사 때문은 아니다.

오히려 그녀는 장사를 잠시 그만뒀다. 운검이 벌어온 돈으로 집도 새로 사고 목 좋은 곳에 가게도 새로 얻어야만 했기 때문이다.

그녀를 영호준과 소금주 등이 물심양면으로 도와줬다. 힘을 쓰는 일은 대부분 영호준이 맡았고, 집이나 가게를 알아보는 일은 소금주가 맡았다. 수해촌에 새롭게 들어선 하오문 조직을 이용한 만큼 생각 밖으로 싸고 좋은 조건으로 집과 가게를 얻을 수 있었다.

일사천리(一瀉千里)!

요즘 유옥이 하는 일을 한마디로 표현할 수 있는 말이었다.

밤.

운검은 영호준과 소금주에게 유옥에 대한 보고를 받은 후 평상시와 마찬가지로 북궁휘를 찾아갔다. 이제 북궁휘와 벌이는 비무는 하루를 마치기 전 반드시 치러야 할 중요한 일과로 편입되어 있었다.

'응? 웬 한숨?'

운검은 먼저 연공 장소에 도착해 홀로 검을 휘두르고 있던 북궁휘에게 다가가다 눈에 이채를 띠었다. 절도있게 검을 휘두르던 북궁휘가 갑자기 밤하늘을 올려다보며 토해낸 파란 입김을 발견한 까닭이다.

천사심공은 작용하지 않았다.

내공을 회복한 직후부터 부쩍 움직이는 횟수가 줄어들었다. 아마도 더 이상 천사심공의 힘이 없이도 목숨의 위협을 겪지 않게 되었기 때문인 듯하다.

운검은 잠시 천사심공에 대해 염두를 굴리다 천천히 북궁휘에게 다가갔다.

"여전히 빨리 나왔군."

"사부님, 나오셨습니까?"

북궁휘가 언제 한숨을 쉬었냐는 듯 얼른 운검에게 고개를 숙여 보였다.

계속된 비무의 연속!

운검이 내공이 회복된 자신의 몸에 점차 적응해 나가듯 북궁휘의 검법 역시 무섭게 진보하고 있었다. 이젠 더 이상 쇠사슬처럼 얽매고 있던 창파도법의 잔재를 찾아보기 힘들 정도였다. 그만큼 그와 검법의 궁합은 최고라 할 만했다.

'어쩌면 나보단 이 녀석이 검에게 더욱 사랑받는 존재일지도 모르지. 나와 비슷한 시기에 검을 잡았다면 평생의 호적수가 됐을지도 몰라.'

내심 고개를 끄덕여 보인 운검이 말했다.

"휘! 뭐, 걱정거리라도 있는 거냐? 혹시 여자 문제?"

"예?"

"그런 거라면 나랑 진지하게 얘기를 나눠보자! 나도 아직까지 여자하고 딱히 사귀어본 적은 없지만, 너보다는 세상 물정을 잘 안다구."

"……."

북궁휘는 잠시 입을 다문 채 침묵했다. 운검의 오해가 너무 엉뚱했기 때문이다.

운검은 오히려 자신의 예상이 맞다고 생각했다.

얼른 북궁휘에게 다가가 어깨에 팔을 두른 운검이 입가에 음흉스런 웃음을 걸었다.

"그래서 어떤 운 좋은 소저야? 무산검문의 유 소저? 앙칼진 게 매력적인 진 소저? 귀여운 소 낭자? 우리 옥이와 사귀려면 엄청난 각오를 해야 할 거야!"

"그, 그런 거 아닙니다!"

"아냐?"

"예!"

북궁휘가 단호하게 목청을 높이자 운검의 얼굴에 실망한 기색이 떠올랐다. 재미없다는 표정이다. 그가 북궁휘의 어깨에서 팔을 떼어내곤 심드렁하니 말했다.

"그럼 뭔데?"

"걱정 같은 건 없습니다."

"거짓말!"

이번엔 운검이 목청을 높이곤 북궁휘의 아랫배에 강하게 주먹을 먹였다.

"휘! 이건 사부로서가 아니라 네 의형으로서 먹이는 주먹이다! 세상에 의형한테도 밝힐 수 없는 말이 어딨냐?"

"죄, 죄송합니다!"

"그래서 뭣 때문에 청승맞은 한숨을 내쉰 건데?"

"그, 그건……."

검향만리(劍香萬里) 191

"한 대 더 맞고 얘기할래?"

"아닙니다!"

"그럼 말해봐!"

운검의 재촉에 북궁휘가 다시 한숨을 입에 매달았다. 어쩔 수 없이 운검에게 북궁세가와 자신의 처지에 관련된 사항을 밝힐 수밖에 없어진 것이다.

"실은… 제 여동생 때문입니다."

"여동생? 이번에 비무초친한다는 그 북궁상아 말야?"

"그렇습니다. 상아는 본 가에서 유일하게 저와 친한 아이였습니다. 겉으로 보기보다 여린 구석이 있는 녀석이지요."

"잡설은 사절하도록 하지."

"예. 본론만 말하자면 그 녀석과 저는 어린 시절에 한 가지 약속을 했습니다."

"무슨 약속?"

"본 가의 전통 중 하나인 비무초친의 우승자가 막돼먹은 놈일 시, 제가 몰래 베어버리겠다는 약속입니다."

"베어버려? 죽인다는 거야?"

"철모르는 어린 시절에 한 약속입니다. 하지만……."

"지키지 않을 수도 없겠군? 너는 그런 녀석이니까."

"…예."

살짝 늦게 흘러나온 북궁휘의 대답에 운검이 한쪽 눈을 찡그린 채 고개를 옆으로 삐딱하니 뉘었다. 처음에 생각했던 것보다 한 푼쯤은 고민되는 상황에 빠진 것이라 할 수 있겠다.

'서패 북궁세가라! 제자를 거짓말쟁이로 만들지 않는다는 대의명분(大義名分)도 있으니까 이번 기회에 섬서성에서 화산파의 세력을 몽땅 빼앗아 먹은 욕심쟁이의 얼굴이나 한번 구경하러 가볼까?'

땡긴다!

곧바로 자신의 마음에서 이는 소리에 순응한 운검이 북궁휘에게 씩 웃어 보였다.

"내 제자가 거짓말쟁이가 되어선 곤란하지."

"사부님, 하지만 저는 지금 본 가에서 행방불명인 상태입니다. 만약 이번에 본 가로 돌아간다면 다시 빠져나오기가 쉽지 않을 겁니다."

"그렇겠지. 북궁세가는 결코 녹록지 않은 곳이니까. 하지만 나와 함께 간다면 어떻게 되지 않겠어?"

"저와 함께 본 가에 가시겠다는 겁니까?"

"그래. 예전부터 북궁세가에는 한 번쯤 가보고 싶었거든."

"위험하실 수도 있습니다."

"알아."

북궁세가와 화산파.

현재는 무게의 추가 한쪽으로 심하게 기울어져 있으나 거진 백여 년이 넘게 섬서성의 패권을 두고 치열한 대치를 벌인 터다. 비록 같은 정파 소속이라곤 하나 운검이 북궁세가에 간다는 건 다소 모험이라 할 만했다.

그러나 북궁휘는 사부 운검의 입가에 매달린 여유를 느끼곤 곧 고개를 끄덕여 보였다.

내공을 다소나마 회복한 현재의 운검.

근래 들어 눈부실 정도로 무공이 발전한 북궁휘로선 이미 가늠키 어려운 고봉이라 할 만했다. 어쩌면 평생 그림자에조차 다가서지 못하리라 여겼던 부친 북궁한경과도 견줄 수 있을지 모르겠다.

'게다가 사부님에겐 남들에겐 없는 독특한 능력도 계시니, 내 걱정은 기우일 수도 있다!'

내심 중얼거린 북궁휘가 눈을 빛내며 말했다.

"사부님, 그럼 출발은 언제가 좋겠습니까?"

"출발?"

잠시 고개를 갸웃거린 운검이 시원스레 대답했다.

"지금 가자!"

"지금이요?"

"그래. 본래 쇠뿔도 단숨에 빼라는 동방의 고언도 있지 않느냐."

"그럼 영호 사형은……."

"그 녀석은 놔두고 가야지. 근래 들어 제법 태극매화권과 육합구소공이 진경에 이르렀지만, 아직 한 사람의 무인 노릇을 하려면 멀었어. 다른 곳이라면 몰라도 목표지가 북궁세가라면 그 녀석의 타고난 성격으로 볼 때 반드시 짐이 되고 말 거야."

냉혹한 판단이다.

영호준이 은근히 북궁세가에서 열리는 비무초친에 관심이 있었던 걸 떠올린 북궁휘가 내심 고개를 가로저었다. 사형 영호준에게 미안하긴 하나 사부 운검의 판단에 동의할 수밖에 없었기 때문이다.

그때 북궁휘에게 한차례 턱짓을 해 보인 운검이 목소리를 살짝 낮춰 말했다.

"얼른 가자! 준이 녀석은 둘째 치고 귀찮은 여자들이 달라붙기 전에."

"진 소저와 소 낭자를 말씀하시는 겁니까?"

"그래, 슬슬 떠날 때가 됐는데도 계속 주변을 맴돌아서 요즘 귀찮아 죽겠다. 모두 내가 제자들을 너무 얼굴 위주로 뽑은 죄겠지만 말야."

'사부님… 설마 모르시는 건가?'

북궁휘 역시 연애 따윈 잘 모르는 사람이다. 그러나 진영언과 소금주의 운검에 대한 마음은 어느 정도 짐작하고 있었다. 그만큼 노골적이었기 때문이다. 어느 모로 보든 묘하게도 내심을 읽기 힘든 유연서와는 달랐다.

잠시 운검의 얼굴을 지그시 바라보던 북궁휘가 다시 한 번 확인하듯 말했다.

"사부님, 정말 이대로 떠나셔도 괜찮겠습니까? 다른 사람은 몰라도 유옥 소저한테는 말씀하시고 떠나는 게 좋을 것 같습니다만?"

"옥이? 괜찮아! 그 녀석에겐 준이 녀석이 바짝 붙어 있으니까. 게다가 녀석은 지금 새 가게를 차리는 데 바쁘니까 다른 일을 생각할 겨를 같은 건 없을 거야. 그러니 그런 흰소리는 그만 하고 빨리 가자!"

"예."

북궁휘가 결국 어쩔 수 없다는 듯한 표정으로 대답했다.

第二十七章

발경득검(發勁得劍)
발경의 도리를 듣고도 검의 도리를 구할 수 있다

華山
劍宗

"개자식!"

아침 일찍 운검 사제가 묵고 있던 대홍반점에 들른 진영언은 고운 얼굴과 어울리지 않는 욕설과 함께 길길이 날뛰었다. 영호준으로부터 밤사이 운검과 북궁휘가 사라졌다는 말을 들은 까닭이다.

그런 그녀의 앞엔 영호준이 준수한 얼굴을 붉힌 채 시무룩하니 서 있었다. 그 역시 운검과 북궁휘가 함께 사라진 사건에 상당한 충격을 받은 듯하다. 일단 겉으로 보이는 모습은 그러했다.

물론 진영언의 성격에 그냥 넘어갈 이유가 없다.

"불어!"

그녀는 언제 혼자서 마구 분노를 발산하고 있었냐는 듯 영호준에게 달려들었다. 양손으로 영호준의 목덜미를 거머쥐곤 불쑥 들어 올리기까지 했다.

"어! 어어……."

영호준의 두 눈이 커졌다. 입에선 답답한 신음성이 흘러나오고 있었다.

그럴 수밖에 없다.

그는 근래 들어 부지런한 연공으로 인해 어느 정도 무공에 눈을 떴다고 생각하고 있었다. 적어도 이처럼 허무하게 상대방에게 목덜미를 붙잡혀 들어 올려지는 수치를 당하진 않을 정도는 된다고 여겼다. 사부 운검 역시 무공이 많이 늘었다는 칭찬을 하지 않았던가.

'그런데 아예 움직임조차 느낄 수 없었다! 어떤 반응조차 하지 못했어!'

운검 문하에서 무공을 익힌 후 처음 경험하는 좌절!

영호준은 일시 진영언이 어째서 자신에게 소리를 질러대는지조차 느끼지 못할 정도로 충격을 받았다. 그저 답답한 신음성을 입 밖으로 내뱉을 따름이었다.

진영언이 영호준의 그 같은 내심을 이해할 리 없다. 그녀는 자신의 질문에 즉각적인 대답이 없자 얼굴에 더욱 노골적인 의심의 기색을 담았다.

"역시 뭔가 있구나! 당연하겠지! 그 개자식은 딴 건 몰라도 지 제자들은 끔찍하게 아끼는 놈이니까!"

"저, 저기! 진 소저, 저는……."

"말 더듬지 말고 어서 불어! 어서!"

"저는 진 소저를 공격할 수 없습니다! 그러니 더 이상 핍박하지 말아주세요!"

"공격?"

진영언이 반문과 함께 시선을 힐끔 아래로 향했다. 자신의 완력에 들어 올려진 영호준의 발끝이 어느새 이리저리 흔들리고 있다.

난풍각!

태극매화권 비전의 각법이 발동 걸리기 직전이다.

'그렇군. 이 상태에서 저 각법을 펼친다면 어쩔 수 없이 내 하복부를 걷어찰 수밖에 없을 테니, 이 쬐끄만 도련님이 난처할 수밖에 없었겠지.'

진영언은 성격이 화통한 여자다.

여걸이라 할 수 있었다. 자신에게 예의를 차린 상대를 계속 핍박할 만큼 경박하진 않다.

툭!

그녀가 얼른 영호준의 목덜미에서 손을 떼곤 뒤로 몇 걸음 물러섰다. 잔뜩 화가 나서 물불을 가리지 않을 듯하던 표정 역시 크게 누그러져 있다.

"정말 그 개자식이 떠나면서 아무런 말도 남기지 않은 거야?"

"진 소저, 듣기 거북합니다. 사부님에 대한 예의를 지켜주십시오."

"넘어가고! 대답이나 해!"

어쩔 수 없이 입가에 한숨을 매단 영호준이 고개를 끄덕여 보였다.

"예. 사부님은 아무런 말도 없이 북궁 사제와 함께 길을 떠났습니다. 처소에 옷가지나 기타 물건들이 사라진 걸 보면, 무슨 큰 문제가 발생해서 몸을 피하시거나 한 건 아닌 것 같습니다만……."

"그런데도 서신 하나 남기지 않았다?"

"예."

이번 대답 속엔 약간의 눈물이 담겨져 있었다. 영호준의 가슴속에 가라앉아 있던 서운함이 살짝 수면 위로 고개를 내밀었다. 진영언이 보기엔 진실이었다.

"알겠어. 그리고 아깐 미안했어."

"……."

영호준에게 사과의 말을 한 진영언이 곧바로 신형을 돌려세웠다.

기껏해야 하룻밤이다.

지금부터 부지런히 뒤를 쫓는다면 운검과 북궁휘를 따라

잡지 못할 바 없었다.

'소금주. 어쩔 수 없이 그 쬐끄만 여우의 힘을 빌려야겠군. 그년이 또 따라붙는 건 싫지만…….'

진영언이 아랫입술을 살짝 깨물었다.

　　　　　＊　　　　＊　　　　＊

정오 무렵.

밤새 수해촌을 떠난 운검과 북궁휘는 어느새 거진 이백여 리나 되는 거리를 이동한 상태였다. 평상시 대낮에 길을 재촉했다 해도 그리 쉽진 않을 만한 거리다.

하지만 두 사람 모두 지친 기색은 그다지 없었다. 경공을 통해 이동하는 동안 계속해서 무리(武理)에 대해 대화를 나눈 탓에 정신은 오히려 더욱 맑아진 상태였다.

특히 북궁휘는 그동안 운검과 치렀던 실전 비무와는 다른 경험에 가슴이 크게 벅차오르고 있었다. 대종사에 버금가는 운검에게 전해 듣는 무리 중 단 한 마디도 버릴 것이 없다는 생각 때문이다.

'운검 사부님은 도대체 어떤 세월을 살아오신 것일까? 나와 고작해야 한두 살 정도밖엔 나이 차이가 나지 않는데, 무학에 대한 깨달음은 형언할 수 없을 정도이니…….'

북궁휘는 모른다.

운검이 화산파에서 보낸 지난 오 년간의 세월을.

잠시 상념에 빠져 있던 북궁휘의 눈에 이채가 떠올랐다. 앞서서 관도를 걷고 있던 운검이 갑자기 신형을 우뚝 멈춰 세웠기 때문이다.

'어째서?'

북궁휘는 마음 한구석에 경계심을 불러일으킨 채 얼른 운검과 어깨를 나란히 하고 섰다. 시선 역시 걸음을 멈춘 운검의 뒤를 좇는다.

그때 운검이 눈살을 가볍게 찌푸려 보였다.

"흐음! 설마 우연은 아닐 테고……."

말끝을 흐려 보인 운검이 자신의 앞에 유유자적 선 채로 하늘을 올려다보고 있는 유연서의 주변을 빠르게 살펴갔다. 혹시 그녀 외에 다른 사람이 따라왔는지 궁금했기 때문이다.

유연서가 하늘로부터 시선을 떼어냈다. 그윽할 정도로 맑고 깊은 눈동자가 운검을 향한다.

"생각했던 것보다 늦으셨네요?"

"생각보다 늦었다? 어째서 내가 지금 같은 상황에서 유 소저에게 그 같은 말을 들어야만 하는 거요?"

"우연과 필연이 겹쳤기 때문이지요."

"우연과 필연이 겹쳤다?"

운검이 반문과 함께 지극한 궁금함을 담은 시선을 유연서에게 던졌다.

첫 만남.

그 후부터 그는 유연서를 종종 주목하곤 했다. 묘하게도 그녀를 만난 직후부터 마정에 깃든 천사심공이 잠잠해졌기 때문이다.

처음에는 내공의 회복에 관심을 뒀다. 자하신공이 살아나면서 단전이 제 역할을 하게 되었고, 그로써 심장의 마정이 기운을 잃어버렸다는 판단이었다.

어찌 생각해 보면 그게 타당하다. 실제로 마정의 폭주 이후에 내공을 어느 정도 회복하게 되었고, 단전과 꼬인 혈맥 역시 강한 맥동을 보이게 된 까닭이다.

하지만 지금 느닷없이 유연서를 다시 만나고 보니 살짝 의심이 들었다. 그녀의 입을 통해 흘러나온 우연과 필연이란 말에 자극받은 게 주원인이었다.

그런 운검의 심사를 아는지 모르는지 유연서가 특유의 부드러운 미소와 함께 말을 이었다.

"우연은 제가 간밤에 운 소협을 찾아갔다가 두 분이 수해촌을 떠나는 광경을 목격한 거예요."

"그럼 필연은?"

"필연은 운 소협의 고제자 되시는 북궁 소협이 서패 북궁세가의 자제임을 알았다는 점이겠지요."

"단지 그것만으로 우리 사제의 목적지를 눈치 챘다는 것이오?"

"영호 소협에게 들은 말도 영향을 줬지요."
"비무초친?"
"그래요. 북궁 소협이 어떤 연고로 가문의 도를 버리고 운 소협 문하에 들어와 검을 선택했는진 모르겠으되, 여동생의 혼인식에는 반드시 참가하고 싶어할 거라 생각한 거지요."
"그렇군."

운검은 완벽한 대답이라고 생각했다. 흠 잡을 구석이 전혀 없었다.

'하지만 내 성격이 삐뚤어져서인지 더욱 의심이 생기는군. 뭐, 여태까지와 마찬가지로 천천히 살피다 보면 마각을 드러낼 테지.'

내심 눈을 빛낸 운검이 입가에 흐릿한 미소를 만들어냈다.
"자! 그럼 우리 본론으로 들어갑시다. 그래서 유 소저는 어째서 우리 사제의 뒤를 쫓아온 것이오?"
"서패 북궁세가의 패도! 이번 기회에 경험해 보고 싶어졌거든요."
"유 소저에겐 무리요."
"그럴까요? 저는 운 소협과의 비무 시 한 번도 전력을 다 기울여 본 적이 없어요. 자신의 신체조차 완벽하게 다스리지 못하는 사람에게 전력을 기울일 순 없었으니까요."
"그래도 무리요."
"정말 그렇게 생각하시나요?"

"물론이오."

운검의 대답이 떨어지자마자 유연서가 황룡고검을 빼 들었다. 그리고 곧게 찔러드는 일검!

스팟!

운검은 대응치 않고 퉁명스레 외쳤다.

"휘! 검속의 승부다!"

"옛!"

북궁휘는 이미 단장검을 빼 들고 있었다. 유연서가 황룡고검을 빼 든 것과 동시였다. 당연히 운검의 명이 무엇을 뜻하는 것인지 모를 리 없다.

스으.

유성삼전도를 펼치며 앞으로 튀어나간 북궁휘의 단장검이 순식간에 대여섯 개가 넘는 검영을 만들어냈다. 목표는 유연서의 곧게 찔러 들어오는 황룡고검의 검봉!

차차창!

순식간에 유연서와 북궁휘의 검이 불을 튀기며 격돌했다. 두 사람 모두 검속에 자신이 있느니만큼 검법에 변화를 주기보다 정면 승부에 들어가는 편을 택한 것이다. 당연히 이럴 땐 힘에서 밀리는 쪽이 손해를 보게 마련이다.

휘청!

유연서가 수중의 황룡고검을 가볍게 떨어 보이곤 재빨리 신형을 뒤로 물렸다. 유성삼전도의 변화에 따라 사각을 노리며 파고드는 북궁휘의 단장검을 막을 도리가 없었기 때문이다.

그러나 막 북궁휘가 단장검으로 또 다른 변화를 일으키기 직전이었다.

스슥!

금방이라도 단장검의 검하(劍下)에 패배를 자인할 듯하던 유연서의 신형이 두 개로 나뉘었다.

이형환위(移形換位)!

절정의 내공과 경공을 함께 겸비하지 않고선 펼칠 수 없다는 비기가 펼쳐졌다.

전세가 곧바로 뒤집힌 건 자명한 사실!

단장검을 횡으로 휘둘러 자신을 향해 덮쳐 오는 두 개의 분영 중 하나를 가른 북궁휘가 눈살을 찌푸렸다. 찰나간 선택한 반격의 수법이 실패로 돌아갔기 때문이다.

'위험하다!'

북궁휘는 내심 경호성을 발하며 유성삼전도를 극한까지 펼쳤다. 뒤로 신형을 돌려 방어에 나서는 대신 신법의 속도를 올려 앞으로 치달았다.

뒤를 붙잡혔을 때 반전(反轉)하지 말라!

병가에선 너무나 유명한 말이다. 패배의 길목에서 금기서화에 능한 북궁휘는 무공의 이치가 아니라 병법의 이치에 따르기로 했다.

촤촤촤악!

앞으로 치닫는 북궁휘의 뒤로 섬뜩한 검기가 종횡했다. 등판은 이미 몇 번이나 되는 칼질을 당해 너덜거린다. 거의 살갗이 베일 정도의 공격을 당했다.

그때 바닥에 쭈그려 앉은 채 두 사람의 살벌한 비무를 지켜보고 있던 운검이 노래를 부르듯 중얼거렸다.

"힘을 쓸 때는 자고로 육합[六合:삼반(三盤:다리, 허리, 어깨)과 심의기(心意氣)를 뜻한다]을 하나로 뭉쳐 온몸의 힘을 폭탄처럼 터뜨려야 하느니! 그리하면 힘의 축이 다리에서 허리, 허리에서 손에 이르게 되는데, 이러한 신체 동작의 요결(要訣)을 삼반합일(三盤合一)이라 한다. 자연히 이 같은 도리를 제대로 지키기 위해선 삼반을 하나의 기(氣)로써 관철하고 근육이나 관절을 자유롭고 유연하게 한 상태에서 순간적으로 폭탄이 터지듯 힘을 폭발시켜야 한다."

전광석화와 같은 공방 끝에 유연서에게 뒤를 붙잡히게 된 북궁휘의 눈에 이채가 스쳐 갔다. 운검의 갑작스런 중얼거림이 무얼 의미하는지 눈치 챘기 때문이다.

'발경(發勁)의 도리? 사부님은 이런 상황에서 어찌 그 같은 가르침을 주시는 건가?'

북궁휘는 머리가 혼란스러워 자칫 유연서의 황룡고검에 등을 찔릴 뻔했다. 이미 발경의 도리를 알고 있는 상황이니만큼 운검의 갑작스런 가르침이 이해가 가지 않았다.

운검의 중얼거림은 계속됐다.

"당연히 그때 동작은 매우 민첩하게 해야 한다. 기세를 발한 후 정식(定式) 상태로 들어가기 때문이다. 몸은 지면에 대해 수직으로 세우고[立身中正], 미저골(尾低骨)을 약간 앞으로 밀어내며[尾閭徵縮], 기(氣)를 단전(丹田)에 모으고[氣貫丹田], 단전의 기를 온몸에 운행케 한다. 또한 이때에 불현듯 기합이 담긴 소리를 내기도 한다. 기를 단전에 모으고 삼반의 경(勁)을 온몸에 운행시키기 위해서이다. 그렇게 함으로써 궁극적으로 활시위를 당기듯 경(勁)을 모으고 화살을 쏘듯 기운을 쏟아낸다[蓄勁如開弓, 發勁如放箭]."

'아!'

북궁휘가 내심 탄성을 터뜨렸다. 운검의 계속된 발경에 대한 설명을 듣고 비로소 자신의 잘못을 깨닫게 된 것이다.

깨달음을 얻고서도 행하지 않는다면 기재라 할 수 없다. 북궁휘는 운검이 인정한 천재답게 곧바로 자신이 얻은 심득을 실전에 사용했다.

빙그르르!

유성삼전도를 이용한 질주를 멈춘 북궁휘의 신형이 갑자기 나선의 방향을 그리며 회전했다.

단장검의 검봉 역시 마찬가지다.

극히 자연스러운 동선을 그리며 움직인 검봉이 벼락이 무색할 속도로 찔러 들어오던 유연서의 황룡고검을 맞았다.

아니, 그게 아니다.

검봉은 민활하게 움직이더니, 곧 스르륵 힘을 옆으로 흘려내며 오히려 앞으로 곧게 찔러 들어갔다.

'이일대로(以逸待勞:쉬다가 피로에 지친 적과 싸운다)? 여기서 어떻게 그런 게 튀어나오는 거지?'

유연서의 얼굴에 다급한 기색이 떠올랐다. 순식간에 단장검의 검봉이 면전까지 치고 들어오고 있었다. 발경의 도리와 마찬가지로 강렬하게 폭발한 기세가 마치 시위를 떠난 화살과 다름없다.

게다가 검봉이 닿기도 전에 몰려드는 무형의 기세!

흔한 검기 따위가 아니다.

검강(劍罡)의 바로 아래 단계라 할 수 있는 검사(劍絲)가 틀림없다. 그것도 폭발적인 검경(劍勁)이 담겨진 채다.

풀썩!

결국 단장검을 맞받기를 포기한 유연서가 두 다리를 앞뒤로 쫘악 뻗었다. 자세를 최대한 낮추는 것 외엔 북궁휘의 느닷없는 일검을 피할 수 없다는 판단이었다.

정확한 판단이었다.

급히 신형을 낮춘 그녀의 머리 위로 소름 끼치는 검사의 굉음이 스쳐 지나갔다. 자칫 판단을 잘못했다면 단숨에 목이 날아갔을 만한 위력이었다.

"웃!"

북궁휘가 나직한 신음과 함께 얼른 뒤로 신형을 물렸다. 거의 무의식중에 펼쳐 낸 일검의 위력에 그 자신도 크게 놀라고 만 것이다.

　유연서가 곧 자세를 바로 했다. 입가엔 평상시와 같은 미소가 더 이상 머물러 있지 않다.

　"검사를 펼칠 수 있다니, 놀랍군요! 처음부터 최선을 다했다면 좋은 승부를 볼 수도 있었을 텐데……."

　"처음입니다."

　"처음?"

　"사부님을 만나기 전까지 나는 검을 독학했습니다. 그래서 항상 제대로 된 검의 단계를 밟아갈 수 없었는데, 방금 전 사부님의 가르침 덕분에 외도(外道)를 벗어나 정도(正道)로 들어설 수 있게 된 것 같습니다."

　"……."

　유연서 역시 발경의 도리를 모를 리 없다. 무공이 절정지경에 오르기 위해선 일반적으로 발경과 전사경, 침투경 등의 내가중수법에 대한 이해가 필수였기 때문이다.

　당연히 그녀는 운검의 생뚱맞은 발경 강의를 무심코 흘려버렸다. 생사를 다투는 비무 중에 설마 크나큰 무학의 도리를 가르치리라곤 꿈에도 생각하지 못했다.

　'전혀 모르겠다! 도대체 발경의 도리와 검사 간에 무슨 관련성이 있는 건지.'

내심 이맛살을 찌푸리는 그녀를 놔둔 채 운검에게 돌아간 북궁휘가 정중하게 허리를 접어 보였다.

"제자, 사부님의 가르침 덕분에 외도를 벗어나 정도에 들어서게 되었습니다!"

"말이 거꾸로 됐다."

"예?"

"너는 오늘 정도를 버리고 외도에 들어서게 된 것이야. 적어도 우리 검종에 있어선 말야. 하지만 검을 휘두르는 데 있어 외도니 정도니 하는 게 무슨 의미가 있겠냐? 자신에 맞는 걸 한다! 그게 우리 검종 문하의 가장 큰 가르침이다."

"……."

북궁휘는 침묵 속에 운검이 한 말을 곱씹었다. 문득 그를 처음으로 만났을 때가 떠오른다.

투도구검!

자신에게 맞지 않는 도를 버리고 검을 구하라 했다. 당연히 검의 이치 역시 마찬가지리라!

'자신에게 맞는 검을 마음껏 펼친다! 그게 바로 사부님이 오늘 내게 준 가르침이다!'

꿈보다 해몽이라 했다.

운검이 한 말의 의도를 북궁휘는 제 맘대로 곡해했다. 그게 바로 그에게 가장 어울리는 일이었다.

'휘! 무서운 놈! 나는 그냥 발경의 도리를 접목해서 검속을 올리고 검경을 활성화시켜서 힘으로 속검을 눌러 버리길 주문한 건데, 갑자기 검사 같은 걸 형성시키다니! 아마 제 몸에 맞지 않는 소천신공을 계속 억지로 수련하다 보니 내공을 다루는 데 능숙해진 때문일 테지? 검종과는 어울리지 않는 재능이야! 쳇! 하지만 어차피 나중에 북궁세가로 돌아갈 놈이니 상관없다고 해야 하려나?

운검이 북궁휘 쪽을 바라보며 내심 고개를 흔들곤 여전히 혼란에 빠져 있는 유연서에게 다가갔다. 이참에 정체가 의심스런 그녀를 쫓아낼 작정이었다.

"유 소저, 이제 알겠소?"

"예."

"잘 생각했소. 강호는 험하니 이제 그만 무산으로······."

"오늘에서야 사부님께서 말씀하신 먼저 천하를 알고 나서 검의 진수를 얻으란 뜻을 이해할 수 있게 되었어요. 제 부족함 역시 알게 되었고요."

"그러니 이제 그만 무산으로······."

"그래서 앞으로도 잘 부탁드리겠어요."

"그게 무슨?"

"앞으로도 계속 운 소협에게 신세를 질 생각이란 뜻이에요. 전날 저와 강제로 비무를 하셨으니 내칠 생각일랑 마세요. 내쳐도 안 갈 테지만요."

말을 끝낸 유연서가 맑은 미소를 지어 보였다. 운검은 그 모습을 바라보며 인상을 썼다.

 닷새 뒤.
 운검 일행은 섬서성의 성도인 서안에 도착했다.
 당연한 일이겠지만, 서안으로 향하는 관도에는 심심찮게 무림인들이 보였다. 대부분 서안에 위치한 북궁세가로 향하는 자들이었다.

 운검이 주변을 오고 가는 무림인들을 살피곤 살짝 눈살을 찌푸려 보였다.
 "쳇! 어째 비무초친에 참가하기엔 지나치게 나이 먹은 치들이 너무 많잖아?"
 "북궁세가에 비무초친의 전통이 생긴 건 백 년도 훨씬 전의 일입니다. 성립 초기에 세가의 세력을 키우기 위해서 강력한 무력을 지닌 데릴사위를 얻기 위한 방편이었지요. 하지만 근 오십여 년 동안 비무초친은 벌어진 적이 없습니다."
 "그래서 구경꾼들이 잔뜩 꼬여들었다?"
 "그렇다고 사료됩니다."
 "하긴 본래 불구경과 싸움 구경만큼 사람들을 쉽사리 끌어들이는 건 없지."
 운검이 천천히 고개를 끄덕여 보이곤 북궁휘에게 명령하듯 말했다.

"일단 값싼 객점을 잡아서 네 잘생긴 얼굴부터 좀 변장하도록 하자!"

"사부님, 죄송하지만 서안은 물가가 좀 비쌉니다."

"물가가 비싸?"

"예, 게다가 본 가에서 벌어지는 비무초친 때문에 일대의 객점 중 빈방이 있는 곳을 찾기도 그리 쉽진 않을 겁니다. 그러니 방값에 구애받아선……."

"그래도 찾아봐! 너는 이곳 토박이잖아!"

"…예."

북궁휘가 어쩔 수 없다는 표정을 한 채 대답했다. 운검이 돈 문제에 민감한 걸 잘 알기에 사족을 달 순 없었다.

그 모습이 재밌었음인가?

운검 사제의 뒤를 그림처럼 따르고 있던 유연서가 입가를 손으로 가린 채 미소 지었다.

잠시 후.

북궁휘는 서안의 뒷골목까지 샅샅이 뒤지고 돌아다녀야만 했다. 운검이 원하는 조건의 객점을 찾기 위해서였다. 내심 자신이 가진 돈을 사용하고 싶은 마음이 굴뚝같았으나 그는 참았다. 절대로 제자의 돈을 쓰지 않는 운검의 성품을 잘 알고 있었기 때문이다.

지성이면 감천이라 했다.

북궁휘의 노력은 결국 결실을 맺어 운검 일행은 허름한 객점의 방 한 칸을 차지할 수 있게 되었다. 곧바로 북궁휘의 변장이 이뤄졌음은 물론이다.

 슥슥슥!

 운검의 부탁을 받은 유연서가 여인의 옷과 몇 가지 화장 도구를 가져와서 극히 신중한 표정으로 북궁휘를 꽃단장시켰다. 그의 빼어난 용모를 이용해 여장을 시키기로 결정한 것이다.

 당연히 북궁휘는 극렬히 반대했다.

 절대로 자신의 여장이 북궁세가의 인물들에게 먹히지 않을 거라는 게 반대의 이유였다. 물론 그보다는 여장에 대한 혐오감이 더욱 컸던 게 사실이다.

 하지만 유연서가 화장을 끝낸 후 내민 동경을 손에 받아 든 순간, 북궁휘의 얼굴은 크게 일그러지고 말았다.

 동경 안.

 누가 봐도 그럴듯한 미모의 여인이 담겨져 있다. 당당한 사내대장부임을 자부하고 있던 북궁휘로선 충격에 빠지지 않을 수 없는 현실이라 아니 할 수 없다.

 유연서가 흡족하게 미소 지었다.

 "처음에 운 소협의 의견을 듣고서도 반신반의했었는데, 생각 밖으로 여장이 참 잘 어울리니 다행이네요."

 "이 의견을 낸 사람이 사부님이십니까?"

"그래."

창밖으로 보이는 서안의 번화한 풍경을 감상하고 있던 운검이 대수롭지 않다는 듯 대답했다. 물론 그의 입가에 매달린 건 극히 장난스런 미소다.

"……"

문득 창밖 풍경에서 시선을 떼어낸 운검이 북궁휘에게 다가가 어깨를 툭 하고 때렸다.

"궁 소저! 너는 이제부터 여자야. 그러니까 앞으로 사내처럼 행동해선 안 돼! 그 점을 잊지 마라!"

"구, 궁 소저라니……."

"제 사매로 묵언수행 중이라 말을 못한다는 설정이에요. 그것도 운 소협이 내놓은 의견이죠."

유연서의 첨언에 북궁휘가 저도 모르게 손을 들어 이마를 짚었다. 잠시 현기증을 느낀 것이다.

운검이 그 모습을 보고 즐거운 표정으로 소리쳤다.

"자! 이제 급한 불도 껐으니 밥 먹으러 갑시다! 밥을 먹어야 힘을 쓸 것 아니겠소?"

"예, 그러죠."

얼른 동조하는 유연서와 달리 북궁휘가 떨떠름한 표정으로 고개를 가로저어 보였다.

"사부님, 저는 일단 방 안에 남아 있겠습니다."

"왜?"

"이런 꼴로 남들 앞에 나서기엔 아직 마음의 준비가 필요합니다."

"흐음."

운검이 턱밑에 손가락을 갖다 댄 채 북궁휘를 살피더니, 유연서에게 시선을 던지며 말했다.

"유 소저, 그럼 우리끼리 가도록 합시다. 우리 새침데기 궁소저는 자기 방에서 밥을 먹을 작정인 것 같으니 말요."

"그렇군요."

유연서가 얼른 고개를 끄덕였다. 그녀 역시 은근히 배가 고팠던 것이리라.

* * *

홀로 장사를 떠난 곽철원은 거진 한 달이 다 되어서야 다시 섬서 땅을 밟았다.

한 달을 그냥 허송세월했을 리 없다.

그는 옥천궁을 떠난 직후부터 은연중에 지워 버렸던 운검의 행적을 하나하나 되짚어갔다. 어떻게든 운검을 다시 만나서 전날의 죄과에 대해 사죄하고 싶었기 때문이다.

그러던 어느 날.

그의 귀에 서안의 북궁세가에서 벌어지는 비무초친에 대한 소문이 들려왔다. 오랜만에 섬서무림 전체를 들끓게 만든 대사건인만큼 당연한 일이라 하겠다.

천하의 무인들이 서안으로 모여들리란 건 자명한 사실!

곽철원은 운검이 본래 떠들썩한 걸 좋아하는 성미인데다 나이마저 젊은 만큼 도사 노릇을 그만두고 장가를 들려 할지도 모른다는 생각이 들었다. 그가 중간에 도사복을 벗어 던진 걸 익히 알고 있었기 때문이다.

"서안이라……."

웅장한 서안성의 성문을 바라보며 곽철원은 눈살을 가볍게 찌푸렸다.

서안 그 자체에 불만이 있는 건 아니다.

다만 서안에 위치한 사패 중 한 가문이 마음에 들지 않을 뿐이었다.

현재 화산파는 고작해야 화음현 정도에서만 세력을 유지하고 있었다. 모두 북궁세가 때문이다. 화산파의 장문제자이자 매화칠검수의 수장으로서 그 같은 사실을 의식하지 않을 순 없었다.

그때 화산파의 복색을 버리고 일반적인 무복을 걸친 곽철원의 곁으로 몇 명의 무림인들이 다가들었다.

적포 미청년과 호위로 보이는 다섯 명의 무사!

단지 부근에 다가드는 것만으로 강렬한 압박감을 느낀 곽철원이 적포 미청년에게 시선을 던졌다. 어느새 손은 매화검의 검파에 닿아 있다.

'적포. 게다가 가슴 부위에 전갈 문양이 수놓아져 있다. 사천당가의 인물인가?'

화산파의 장문제자.

결코 무공만 죽도록 수련했을 리 없다.

재빨리 적포 미청년과 그의 뒤를 따르는 호위무사들의 행색을 살핀 곽철원의 눈에 이채가 서렸다. 절정의 언저리에 이른 자답게 눈빛이 벼려진 칼날 같다.

적포 미청년이 그 같은 눈빛을 보고 입가에 빙그레 미소를 매달았다. 양손은 어느새 모아져서 들어 올려져 있다. 먼저 포권지례를 한 것이다.

"형장, 본인은 사천당가의 당환경입니다. 혹시 화산파의 고제자가 아니십니까?"

'사천당가의 당환경? 그 사천당가의 가주 천수천독 당중경이 근래 맞아들였다는 양아들인가? 방계에 속했었으나 워낙 재능이 뛰어나서 사천당가를 앞으로 다시 사천의 패주로 이끌 거라던……'

근래 들어 사천 지역 무림을 중심으로 퍼진 소문 하나.

바로 사천당가의 가주 당중경이 양아들로 맞아들인 천재에 대한 것이었다. 그 소문의 주인공은 어찌 된 일인지 대번에 사천무림을 떠들썩하게 만들었는데, 어느새 적룡수(赤龍手)란 거창한 별호로 회자되고 있었다.

내심 염두를 굴린 곽철원이 역시 포권지례를 해 보이곤 미미하게 고개를 끄덕여 보였다.

"본인이 화산파 제자인 건 맞소이다. 근래 사천무림을 떠들썩하게 만든 적룡수에 대한 소문은 과문한 사람이지만, 익히 들었소이다. 이렇게 오늘 만나고 보니, 과연 명불허전인 것 같소이다."

"역시 화산파의 제자셨군요! 섬서 땅을 밟기 전 줄곧 검의 종가인 화산을 동경했는데, 이리 제자 분을 만나니 영광입니다. 그럼 형장께서도 역시 비무초친 때문에 서안에 오신 것입니까?"

"당치 않소이다! 내 나이가 이미 마흔을 바라보고 있는데 어찌 비무초친 따위에 관심을 둘 수 있겠소이까? 본인이 서안에 온 건 사람을 찾기 위해서일 뿐이오!"

곽철원의 단호한 태도를 접한 당환경이 만면 가득 즐거운 표정을 만들어냈다.

"하하! 다행이다! 다행이야!"

"뭐가 다행이란 것이오?"

"형장을 보고 사실은 내심 잔뜩 쫄았었습니다. 화산파의 절정 검객과 경쟁해서 이길 자신이 없었으니까요. 그런데 비무초친 때문에 서안에 온 게 아니라니, 이 아니 좋지 않겠습니까?"

'별 싱거운 녀석 다 보겠군.'

내심 중얼거리면서도 곽철원의 입가에 흐릿한 미소가 떠

오르고 있었다. 몇 마디 칭찬에 당환경을 처음 봤을 때 느꼈던 기묘한 위압감을 어느새 잊어버리고 만 것이다.

웃음을 멈춘 당환경이 제안을 해왔다.

"저희 일행은 서안이 초행입니다. 형장은 화산파의 제자이니, 서안에 대해서 잘 아시겠지요?"

"그리 많이 알지는 못하오. 기껏해야 청년 시절에 두어 차례 사부님의 심부름을 온 게 전부니까."

"그래도 저희처럼 초행은 아니지 않습니까? 서안에서 지내는 동안 저희와 함께 동행하시지 않겠습니까?"

"안내를 하라는 뜻이오?"

"그렇습니다. 고도(古都) 서안에 왔으니, 북궁세가로 색시를 얻으러 가기 전에 구경도 좀 하고 놀아야 하지 않겠습니까? 어쩌면 이번 여행이 총각으로선 마지막이 될지도 모르니까요."

"허!"

곽철원이 나직이 혀를 찼다.

엄숙한 도가 문파인 화산파에서 거진 반평생을 보낸 터다. 무공을 잃기 전의 사숙 운검을 제외하곤 이처럼 유쾌한 사람을 본 적이 없었다.

하지만 곽철원은 이미 운검에 대해 마음을 연 상태였다. 진심으로 그에게 가졌던 경쟁 의식과 편협한 속내를 지워 버린 터라 눈앞의 당환경에 대한 평가가 그리 나쁘지 않았다.

'적룡수 당환경. 아직 무공 수준은 잘 모르겠지만, 그리 나

쁜 자는 아닌 것 같군. 그에게 서안을 안내하며 소사숙을 찾는 것도 그리 나쁘진 않겠어.'

내심 염두를 굴린 곽철원이 천천히 고개를 끄덕여 보였다.

"앞서 말했다시피 본인은 서안에 사람을 찾으러 온 것이오. 계속해서 당 소협 일행과 함께할 수는 없겠지만, 시내의 유명한 곳 몇 군데는 안내하도록 하겠소이다."

"하하! 고맙습니다! 초행길에 걱정이 많았는데, 천군만마를 만난 것처럼 안심이 됩니다!"

"그냥 유명한 몇 군데만 안내하겠다고 했소이다. 단지 그뿐이오."

"예! 예!"

당환경이 연신 대답하며 즐거워했다. 완벽하게 곽철원이 한 말을 흘려듣고 있음이 분명했다.

곽철원이 어쩔 수 없이 입가에 쓴웃음을 지었다.

그는 근 몇 년간 이처럼 유쾌한 사람을 본 적이 없었다. 내심 당환경이 좀 모자란 인간이 아닌가 하는 생각이 들면서도 그리 싫지 않았다.

그런 곽철원을 바라보는 당환경의 눈빛.

입가에 매달린 유쾌한 미소와 달리 얼음처럼 차가운 기운이 똬리를 튼 채 도사리고 있다.

第二十八章

원월만도(元月彎刀)
북궁세가의 도법이 창파만 있는 것은 아니다

華山
劍宗

북궁세가의 대문 앞.

새벽부터 무수히 많은 사람들이 운집해 있다.

보통 사람들이 아니다.

하나같이 손이나 등에 십팔반병기나 기문병기를 패용하고 있는 무림인들이다. 오십여 년 만에 북궁세가에서 치러지게 된 비무초친 때문에 모여든 자들이다.

그들의 시선은 지금 대문 앞에 붙어 있는 공지사항에 집중되어져 있었다.

삼 일 후 열릴 비무초친의 규칙!

일(一). 초청장을 지닌 자는 곧바로 대문을 통과한다.

이(二). 초청장이 없는 자는 사대관문의 시험에 응해야만 한다.

삼(三). 그 외 구경꾼들의 입문(入門)은 허락되지 않는다.

사(四). 이를 어기는 자들은 북궁세가의 적으로 간주된다.

북궁세가주 서방도신 북궁한경.

애초에 천하에 뿌려진 비무초친에 관한 방문과는 사뭇 다른 논조의 규칙이다. 일단 사람들을 모아놓고서 옥석 구분에 들어가겠다는 것이나 진배없다.

당연히 공지사항을 읽은 무림인들의 여론은 크게 좋지 않았다.

개중에는 대문 앞에 도열해 있는 북궁세가 무사들에게 두 눈을 부릅뜨고 달려들려는 자들까지 있었다. 비무초친 때문에 서안까지 왔는데 뜻을 이룰 수 없게 됐으니 화가 나는 것도 무리는 아니다.

그러나 궁시렁거림은 거기까지였다.

이곳은 바로 현 무림을 거진 지배하고 있는 사패에 속한 북궁세가의 코앞이었다. 아무리 불만이 있다곤 하나 북궁세가에게 대놓고 대거리할 만큼 대담한 자들은 거의 없다고 봐도 무방했다.

그런 무림인들 사이.

인산인해를 헤치고 공지사항을 훑어본 운검은 목젖 부근을 손가락으로 긁적거렸다. 느닷없이 등장한 사대관문이란 것이 마음에 들지 않았기 때문이다.

'사대관문이라! 전형적인 세력 키우기로군. 아마도 사대관문을 몽땅 통과하지 못했으나 재질 좋고 능력있는 자들에겐 북궁세가의 무사로 들어오라는 회유가 뒤따를 테지. 서방도신 북궁한경. 구마련의 난이 끝난 지 얼마나 됐다고 또다시 난세를 열려고 하는가!'

내심 중얼거린 운검이 능숙하게 사람들 사이를 비집고서 대문 쪽으로 걸어갔다. 사흘 후 있을 사대관문에 도전하기 위한 번호표를 받기 위함이었다.

대문 앞.

비무초친에 대한 공지사항이 적혀 있는 방문 앞에 의자와 책상을 놓고 앉아 있는 문사 차림의 중년인이 있다. 북궁세가의 이각 중 총관 소리장도 유성월이 수장으로 있는 비각(秘閣)에 속한 십대모사 중 한 명인 신묘안(神妙眼) 제갈근이다.

그는 비각에서도 가장 중요한 임무인 천하무림의 인사들에 대한 기록을 전담하는데, 덕분에 눈썰미가 대단히 좋았다. 어떤 무림인사든 한 번 보고 몇 마디 대화를 나눠보면 소속

문파와 무공 수위, 특성 등을 파악할 수 있었다.

'제길! 아무리 그렇다고 비각의 십대모사 중 한 명인 내게 이런 기록의 임무를 맡기다니! 각주님도 진짜 너무하시는군. 지금이 구마련과의 정사대전이 벌어지던 때도 아니고 말야. 세상에 어떤 간 큰 녀석들이 감히 본 가에 못된 목적을 지니고 침투할 수 있겠어!'

모사는 정신 노동자들이다.

얼마든지 속으로 몇 가지나 되는 생각을 하면서도 겉으론 점잖은 표정을 지어 보일 수 있다.

투덜거림이나 욕설 역시 마찬가지다.

제갈근은 내심 불만을 잔뜩 품었음에도 불구하고 점잖은 표정을 유지한 채 사대관문에 도전하는 자들을 대했다. 어쨌든 임무가 떨어진 만큼 소홀히 할 순 없었다.

운검의 차례가 되었다.

방명록 위에 운검이 자신의 이름을 휘갈겨 쓰자 제갈근의 눈빛이 묘하게 변했다. 운검의 이름이 독특하단 생각에 문사적인 호기심을 느낀 것이다.

"검? 이름에 칼 검 자를 쓰다니, 상서롭지 못하군."

"무인다운 이름이라 생각하오만?"

"무식한 이름이겠지."

운검의 의견을 단칼에 잘라 버린 제갈근이 호기심을 지우고 일상적인 질문을 던졌다.

"사용하는 병기는?"

"검이오."

"그런데 어째서 검이 없지?"

"얼마 전에 잃어버렸소. 이제부터 슬슬 구해볼까 생각 중이오."

"허!"

제갈근이 기가 막히다는 표정으로 혀를 찼다.

무인에게 손에 익은 병기는 대단히 중요하다. 생사대전 시엔 아주 조금의 차이로 목숨을 잃어버리는 일이 허다했기 때문이다.

그런데 사대관문에 도전하기 전에야 다시 병기를 구하겠다니!

'이놈은 정신 상태부터가 글러먹은 놈이로다! 첫 번째 관문조차 통과하지 못할 놈이야! 하중하(下中下)!'

내심 운검의 등급을 최악으로 매긴 제갈근이 시간이 아깝다는 생각과 더불어 나머지 질문을 동시에 던졌다.

"무공과 사문, 강호를 주유하며 얻은 별호라거나 사건이 있는지 말하게나! 속이는 것이 있으면 안 될 것이야!"

"무공은 검법 약간과 권장지각 약간 정도? 사문은 검종, 별호나 특별한 강호지사에 관련된 적은 아직 없는 것 같소."

"검종? 무림에 그런 문파도 있었던가?"

"화산파의 지류 중 하나요."

원월만도(元月彎刀) 231

"화산파?"

제갈근의 눈빛이 살짝 변했다. 섬서성에서 화산파가 차지하고 있는 위치를 잘 알고 있기 때문이다.

그러나 운검은 내공을 잃어버린 후 오 년 동안 극히 평범하게 지내왔다. 비록 근래 들어 내공을 약간 회복했다곤 하나 무림고수가 자연스레 발출하는 기도 따윈 겉으로 발산하지 않았다. 거의 내공을 회복하기 전이나 다름없었다.

한참 동안 운검을 살피던 제갈근이 내심 고개를 가로저었다.

'하긴 섬서성 일대에 화산파의 이름을 내세우는 무관들이 한둘이 아니니… 하지만 하중하는 너무 심하니 하중중(下中中) 정도가 적당하겠군.'

운검에 대한 평가를 살짝 올린 제갈근이 방명록에 용사비 등한 글씨를 휘갈겨 쓰곤 번호표 하나를 건넸다. 사흘 후 있을 사대관문 도전 시 반드시 건네줘야 한다는 말을 첨언했음은 물론이었다.

"다음!"

제갈근의 낭랑한 목소리를 뒤로하고 운검이 신형을 돌려 세웠다.

번호표를 품에 넣고 거처로 삼은 객점으로 돌아온 운검의 눈이 살짝 커졌다.

객점 일층에 마련된 식당의 한 켠.

늘씬한 몸매에 시원스런 이목구비를 한 백색 궁장의의 미녀가 소박하면서도 기품있는 자세로 식사 중이었다. 주변의 이목이 일제히 그녀 쪽에 쏠렸음은 물론이다.

"휘이! 좀 키가 크기는 하지만 딱 내 취향인데?"

"죽이는구만, 죽여! 저 늘씬한 다리가 내 허리를 콱 조여준다면……."

"으휴!"

궁장미녀 쪽을 노골적으로 바라보며 사내들은 음담패설을 늘어놓기를 주저치 않았다.

오로지 가격만을 따진 객점의 선택!

그로 인해 이곳에 모인 사내들은 대개가 서안에서 밑바닥 인생을 사는 자들이었다.

그들이 모인 곳에 한 명의 아리따운 미녀가 모습을 드러냈으니, 이 난리가 나는 것도 무리는 아니었다. 물론 미녀의 정체를 모른다는 가정하에 그러할 터였다.

'…휘 녀석! 언제는 절대로 저 차림으론 방을 벗어나지 않겠다더니, 결국 배고픔을 참지 못하고 밖으로 나왔군. 그런데 저 녀석, 의외로 여장이 잘 어울리잖아?'

백의궁장미녀의 정체는 다름 아닌 유연서에 의해 완벽한 여인으로 변모한 북궁휘였다.

그는 운검과 유연서가 식사를 하러 떠난 후 한참이 지나도 돌아오지 않자 어쩔 수 없이 식당으로 나왔다. 어차피 매를 맞을 거라면 일찍 맞는 게 낫겠다는 판단이었다.

하지만 그는 식당으로 나오자마자 자신이 시기를 잘못 잡았음을 깨달았다. 마침 한 떼의 껄렁한 사내들이 식당 안에 자리 잡고 앉아서 식사를 하고 있었기 때문이다.

부들! 부들!

자신을 향한 음담패설이 쏟아질 때마다 북궁휘는 얌전히 차려입은 궁장의의 치맛자락을 거머쥐었다. 그렇게라도 하지 않으면 당장 옆에 놔둔 단장검의 검파로 손이 갈 터였다.

이후엔?

아마도 식당 안은 대량의 참살극에 직면하고 말 게 뻔했다. 반드시 그리될 터였다.

'사부님, 이건 너무 가혹한 시련입니다!'

북궁휘는 내심 중얼거리며 음식을 먹는 속도를 높였다. 좋은 가문에서 자란 탓에 몸에 밴 느긋하고 절도있는 식사 습관이 오늘처럼 원망스러웠던 적은 없었다.

그때다.

음담패설만으론 성이 안 찼는가?

북궁휘에게 계속 추파를 던지던 사내들 중 몇이 자리를 박차고 일어섰다.

주변의 사내들에게서 휘파람이 절로 터져 나온다.

대부분 야유가 절반쯤 섞인 응원이다. 북궁휘에게 구애를 하러 가는 자들을 통해 대리만족을 느끼려는 것이다.

"휘이! 사나이구나! 사나이야!"

"그래! 본래 미녀는 용기있는 자의 것이라고 했다! 당당하게 가슴을 펴고 가라구!"

운검은 본래 나설 생각이 없었다. 북궁휘가 얼마나 이 같은 상황 속에서 참을 수 있는지 궁금했기 때문이다.

그러나 이제 북궁휘는 한계에 이르러 있었다. 아마도 자신을 향해 구애를 하러 온 사내를 단장검으로 순식간에 두 조각으로 잘라 버릴 게 뻔했다.

'그래선 곤란하지.'

내심 중얼거린 운검이 몸을 절반쯤 기대고 있던 문에서 신형을 움직였다.

그리 넓지 않은 식당.

한차례 그림자가 번뜩이자 북궁휘를 향해 다가가던 사내 둘이 이미 바닥을 나뒹굴고 있었다. 구궁보에 이은 표미각에 허벅지와 엉덩이를 동시에 걷어차인 것이다.

그러나 사내들은 자신들이 어쩌다가 이런 꼴을 당했는지 모른다. 그저 허벅지와 엉덩이가 부서지는 듯한 고통에 신음할 뿐이었다.

그때 운검이 응원을 보내던 나머지 사내들을 향해 웃으며 말했다.

"꺼져!"

사내들이 우르르 몰려 나갔다. 바닥에 자빠져 있던 자들은 엉금엉금 기어서 떠나갔다.

그 모습을 보고 픽 하고 웃어 보인 운검이 북궁휘에게 다가가 맞은편을 차지하고 앉았다. 속사정을 모르는 자라면 다정한 연인 간이라 착각할 수도 있을 만한 광경이다.

"늦어서 미안. 그런데 유 소저는 어디로 갔지?"

"사부님과 함께하지 않았습니까?"

"아니."

북궁휘가 남긴 음식 중 전병 하나를 집어먹으며 운검이 고개를 저어 보였다. 유연서와는 얼마 전 식사를 한 후 헤어졌다. 그녀가 북궁휘에게 돌아갔으리라 여겼는데 아니었나 보다.

그때 객점의 문이 열리며 유연서가 모습을 드러냈다. 손에는 한 벌의 장포와 한 자루의 장검이 들려져 있었다. 그녀가 무엇 때문에 객점을 떠났는지 짐작케 하는 모습이다.

"두 분, 괜찮으세요?"

"괜찮소. 어째서 그런 걸 묻는 것이오?"

"방금 전 객점이 있는 방면에서 한 무리의 사내들이 겁에 질린 표정으로 달려오더군요. 그래서 무슨 사고라도 일어났는 줄 알았어요."

"아아, 그치들!"

운검이 미미하게 고개를 끄덕여 보인 후 은근한 표정으로 질문했다.

"그자들이 유 소저한테는 치근대지 않았소?"

"예."

운검의 입가에 미소가 그득 담겼다.

"하하, 궁 소저가 이겼군!"

"사부님!"

드물게 운검에게 화를 내는 북궁휘의 모습을 보고 유연서가 고개를 살짝 갸웃거렸다. 방금 전 식당 안에서 벌어진 일련의 사건을 그녀로선 알 도리가 없었던 것이다.

운검의 질문이 이어졌다.

"그래서 유 소저, 어딜 다녀오신 것이오? 손에는 웬 짐을 그리 한 아름 가지고 있고?"

"여인네의 장신구와 노리개 몇 개를 고르러 갔다가 괜찮은 대장간이 있길래 검 한 자루와 장포 한 벌을 샀어요. 그러다 보니, 돈이 떨어져서 주객이 전도된 상황이 되어버렸네요. 후후."

말끝에 미소를 담은 유연서가 수중의 장포와 검을 통째로 운검에게 넘겨줬다. 그리고 한마디를 첨언한다.

"장포는 대충 눈대중으로 골랐으니, 빨리 한번 입어보세요. 품을 재서 혹시라도 치수가 맞지 않으면 고치게요."

"이거… 내 거였소?"

"예. 지금 입고 계신 옷은 아무리 좋게 봐도 무복으론 보이지 않으니까요. 게다가 명색이 비무초친인데, 운 소협의 옷차림이 너무 허름하면 북궁상아 소저가 속상할 거 아니에요?"

"……."

은연중 자신을 이번 비무초친의 우승자로 확정한 듯한 유연서의 말에 운검이 목젖을 긁적였다. 곰곰이 생각해 보니, 진짜로 비무초친에서 우승할 경우 곤란한 처지에 빠질 수도 있기 때문이다.

'뭐, 우리 궁 소저의 미모로 볼 때 누이동생도 한미모 할 테지. 중간에 슬쩍 패배를 선언해도 될 테고.'

내공을 회복한 후의 버릇이다. 왠지 운검은 모든 일에 있어서 낙천적이고 긍정적인 사고방식을 갖게 되었다. 꼼꼼히 계산을 먼저 하던 과거와는 많이 달라졌다.

"이 옷, 바로 입어봐도 되겠소?"

"물론이에요."

유연서가 고개를 끄덕이자 그가 얼른 방 안으로 뛰어들어갔다. 발걸음이 경쾌하면서도 가벼운 게 마치 선물을 받은 어린애와 다름없다.

잠시 후.

운검이 다시 식당으로 돌아왔다. 붉은색의 용무늬가 은은하게 수놓아져 있는 적포를 걸치고 백련정강으로 된 검을 허리에 차자 사람이 완전히 달라 보인다. 그야말로 늠름한 강호의 영웅협객이나 다름없어 보이는 것이다.

"아아……."

유연서가 운검의 일신된 모습을 눈으로 살피곤 얼굴에 흡족한 표정을 지어 보였다. 애초에 생각했던 것보다 훨씬 낫다는 판단이었다.

북궁휘 역시 고개를 끄덕이며 칭찬했다.

"사부님, 정말 잘 어울리십니다!"

운검 역시 기분이 좋았다. 공짜 옷에 공짜 검을 얻었는데, 마음에까지 든다.

"유 소저, 고맙소. 어떻게 내 치수와 취향을 이리 잘 알고 계셨던 것이오?"

"우연이에요. 검은 어떻던가요?"

"쉽사리 구할 수 없는 백련정강의 검이오. 어찌 검객으로서 호불호를 따질 수 있겠소. 그저 고마울 뿐이오."

"다행이군요."

"그래서 말인데……."

잠시 말끝을 끈 운검이 살짝 부끄러워하는 표정으로 유연서에게 부탁했다.

"…갑자기 내 새 검을 휘둘러 보고 싶어졌소. 상대 좀 해주실 수 있겠소?"

"사부님, 그거라면 제가……."

"궁 소저는 안 되지! 한동안 궁장의 차림과 여인다운 행동

거지에나 익숙해지기 위해 노력하도록!"

"그런……."

북궁휘가 인상을 찌푸리며 억울한 표정을 짓자 유연서가 결국 참지 못하고 입가를 손으로 가렸다. 이런 상황에서 웃음을 내비치는 건 실례란 생각을 한 것이다.

이틀 후.

밤이 깊어지자 북궁휘는 하루 종일 자신을 괴롭혔던 여장을 벗어 던지고 본래의 신색을 회복했다.

옆방에서 들려오는 가느다란 호흡 소리.

내공을 회복한 후 한시도 연공을 게을리 하지 않았던 사부 운검이 잠에 빠져든 것을 알리는 신호다. 그를 따르는 동안 어렵사리 파악해 낸 정보 중 하나.

잠시 더 운검의 호흡 소리를 살피던 북궁휘가 얼른 창문을 통해 객점을 빠져나왔다. 혹시라도 운검이 잠에서 깰까 봐 움직임에 만전을 기했다. 오늘 밤 중으로 처리해야만 할 일이 있었기 때문이다.

'그동안 조사해 본 바 본 가에 암운이 깃든 건 꽤나 오래전부터 진행된 일인 것 같다. 어쩌면 이제는 아버님의 힘으로도 그 암운을 걷을 수 없을지도 모른다. 그렇지 않고서야 이번에 치러지는 비무초친을 이해할 도리가 없다.'

세간에 알려진 것과 달리 북궁휘는 폐관수련 중 부친 북궁한경을 몇 차례나 만난 적이 있었다.

부자지간 사이의 비밀!

북궁한경은 태어날 때부터 병약했던 북궁휘를 자신의 본신 내력으로 계속 벌모세수(伐毛洗髓)시켜 왔다. 그렇게 함으로써 북궁휘로 하여금 무공을 연마할 수 있게끔 만들었다. 자식에 대한 부친의 도리를 다한 것이다.

다만 북궁한경은 끝내 북궁휘의 타고난 검객으로서의 자질까지는 눈치 채지 못했다.

평생 도에만 모든 정력을 바쳐 온 절대도객!

등잔 밑이 어둡다고, 그런 쪽으론 조금 무심한 면이 있었다.

북궁휘가 북궁세가 내부에 암류가 흐르고 있음을 눈치 챈 건 바로 그 무렵이었다. 부친 북궁한경이 종종 어두운 기색으로 혼잣말하던 것만으로도 그에겐 충분했다.

잠시 염두를 굴린 북궁휘가 얼른 객점을 뒤로하고 유성삼전도를 펼쳤다.

지난 이틀!

그는 운검 몰래 북궁세가 내부의 인물과 접촉을 했다. 오늘은 그들 중 한 명과 만나기로 했고, 지금은 약속 장소를 향해 가고 있는 중이었다.

"후훗! 궁 소저, 제법 노력했다만 아직 이 사부를 떼어놓고

다니기엔 한참이나 멀었다!'

 운검은 북궁휘가 객점의 창문을 벗어나자마자 자리에서 일어났다. 방금 전까지 일부러 호흡을 고르고 있었다. 신중한 성격의 북궁휘로 하여금 자신이 잠들었다는 확신을 주기 위함이었다.

 그 뒤는 뻔하다.

 북궁휘와 마찬가지로 창문을 통해 밖으로 신형을 빼낸 운검이 곧바로 구궁보를 펼쳤다. 북궁휘의 유성삼전도를 따라가자면 한시도 시간을 지체해선 안 되었다.

 그렇게 한 식경가량 북궁휘의 뒤를 쫓았을 터였다. 점차 구궁보의 속도를 올려가고 있던 운검이 갑자기 신형을 멈추곤 부근의 건물 틈으로 스며들었다. 북궁휘가 갑자기 걸음을 멈춘 까닭이다.

 '다 온 건가?'

 운검의 시선이 달빛 아래 홀로 서 있는 북궁휘를 살폈다. 그의 일거수일투족이 하나도 빠짐없이 눈 속으로 파고들어 온다. 역시 내공을 사용할 수 있으니, 좋다.

 그때 잠시 사람의 그림자 하나 보이지 않는 공터를 서성거리고 있던 북궁휘의 시선이 한쪽을 향했다. 입가엔 반가움이 깃든 미소가 걸려져 있다.

 "상아야!"

 '상아?'

운검의 눈에 이채가 어렸다. 오늘 밤 북궁휘가 만나려 했던 인물이 누구인지 알 것 같았기 때문이다.

그의 예상대로였다.

북궁휘의 부름과 동시에 공터로 날아든 섬세한 인영.

기다란 머리를 양 갈래로 묶어 늘어뜨리고 등에 초승달을 닮은 기형장도를 매단 녹의무복의 미녀, 북궁상아다.

그런데 이게 어찌 된 일인가!

북궁상아는 북궁휘의 앞에 내려서자마자 개미가 무색할 정도로 가느다란 허리를 숙여 보였다. 그리고 곧바로 이어진 한차례의 회전!

"엇!"

반갑게 북궁상아를 맞던 북궁휘의 입에서 다급한 경호성이 터져 나왔다.

곧바로 펼쳐진 유성삼전도!

순식간에 뒤로 신형을 물리는 북궁휘가 남긴 잔영을 초승달 모양의 도기가 단숨에 두 쪽으로 갈랐다.

기습!

누가 봐도 명백하다.

북궁휘는 간발의 차로 여동생에게 목숨을 잃는 액겁을 면한 채 목청을 높였다.

"상아야, 이게 무슨 짓이냐!"

"문답무용(問答無用)!"

원월만도(元月彎刀)

단호한 냉갈과 함께 북궁상아가 또다시 회전을 일으켰다. 물론 그녀의 기형장도에서 형성된 도기 역시 뒤따른다.

파파파파파팟!

삽시간에 수십 개나 형성된 초승달 모양의 도기!

각자 무수히 많은 회전을 일으키며 대기를 찢어발긴다. 목표는 연달아 유성삼전도를 펼치며 뒤로 물러서고 있는 북궁휘다. 어떤 각도의 도기든 마찬가지다.

'저렇게 되면 피하기 어렵지. 저 초승달 모양의 도기를 더욱 강력한 검기로 강하게 치고 앞으로 나가는 수밖엔 없다. 그 방법이 최선이야.'

운검은 숨은 자세 그대로 북궁상아가 일으킨 도기의 궤적을 살폈다.

파훼법은 이미 머릿속에 떠올라 있다.

관심이 가는 건 북궁휘가 어찌 대처하는지다. 더 이상 보신경만으로 공격을 피할 수 없게 됐으니, 이제부터가 본격적인 대결의 시작이란 판단이다.

과연 그랬다.

순간적으로 지축을 발끝으로 찍듯이 찬 북궁휘가 단장검을 뽑아 들었다.

특유의 속검!

발검과 동시에 이미 코앞까지 이른 초승달 모양의 도기들을 산산조각 낸다.

뒤에서 일어났으나 오히려 빠르다.

검기의 영역을 뛰어넘은 검사가 펼쳐졌기에 가능한 일이었다. 도법의 베기보다 검법의 찌르기가 더욱 빠른 것도 하나의 이유가 될 수 있겠다.

"역시!"

북궁상아가 나직한 탄성과 함께 신형을 뒤로 물렸다. 방금 전 북궁휘가 그녀의 도기를 피하기 위해 연속적으로 펼쳐야만 했던 유성삼전도를 이용한 후퇴다.

그러나 북궁휘는 처음부터 북궁상아를 추격할 생각이 없었다. 검사를 거둔 단장검을 바닥 쪽으로 내려놓고 있는 자세가 이를 확인시켜 준다.

북궁상아는 뒤로 한참 후퇴한 다음에야 그 같은 모습을 봤다.

분해서일까?

아랫입술을 잘근 깨물며 잠시 숨을 고른 그녀가 비난 섞인 시선을 북궁휘에게 던졌다.

"삼가, 내 원월만도(元月彎刀)를 단숨에 깨뜨리다니, 정말 대단하군요! 하지만 어째서 그런 천재적인 재능을 가지고서 가문의 도법을 버리고 검을 선택한 것이죠?"

"상아야, 너도 알다시피 본 가의 소천신공과 창파도법은 내겐 맞지 않았다. 내가 그동안 얼마나 고통스러워했는지 알고 있었지 않느냐?"

"나는 몰라요, 그런 거!"

양쪽으로 묶은 머리를 흩날리며 고개를 잘래잘래 흔든 북궁상아가 목청을 높였다.

"내가 아는 삼가는 어떤 오라버니들보다 뛰어난 무공의 재능을 가진 사람이었어요. 그리고 내가 창파도법을 익히지 못해서 울고 있을 때 위로해 주고 월월만도를 배우게 만든 사람이었어요. 그래서 나는 삼가가 언젠가 본 가의 가주가 될 거라고 생각했었는데, 어째서… 검 따윌 익힌 건가요? 어째서 본 가의 소천신공과 창파도법을 버린 거냐구요!"

"……."

북궁휘가 입을 다물었다. 북궁상아의 비난에 일시 말문이 막혀 버린 것이다.

그때 운검이 숨어 있던 건물 사이에서 모습을 드러냈다.

휘적휘적거리는 걸음.

그는 그리 급할 것 없다는 듯 천천히 대치 상태에 빠진 남매 사이로 걸어갔다.

"사부님……."

"사부님?"

침음 섞인 북궁휘의 중얼거림에 북궁상아가 놀란 표정으로 운검을 바라봤다.

언뜻 보기에 이십대 초중반 정도?

북궁휘의 사부가 되기엔 너무 젊다. 또한 겉으로 드러나는 무공 수위 역시 그리 높아 보이지 않는다. 여전히 내기나 기파를 밖으로 드러내지 않고 있었기 때문이다.

'설마하니 내기를 안으로 완벽하게 갈무리할 수 있을 정도의 초절정고수란 말인가?'

북궁상아는 내심 염두를 굴린 후 다시 기감을 확장시켰다. 그리고 전적으로 운검에게 집중시켰다. 어떻게든 그의 정체를 까발리고자 했다.

'짜릿하군!'

운검은 자신을 향해 몰려드는 기파에 혀를 살짝 내밀어 입가를 훔쳤다. 북궁상아가 화살처럼 쏘아낸 기파를 맨몸으로 받아냈다. 비록 내부를 자하신공이 철통같이 수호하고 있다곤 하나 겉가죽에서 닭살이 이는 것까진 막지 못했다.

결국 한차례 어깨를 추어 보인 운검이 북궁휘에게 퉁명스레 소리쳤다.

"휘야, 설마 투도구검하고 검종에 들어온 걸 후회하는 것이냐?"

"그렇지 않습니다."

"그런데 어째서 여동생 앞에서 당당하지 못한 것이냐?"

"죄송합니다."

"내게가 아니다. 너는 네 손에 들려져 있는 검에게 용서를 구해야만 한다. 그렇지 않느냐?"

"…예."

북궁휘가 침중한 표정으로 고개를 끄덕였다. 운검이 한 말이 방금 전 북궁상아의 질문에 떳떳하지 못했던 가슴을 거세게 찔러왔기 때문이다.

그때다. 북궁휘와 대화하는 운검을 탐색하듯 바라보고 있던 북궁상아가 갑자기 움직임을 보였다.

스슥!

유성삼전도.

그 뒤에 펼쳐진 건 가느다란 목덜미에 걸어두고 있던 기형장도를 이용한 원월만도다.

초승달 모양의 도기!

삽시간에 수십 개가 넘게 형성된 달무리들이 일제히 운검을 노렸다. 아예 일격에 끝장을 보려는 듯한 수법!

북궁휘가 놀라서 검미를 치켜 올렸다.

"상아야!"

운검은 개의치 않았다. 그는 기형장도에서 형성된 달무리들이 자신의 바로 앞까지 이르기를 기다려 신형을 공중으로 띄워 올렸다.

신행백변의 변화!

더불어 그는 신형을 몇 차례에 걸쳐 회전시켰다. 곧바로 자신을 향해 방향을 틀어 전개된 달무리 속으로 무작정 뛰어드는 듯한 형국이다.

"미친!"

북궁상아의 입에서 욕설이 튀어나왔다. 설마하니 운검이 이런 식으로 나올 줄은 몰랐기 때문이다. 애초에 북궁휘의 사부를 자신의 손으로 죽일 생각은 없었다.

그런데 그 순간 운검의 신형이 공중에서 다시 변화를 일으켰다. 공중부양이라도 하듯 이중으로 뛰어오른 것이다.

그것과 동시다.

순식간에 공간을 단축한 운검의 각영이 번개가 무색할 정도로 빠르게 북궁상아의 기형장도를 격타해 갔다. 이번에 펼쳐진 건 소요퇴법이다.

타탕!

북궁상아가 기형장도를 종횡하여 가까스로 운검의 각영을 막아냈다.

만벽(滿壁)!

원월만도 최강의 방어 초식이 펼쳐진 것이다.

그러나 그 순간 운검의 신형은 바닥으로 쑥 하고 떨어져 내렸다.

검결지를 이룬 손가락 역시 앞으로 파고든다.

"아!"

북궁상아는 결국 새된 비명을 터뜨리고 말았다. 어느새 운검의 검결지를 이룬 식지 끝이 목젖을 누르고 있다. 이제 가벼운 경(勁)을 한차례 토해내기만 하면 싸움은 끝이다. 생사지간에 서고 만 것이다.

"죽여! 죽여라!"

'역시 명가의 후손이란 거군. 이 같은 상황에 처하고서도 전혀 눈빛에 굴함이 없어.'

북궁상아의 서늘한 외침에 이채를 발한 운검이 검결지를 거두고 뒤로 한 걸음 물러섰다. 애초부터 그녀를 어찌해 볼 생각으로 공격한 게 아니다. 그냥 원월만도를 보고 떠올린 자신의 파훼법을 시험해 보고 싶었을 뿐이다.

운검이 말했다.

"북궁세가의 도법이 창파만 있는 게 아니었군. 원월만도라 했던가? 아주 훌륭한 도법이었다."

"당신이지!"

"뭐?"

"당신이 순진한 셋째 오라버니를 꼬드겨서 본 가의 도법을 버리게 만든 것이잖아!"

"꼬드겼다라……."

뒷말을 살짝 끌어 보인 운검이 입가에 흐릿한 미소를 떠올렸다.

"뭐, 그랬을지도 모르겠군. 휘의 검에 대한 재능은 결코 그냥 흘려 버릴 성질의 것이 아니었으니까."

"그렇지 않아! 셋째 오라버니는 검이 아니라 도로도 충분히 성공할 수 있는 분이었다! 그런데 어째서……."

"아니다!"

북궁상아의 외침을 중간에 자른 건 운검이 아니라 북궁휘였다. 그는 얼른 두 사람 곁으로 다가와 불길이 이는 듯한 눈빛으로 자신의 여동생을 바라봤다.

"삼가……."

"나는 네가 생각하는 것만큼 뛰어난 사람이 아니다. 특히 본 가의 무공과는 전혀 상성이 맞지 않았다. 그건 노력만으로 메울 수 없는 부분이었다. 하지만 그래서 검을 선택한 건 아니다. 나는 검을 진심으로 사랑했다. 그랬기에 운검 사부님의 문하에 들어가게 된 것이다."

"그렇지만 제게 원월만도를 익히게 한 건 삼가예요! 삼가였다구요! 그런데 이제 와서 자기만 다른 곳으로 도망쳐 버리다니, 비겁해요!"

"그건……."

말끝을 흐리는 북궁휘를 잠시 원망스레 바라보고 있던 북궁상아가 곧바로 신형을 뒤로 뽑아냈다. 더 이상 운검이나 북궁휘를 상대하고 싶지 않아진 것이다.

휘익!

순식간에 북궁세가 쪽으로 신형을 날려가 버린 북궁상아의 뒷모습을 바라보던 북궁휘가 입가에 나직한 한숨을 담았다. 오늘 그녀를 만나서 물어볼 말이 잔뜩 있었다. 이런 식으로 헤어져선 안 될 일이었다.

'하지만 이것으로서 한 가지는 분명해졌다. 상아에겐 아직

본 가에 깃든 암류가 닿지 않았다는 것이다. 그럼 비무초친은 도대체 어째서 펼쳐지게 된 것일까?

내심 생각을 정리하는 북궁휘의 등판을 운검의 손바닥이 철썩 하고 강타했다.

"여동생 성질머리 하나 일품이구나! 본래 사이가 꽤나 좋았었나 보지?"

"어린 시절, 형제들 중 유일하게 저의 대화 상대가 되어줬던 착한 아입니다."

"착한 아이?"

운검이 불신에 찬 시선을 던지자 북궁휘의 준수한 얼굴이 겸연쩍은 표정을 지어 보였다.

"오늘 일은… 제게도 잘못이 있었습니다. 어린 시절, 그 아이는 본 가의 무공을 제대로 익히지 못해서 매일 밤 울곤 했습니다. 본래 본 가의 무공 기초를 잡는 부분의 진입 장벽이 꽤 높은 편인지라……."

"그래서 네가 무공의 기초를 잡아주고 우는 꼬맹이 아가씨를 다독여 줬던 것이군?"

"그냥 울고 있는 게 가여워서 몇 차례 업어줬을 뿐입니다."

"어린 시절의 그 같은 기억은 꽤나 오래가지. 네 등판은 그 꼬맹이 아가씨한텐 꽤나 넓었을 테니까."

"……."

어설픈 대답 대신 침묵을 선택한 북궁휘에게 운검이 씩 하고 웃어 보였다. 천사심공이 없이도 이 정도 속내쯤 읽는 건 일도 아니었다.

잠시 후.
두 사람은 어깨를 나란히 한 채 객점으로 돌아왔다. 운검은 더 이상 북궁휘에게 오늘 밤의 일에 대해 묻지 않았고, 북궁휘 또한 침묵을 지켰다.
아직 확실해진 건 아무것도 없었다.
일단 오늘 밤은 침묵을 지킬 필요가 있었다.
그런데 두 사람이 객점 앞에 도착했을 때였다. 객점 앞을 서성거리는 여인이 한 명 있었다. 유연서다.
"유 소저?"
"여전히 밤에 움직이길 좋아하는 사제지간이로군요? 오늘 밤의 비무는 즐거우셨나요?"
"비무란 언제나 즐거운 법이오. 지금부터 유 소저도 나와 한차례 어울려 보지 않겠소?"
운검의 제안에 유연서가 고개를 가로저어 보였다.
"저 역시 본 문에선 무공광녀(武功狂女)라 불리었지만 운 소협에겐 못 당하겠네요."
"무공에 미친 년?"
운검의 원색적인 반문에 유연서가 고운 눈살을 살짝 찡그려 보였다. 운검의 이 같은 점이 싫진 않다. 하지만 좋아할 수

원월만도(元月彎刀) 253

도 없는 게 사실이다.

"어쨌든 오늘 밤 더 이상의 비무는 곤란할 것 같네요. 손님들이 찾아오셨거든요."

"손님?"

"예, 그래서 저는 이렇게 객점 밖으로 나서서 운 소협과 북궁 소협을 기다릴 수밖에 없었고요."

"……"

가벼운 한숨이 섞인 유연서의 말에 운검의 안색이 가볍게 변했다. 갑작스레 찾아든 손님의 정체를 대충 짐작할 수 있었기 때문이다.

'그렇군. 하오문의 정보력을 너무 간과했어……'

내심 중얼거린 운검이 유연서에게 가볍게 고개를 끄덕여 보이곤 신형을 돌려세웠다.

"사부님?"

북궁휘가 놀라서 묻자 운검이 작은 목소리로 말했다.

"휘야, 지금부터 객점을 옮기도록 하자. 귀찮은 날파리들이 따라붙었다."

"하지만 저희 물건은 모두 객점에 남아 있는데……."

"그건 유 소저가 챙겨주겠지. 그렇지 않소?"

유연서가 자신을 향해 고개를 돌린 운검의 질문에 다시 고개를 가로저어 보였다. 명백한 거절의 뜻이다.

"죄송하지만 그렇게는 안 되겠네요."

"어째서?"

"이미 들켰거든요."

유연서의 말을 들은 운검이 힐끔 시선을 객점의 창가 쪽으로 던졌다. 유연서가 묵는 방 쪽이다. 그곳에는 어느새 아주 익숙한 얼굴들이 고개를 쑥 내밀고 있었다.

"개자식!"

"운 오라버니!"

진영언과 소금주의 연속된 외침에 운검이 목 부근을 손가락으로 긁적거렸다. 이젠 유연서뿐 아니라 그도 객점 안으로 들어서긴 곤란해진 것이다.

"어쨌든 들어가시죠. 날이 밝으면 북궁세가의 사대관문에 도전하셔야 할 테니, 조금이라도 잠을 자둬야 하지 않겠어요?"

"아! 벌써 날짜가 그리되었던가?"

"까맣게 잊고 있었군요?"

"하하!"

운검이 웃음으로 유연서의 책망 어린 질문을 얼버무렸다. 그녀의 말이 사실이었기 때문이다.

第二十九章

입상중상(入上中上)
비무초친에 어중이떠중이들을 참가시킬 순 없다!

華山
劍宗

 북궁상아는 부스스한 얼굴로 아침을 맞았다.

 살짝 부어 있는 눈두덩.

 간밤에 북궁휘를 만나고 돌아오는 길에 눈물을 펑펑 쏟았다. 아주 어린 꼬맹이 시절을 제외하곤 처음으로 흘려보는 눈물이었다.

 "강해졌다고 생각했는데… 여전히 나는 어린 시절의 그 나이 어린 꼬맹이에서 한 치도 성장하지 못하고 있었구나……."

 한탄이 섞인 중얼거림.

 그 끝에 북궁휘의 준수한 얼굴에 겹쳐진 운검의 얄궂은 표정이 떠오른다. 맨손으로 자신의 구성에 달한 원월만도의 참격술을 뚫어버린 경이로운 무공이 어느새 그녀의 가슴 깊숙이 각인되어 버린 것이다.

흔들.

북궁상아는 고개를 가로저었다. 여전히 그녀는 운검이 북궁휘를 타락시킨 주범이라 여기고 있었다. 미운 인간이었다. 아침부터 그런 자의 얼굴을 떠올리고 싶지 않은 건 지극히 당연한 일이었다.

그때다. 방문 밖에서 조심스럽고 익숙한 시비 소월의 목소리가 들려왔다.

"아가씨, 세숫물을 떠왔습니다. 화장을 하시려면 이제 그만 슬슬 기침하셔야지요?"

'세숫물? 화장?'

북궁상아의 거처인 화월소축은 북궁세가 내에서 가장 조용한 곳 중 하나다. 주인인 북궁상아가 무공 수련 외엔 일체의 잡일을 허락지 않았기 때문이다.

당연히 평상시 시비가 세숫물을 떠온다거나 화장을 종용하는 일은 거의 없었다. 사실 소월이 북궁상아의 시비가 된 후로 처음 있는 일이었다.

살짝 아미를 찌푸린 북궁상아가 목청을 높였다.

"소월아, 혹시 오늘 무슨 일이라도 있는 것이냐?"

"아이! 아가씨, 오늘은 비무초친을 위해 천하 각문각파의 후기지수들이 본 가로 오는 날이잖아요! 평상시보다 기침이 늦으셔서 혹시나 했는데……."

뒷말을 끄는 소월의 목소리에 안타까운 감정이 담겼다.

비무초친!

한마디로 말해 북궁상아의 신랑감을 고르는 행사이다. 당연히 북궁상아는 오늘 빨리 일어나서 화장과 꽃단장을 한 후 신랑감 후보자들의 면면을 살펴봐야만 한다. 평생을 해로할 사람과의 첫 만남이니만큼 신경을 쓰는 게 옳았다.

다만 그 같은 생각은 어디까지나 소월만의 몫이었다.

아예 이번 비무초친에 대한 기대가 없던 북궁상아는 곧 퉁명스레 말했다.

"세숫물이나 문 앞에 놔두고 쓸데없는 소리는 더 이상 하지 말거라!"

"아가씨, 그럼 화장을 하지 않겠다는 말씀이세요?"

"나는 본래 피부가 나쁘지 않아. 중년의 나이 든 여인네들처럼 화장 따윌 할 필요는 없다!"

"그, 그렇지만……."

"소월, 네가 감히 내 명령을 거역하겠다는 것이냐?"

"……."

소월이 침묵했다. 북궁상아에게 반항할 수도 없고 그녀의 명을 따를 수도 없었기 때문이다.

'이것이!'

북궁상아의 아미가 위로 치켜 올라갔다. 그녀는 소월을 엄하게 꾸짖을 작정이었다. 아무리 친자매처럼 지내왔다곤 하나 상하 구별은 확실히 해야만 한다. 이 같은 명령불복종은 결코 용납할 수 없었다.

 그러나 그녀가 막 다시 화를 내려 할 때였다. 소월이 아닌 다른 사람의 목소리가 들려왔다.

 "쯔쯧쯧, 곧 시집갈 녀석이 어찌 아직까지 일어나지도 않았더란 말이냐?"

 '이 목소리는······.'

 목소리의 주인이 누군지 눈치 챈 북궁상아가 얼른 얼굴과 옷매무새를 가다듬은 후 밖으로 나섰다. 자칫 하루 종일 잔소리를 들을 우려가 있었기 때문이다.

 "어머니, 어쩐 일로 화월소축까지 오신 거예요?"

 "내 무공에만 미쳐 있는 딸이 집안의 얼굴에 먹칠을 할까 봐 걱정이 돼서 왔다."

 "제가 어째서 집안의 얼굴에 먹칠을 한다는 거예요?"

 "네 그 어처구니없는 꼴을 보고서 억울한 표정을 짓거라! 뭐? 나는 피부가 좋아서 화장을 할 필요가 없다구?"

 나직이 혀를 찬 장미부인 성옥월이 얼른 소월에게서 세숫대야를 빼앗고는 북궁상아에게 다가갔다. 어린애처럼 손수 세수를 시켜주려는 것이다.

 북궁상아가 질색한 표정이 되었다.

"전 어린애가 아니에요! 세수는 직접 할 수 있다구요!"

"그럼 얼른 해! 곧바로 화장을 하고 어미가 준비해 놓은 패물과 노리개로 치장해야 하니까!"

"화장에다 패물, 노리개로 치장까지 해야 하는 거예요?"

"물론이지! 그래야 오늘 본 가로 몰려든 천하각지의 영웅장부들이 앞으로 죽기 살기로 비무를 벌일 것 아니겠느냐?"

"주, 죽기 살기로 비무를 벌여요?"

"그래."

천천히 고개를 끄덕여 보인 성옥월이 입가에 묘한 미소를 매달았다.

"본래 사내들이란 고지의 꽃을 따기 위해서 목숨을 던지는 불나방 같은 존재란다. 그런 경쟁을 뚫고 꽃 앞에 도착한 자에게야말로 여자가 자신의 한평생을 맡길 수 있는 것이고 말이다. 그게 세상의 거역할 수 없는 섭리야!"

'궤변!'

북궁상아가 황당한 기색으로 내심 격하게 소리를 질렀다. 모친인 성옥월의 기묘한 인생관을 결코 납득할 수 없었기 때문이다.

그러나 잠시 후, 북궁상아는 성옥월의 뜻대로 얌전히 화장을 하고 꽃단장에 들어갔다. 모친의 끊임없는 잔소리가 그칠 수만 있다면 그곳이 설혹 지옥이라도 군말없이 뛰어들 수 있겠다는 한탄과 함께였다.

*　　*　　*

조금 늦은 아침.

운검 일행은 북궁세가로 향했다.

누가 눈치를 주든 말든 간에 양껏 아침을 먹은 운검은 연신 소지로 귀를 후비고 있었는데, 표정이 가히 좋지 못했다. 밤새 이어진 여인들의 지독한 잔소리 덕분에 숙면을 취하지 못한 까닭이다.

문득 운검의 곁에 바짝 붙어서 걷고 있던 북궁휘가 실낱같은 목소리로 말했다.

"사부님, 왠지 객점을 나선 직후부터 우리 일행 쪽을 바라보는 사람들의 시선이 점점 늘어나고 있는 것 같습니다."

"사람들의 시선?"

운검이 소지에 묻어 나온 큼지막한 귓밥을 후 불어서 날려 버린 후 주변을 둘러봤다.

그러자 운검과 그를 따르고 있는 네 명의 여인(?)을 향해 시선을 던지고 있는 자들이 한둘이 아니었다.

대개 그들은 사내들로서 운검과 동행한 여인들을 황홀한 표정으로 힐끔거렸다. 하긴 각자 독특한 매력을 지닌 미인들이 한꺼번에 네 명이나 몰려다니고 있으니 시선을 빼앗기게 되는 것도 무리는 아닐 터였다.

다만 여기서 곤란하게 된 건 네 여인에게 둘러싸인 운검이었다. 여인들에 대한 평가와 곁눈질을 끝낸 사내들은 곧 운검에게 노골적인 분노와 적대감을 쏟아냈다. 그가 너무나 부러웠기 때문이다.

'죽일 놈! 개자식! 후레자식 같은 놈! 저런 미녀들을 한꺼번에 네 명이나 데리고 다니다니!'

'제기랄! 어떤 자식은 미녀를 네 명씩이나 데리고 다니는데, 나는 아직도 옆구리가 시린 혼자 신세라니!'

'그런데 저 자식, 향하고 있는 곳이 북궁세가 쪽인데? 설마하니 네 명이나 가진 것도 부족해서 북궁세가의 여식까지 노리는 건 아닐 테지?'

사내들의 눈빛.

살기에 가득 차 있다. 당연히 이 같은 지독한 상념의 대부분은 운검을 향한 것들이다.

만약 과거 같았다면 운검은 결코 태연할 수 없었을 터다. 그 정도로 사내들의 상념은 강력했다. 거의 저주나 다름없을 정도였다.

그러나 요새 마정에 깃든 천사심공은 요지부동이었다. 마치 저주가 풀린 것처럼 얌전했다. 다른 때처럼 사람들의 상념을 전달해서 운검을 미치기 일보 직전까지 몰아가지 않았다.

으쓱!

어깨를 한차례 추어 보인 운검이 북궁휘에게 얄궂은 미소를 지어 보였다.

"뭐, 모두 우리 궁 소저가 너무 아름다워서 그런 게 아니겠느냐?"

"사부님, 그런 말도 안 되는……."

"어허! 사내들의 시선이 네 일거수일투족에 쏠려 있는 게 안 느껴지느냐?"

"……."

북궁휘가 입을 굳게 다물었다. 운검의 말이 결코 허언이 아님을 주변의 분위기로 읽을 수 있었기 때문이다.

그때다. 두 사람 사이로 여전히 화려한 묘족 복장을 하고 있는 소금주가 쑥 끼어들었다. 갑자기 자신에게 추파를 던지던 사내들에게 내기를 쏘아내서 기겁하게 만들던 진영언의 곁을 떠나온 것이다.

"헤헤, 금주는 정말로 놀랐어요."

"뭐 때문에 놀랐지?"

"운 오라버니 같은 분이 부귀와 공명을 위해서 북궁세가의 데릴사위가 되길 바라실 줄은 까맣게 몰랐거든요."

"흠."

운검은 곧바로 대답하지 않았다. 그러자 어젯밤에 대판 싸운 후 그와 말도 섞지 않던 진영언이 힐끔 시선을 던져 왔다. 그의 대답이 궁금했기 때문이다.

일행의 끝에서 느긋하게 뒤따르고 있던 유연서가 대신 설명했다.

"소 소매는 잘못 알았어. 운 소협은 북궁세가의 데릴사위가 되기 위해서 사대관문에 도전하는 게 아니야."

"그럼 무엇 때문이죠?"

"그건……."

잠시 말끝을 끌며 염두를 굴린 유연서가 곧 입가에 미미한 미소를 담았다.

"그건 본인에게 직접 듣는 게 낫겠지?"

"쳇! 결국 또 이런 식으로 얼버무리는구나! 금주를 또 왕따 시키고 있어!"

소금주가 나직이 투덜거리며 유연서에게서 고개를 팩 하고 돌려 버렸다. 완전히 삐친 모습이다.

진영언은 더했다.

그녀는 느닷없이 끼어들어 의문만 더욱 증폭시킨 유연서를 잡아먹을 것처럼 노려봤다.

'저 재수없는 년! 비무나 무공 수련 외에는 아무것도 관심이 없는 척하더니 뒤로 호박씨를 까고 날 물먹이다니! 내 언젠가 옷을 홀라당 벗겨놓고 비 오는 날에 먼지가 나도록 두들겨 패고 말 테닷!'

본래 때리는 시어미보다 말리는 시누이가 더 밉다고 한다.

진영언에겐 운검이 시어미고 유연서가 시누이였다. 그만큼 잔뜩 속이 뒤틀려 있었다.

그렇게 운검 일행은 걸음을 재촉해 북궁세가 앞에 도착했다.

구름같이 몰려와 있는 군중.

사흘 전보다 오히려 사람 수가 훨씬 늘어났다. 오늘이야말로 북궁세가에서 오십여 년 만에 벌어지는 비무초친의 시작이기 때문이다.

활짝 열려져 있는 북궁세가의 대문!

그 앞에는 예전에 사대관문 도전자에게 번호표를 주고 접수를 맡았던 비각 소속 신묘안 제갈근이 서 있었다. 이번 역시 떠밀려서 나온지라 기분이 썩 좋지 않았으나 여전히 표정 관리는 확실히 하고 있다.

잠시 좌중을 둘러본 그가 목청을 돋워 소리쳤다.

"먼저 초청장을 지닌 영웅호걸들이 입문하시고, 그 뒤에 사대관문의 도전자들 차례올시다! 부디 질서를 지켜서 별다른 사고 없이 비무초친이 진행되게 도와주시기 바라오!"

제갈근의 호령.

그에 맞춰서 뒤에 도열해 있던 무사들이 일제히 목청을 돋웠다.

"초청장을 지니신 영웅호걸들께선 입문하시오!"

"초청장을 지니신 영웅호걸들께선 입문하시오!"

궁상각치우!

내공이 깃든 오음(五音)이 조화를 이루자 무사들의 목소리는 웅장하면서도 깊은 소리를 냈다. 순식간에 구름처럼 모여 있던 군중들의 웅성거림을 압도하고 아주 멀리까지 울려 퍼졌다. 현 무림을 장악하고 있는 사패 중 일좌인 서패 북궁세가의 저력을 자연스레 드러내 보인 것이다.

운검이 내심 고개를 끄덕였다.

'대단하군. 일부러 최소 일류 수준의 고수들을 평무사 복장으로 차려입혀서 군중들을 맞다니! 정말 훌륭한 연출이야! 과연 섬서성 전체를 장악할 만해!'

운검의 예상대로다.

오늘 제갈근을 따라 대문 앞에 도열한 십여 명의 무사들은 북궁세가의 주력인 삼당(三堂)과 사단(四團)에서 상당한 위치에 있는 자들이었다. 중간 간부급들이 평무사 복장을 한 채 나와서 북궁세가의 위세를 돋운 것이었다.

덕분에 비무초친을 구경하기 위해 당장 북궁세가의 대문이라도 뚫고 들어가려던 군중들은 침묵에 잠겼다. 일시 기가 팍 죽어서 다수의 횡포조차 부리지 못하게 되었다. 이야말로 북궁세가나 노린 바였음은 자명하다.

초청장을 지닌 신진고수들의 입문 이후 운검은 일행과 떨어져 번호표를 들고서 제갈근에게 다가갔다.

불쑥 내밀어진 번호표.

심드렁한 표정으로 번호표를 받아 들던 제갈근의 눈에 이채가 떠올랐다.

'하중중? 이자가?'

운검을 처음 봤을 때 제갈근 본인이 직접 매긴 점수였다. 그의 추레한 모습과 겉으로 전혀 드러나지 않는 기도, 평범한 자기소개를 듣고 그 이상의 점수는 줄 수 없었다.

그런데 지금은 어떠한가?

유연서가 준 적의무복을 걸치고 허리춤에 백련정강의 장검을 매단 운검의 모습은 전날과 비교할 수 없었다. 완전히 다른 사람이었다.

게다가 달라진 게 그것뿐은 아니었다.

내기는 여전히 밖으로 표출되지 않았으나 그것보다 중요한 기도가 완전히 바뀌었다. 일시 자신을 엄습하는 오싹한 느낌에 몸을 한차례 떨어 보인 제갈근이 눈살을 찌푸려 보였다.

"자네는……."

"화산파의 일맥을 연마한 운검이오."

"그랬지. 분명 그랬었기는 한데……."

제갈근은 말끝을 끌면서 난처한 표정을 지어 보였다. 운검에게 하중중을 준 게 실수였다는 판단 때문이다.

'이 정도 기도면 아무리 못해도 중중상(中中上)은 될 것 같은데 어찌한다? 하중중에 속한 사대관문을 맡은 무사들 정도론 상대하기가 곤란할 터인데…….'

요는 이렇다.

처음부터 북궁세가에서 마련된 사대관문은 일종의 요식행위였다. 초청장을 받은 명문의 고수들이 비무초친을 치르는데 일종의 들러리로서 사대관문을 끼워 넣은 것이란 뜻이다.

 당연히 사대관문의 통과자는 단 한 명도 나오지 않아야만 했다. 초청장도 받지 못한 위험한 자들을 비무초친에 참가시킬 순 없었기 때문이다.

 신묘안이라 불리는 제갈근은 그걸 위해 직접 도전자들의 수준을 살피고 점수를 매겼다. 무수히 많은 도전자들을 모조리 북궁세가의 상위고수들이 상대할 순 없기에 서열을 매기고 분산시킬 수밖에 없었다.

 잠시 고심에 빠졌던 제갈근이 슬그머니 뒤에 있는 무사에게 다가가 나직한 목소리로 중얼거렸다.

 "사대관문 중 중중상 이상 되는 관문에 남은 곳이 있는가?"

 "중중상 이상을 말하시는 것입니까?"

 "그렇네."

 "잠시만 기다려 주십시오."

 무사가 얼른 대문 안쪽으로 달려갔다가 곧바로 돌아와 제갈근에게 말했다.

 "다행히 한 군데 남았습니다."

 "어딘가?"

 "사단의 단주님, 두 분의 연수합격을 통과해야만 하는 곳입니다."

"상중상(上中上)?"

"그렇습니다."

무사가 고개를 끄덕이며 대답하자 제갈근이 혀를 가볍게 찼다. 아무리 운검의 기도가 변했다곤 하나 상중상의 자격은 없었다. 소 잡는 칼로 닭을 잡는 꼴이 된 셈이다.

'뭐, 그것도 다 운검이란 자의 운명인 게지.'

내심 고개를 가로젓고 신형을 돌려세운 제갈근이 운검에게 다가가 무사가 전해준 표를 건네줬다. 상중상의 관문으로 들어가는 일종의 열쇠였다.

'갑자기 심장이 뛰었다······.'

운검은 대문으로 들어서며 자신의 심장 어림을 손바닥으로 지그시 눌렀다.

상당히 오랫동안 잊고 있었던 고통!

잠들어 있던 마정이 다시 심술을 부렸다. 과거 구마련의 마인들을 만난 후 처음 있는 일이다.

운검은 고심했다. 어째서 정파인들이 운집한 북궁세가 앞에서 마정이 다시 움직임을 보였는지를.

'이번 비무초친에 구마련의 마인이 숨어들었다! 아마도 초청장을 받아 온 자들 중 한 명일 테지? 궁금한 점은 도대체 무얼 노리고 왔느냐다!'

구마련과 사패.

불구대천의 원수 사이라 할 수 있다. 실제로 정사대전을 벌일 때 두 세력 간 벌어진 전투는 가장 처참했고 치열했다. 명분과 무익한 살상을 자제하는 구대문파와 달리 사패는 구마련의 마인들을 무자비할 정도로 도륙했다.

염두를 굴리는 사이 그의 걸음이 멈췄다. 어느새 자신에게 주어진 표에 적혀진 번호가 있는 관문 앞에 도달했다.

"뭐, 일단은 내 앞에 주어진 일에나 최선을 다해볼까?"

혼잣말과 함께 운검이 관문 안으로 들어섰다. 사대관문 중 지금까지 어느 누구도 들지 않은 곳에 최초로 발을 들여놓게 된 것이다.

운검이 사대관문을 통과하기 위해 북궁세가의 대문 안으로 모습을 감추고 얼마 지나지 않았을 때다.

군중의 한 켠에 작은 공간을 만든 채 남아 있던 네 여인을 향해 부근에 있던 뭇 사내들의 관심이 폭발적으로 증폭되었다.

힐끔힐끔!

기웃기웃!

비무초친을 구경하기 위해 모여든 사내들은 본래의 목적을 잊고 네 여인에게 관심을 집중시켰다.

개중에는 넋이 절반쯤 빠져서 입가에 침까지 질질 흘리고 있는 자도 있었다. 아무래도 오늘 북궁세가 앞에 모인 군중들 중 남자의 비율이 무척 높은 탓에 벌어진 일이다.

'비무초친을 구경하긴 글렀다! 어차피 이렇게 되었으니, 북궁상아 따위가 다 뭐냐! 눈앞에 이리 꽃다운 여인들이 잔뜩 모여 있는데!'

내심 염두를 굴린 사내들이 재빨리 주변 눈치를 봤다.

슬슬 생각을 행동으로 옮기기 위한 준비 작업에 들어간 것이다. 혹시 잘만 되면 좋은 인연이 닿아 그녀들 중 한 명과 사귈 수도 있다는 판단 때문이다.

물론 그 같은 생각을 한 자들은 무척 많았다.

적어도 부근에 모인 사내들 중 절반 이상은 그런 생각을 하고 있었다.

이런 상황에서 준비 작업이란 의미가 없다. 자연스럽게 접근해서 그럴듯한 대화를 나눈 후 인연을 맺을 방도가 없다. 주변에서 호시탐탐 기회를 노리고 있는 다른 자들이 곧바로 개떼처럼 달려들어 방해를 놓을 게 뻔했다.

'제기랄, 경쟁률이 너무 높다!'

'자칫 잘못하면 더 이상 미인들의 얼굴도 구경하지 못하게 되겠다!'

'이렇게 되면 재빨리 달려가서 미인의 손목이라도 한번 잡아봐야겠다!'

'빌어먹을! 모르겠다! 내 앞에서 눈알 굴리는 새끼들! 그냥

다 죽여 버리고 말 테다!'

우르르르!

일순 눈치를 보며 준비 작업을 하던 중 마음을 굳힌 사내들이 여인들을 향해 일제히 신형을 날렸다.

한 명 두 명이 아니다.

최소한 수십 명이 넘었다. 가장 눈치가 빠르고 성질이 급한 자들이 그 정도였다. 그 뒤로 그 몇 배는 되는 사내들이 동참했다. 마치 둑이 무너진 것 같았다.

당연히 사내들 사이에서 순식간에 멱살잡이가 벌어졌다.

미인 앞에서 잘 보이고 싶은 수컷들의 본능!

투쟁심에 자극받은 자들 중 몇이 병기를 빼 들었고, 상대방을 향해 마구 권각을 날려댔다. 순식간에 난장판이 벌어지고만 것이다.

"미친놈들!"

진영언은 나직한 욕설과 함께 발을 날렸다. 몇 명이나 되는 사내들을 때려눕히고 달려온 우람한 덩치의 거한의 하복부 쪽이었다.

퍽!

거한은 몸집에 걸맞지 않게 바로 바닥에 주저앉았다. 이미 입에는 게거품이 가득하다. 단 한 방에 의식이 멀고 먼 하늘 저편으로 날아가 버렸다.

다른 자들 역시 상황은 마찬가지다.

엄청난 경쟁률을 뚫고 여인들 앞에 도착한 사내들은 한 명도 빠짐없이 거한처럼 비참한 꼴이 되었다. 순식간에 요혈을 얻어맞아 나뒹굴고 고꾸라졌다.

특히 여인답지 않은 장신에 중성적이며 독특한 미모를 화려하게 발산하고 있던 북궁휘에게 달려든 사내들은 완전히 떡실신이 되었다.

이런 상황에 상당히 익숙한 다른 여인들과 달리 그는 완전히 당황해 있었다. 설마하니 자신이 본 가인 북궁세가 앞에서 사내들에게 덮침을 당하는 상황을 맞을 줄은 상상조차 해본 적이 없었기 때문이다.

'이놈들! 몽땅 죽여 버리겠다!'

내심 이를 간 북궁휘의 권각이 사내들의 몸 위로 질풍노도처럼 쏟아졌다. 아예 그는 자근자근 밟았다. 바닥을 박박 기는 자들조차 전혀 용서할 마음이 없었다.

소금주가 자신을 향해 달려든 사내 몇을 이리저리 자빠뜨리며 약한 척 우는 표정을 짓다가 그 모습을 봤다.

"야, 심하다!"

진영언 역시 이미 다섯 명이나 되는 사내들의 하복부를 짓이겨 놓은 상태로 돌아봤다.

"좀… 심하네……."

유연서는 황룡고검을 날려 사내 열 명의 요대를 자른 후 힐끔 시선을 던졌다.

"저런……."

그녀는 나직한 중얼거림 후 다시 황룡고검을 휘둘렀다. 삽시간에 군중 속에서 일었던 작은 광풍을 가장 빨리 잠재우는 방법을 사용한 것이었다.

결국 다시 네 여인의 주변엔 커다란 공터가 생겨났다.

예전보다 훨씬 넓다.

그때 사내들을 쓸어버린 황룡고검을 검갑에 집어넣던 유연서의 시선이 북궁세가의 대문 쪽을 향했다. 그리고 지금까지와 사뭇 다른 기묘한 눈빛이 그녀의 동공에서 번뜩였다.

'설마… 혈군자 사부?'

초청장을 받고 온 자들!

하나같이 명문정파가 아니면 명문세가나 무관에서 이름을 날린 자들이다.

그들 중 유난히 눈에 띄는 자가 있다.

사천당가 출신의 당환경이다. 그는 여전히 다섯 명의 호위무사와 함께 있었는데, 잘생긴 미간 사이에 가벼운 주름을 만들고 있었다.

'으음, 대공녀를 북궁세가 부근에서 만날 줄이야! 느닷없이 소수현마경의 기운에 공격을 당하는 바람에 귀염독화공을 일으킬 뻔했다!'

적룡수 당환경은 혈군자 당무결이 만들어낸 가공의 인물

이었다.

그는 당가를 찾아가 조카인 천수천독 당중경을 협박하여 사천무림 일대에 적룡수에 대한 거짓 소문을 내고서 북궁세가의 비무초친에 참가했다.

당연히 당무결은 갑작스런 소수여제 위소소의 등장에 바짝 긴장했다. 그녀가 자신과 마찬가지로 북궁세가에 있는 마신흉갑을 노리고 있다는 의심이 든 까닭이다.

고심에 빠진 당무결의 곁으로 곽철원이 다가왔다. 그는 당무결의 호위무사 신분으로 북궁세가에 들어와 있었다.

"당 소협, 어찌 된 게 사대관문 쪽에서 통과자가 한 명도 나오지 않고 있소이다?"

"그야 당연히 그렇겠지요."

"무슨?"

"비무초친이라 해도 한 가문의 데릴사위를 얻는 행사입니다. 어찌 내력도 모르는 어중이떠중이들을 비무에 참가시킬 수 있겠습니까?"

"그럼 사대관문은……."

"들러리지요. 오랜만에 북궁세가에서 열리는 비무초친에 좀 더 많은 무림인들의 관심이 집중되도록 하는. 그리고 어쩌면 이번 기회에 사대관문을 통해서 하부 무사들이나 중급의 고수들을 영입하려는 것일지도 모르지요."

"허!"

곽철원이 나직이 혀를 찼다.

그는 비록 삼십대 중반을 훌쩍 뛰어넘은 나이긴 하나 화산파에서 계속 무공 수련에만 전념해 왔다. 세상의 이같이 험한 인심과 흉계에는 아무래도 쉽사리 적응이 되지 않았다.

그때다. 여태까지 단 한 번의 통과자도 내지 않았던 사대관문의 문이 활짝 열렸다.

"어엇!"

"허헛!"

"헤엣!"

당무결과 함께 모여 있던 명문의 후기지수들이 일제히 놀란 표정을 지어 보였다. 그들 역시 오늘 사대관문의 통과자는 없을 거라 생각하고 있었던 것이리라.

당무결 역시 호기심 어린 시선을 던졌다. 자신의 예상을 뛰어넘고 사대관문을 통과한 자가 궁금했다.

그때 관문의 안쪽에서 적의무복을 걸친 사나이가 모습을 드러냈다. 방금 전 사단의 두 단주가 펼친 연수합격을 가볍게 물리치고 관문을 통과한 운검이었다.

두리번!

관문을 나서자마자 주변을 한차례 살핀 운검이 문득 입가에 흐릿한 미소를 담았다. 자신을 향해 잔뜩 쏠려 있는 후기지수들의 눈빛이 꽤 마음에 들었기 때문이다.

"꽤 많이들 모였군."

"……."

후기지수들은 대답이 없었다.

아무도 통과하지 못했던, 아니, 통과하지 못하게 만들었던 사대관문의 유일한 통과자!

생각 밖의 강적이 한 명 늘어났다. 누구나 그렇게 생각했다. 당연히 환영의 꽃다발 따윈 건네주고 싶을 리 없었다.

　　　　　*　　　　*　　　　*

비무초친의 첫날!

결국 사대관문의 통과자는 운검 한 명뿐이었다. 그 외엔 어느 누구도 신묘안 제갈근의 품평에서 벗어난 사람이 없었다는 뜻이다.

어쨌든 그렇게 정식으로 비무초친에 참가할 자격을 얻은 운검은 놀랍게도 내원의 봉무각(鳳舞閣)이란 전각 하나를 통째로 사용하게 되었다.

이는 다른 후기지수들이 외원의 객청에 위치한 독채들을 사용하는 것과는 천양지차의 대우였다. 본래 객청에 초청장을 소지한 후기지수들에 대한 거처만 준비되어져 있었던 터라 어쩔 수 없이 배정받은 곳이기도 했다.

봉무각.

전각에 배정되어 있는 시비가 나무 욕조 속에 담아놓은 뜨거운 물속에 들어가 하루의 피로를 푼 운검의 눈빛은 미묘하게 가라앉아 있었다.

사대관문의 통과 직후!

그는 자신을 보고 놀라서 신형을 돌려세우던 사질 곽철원을 똑똑히 발견했다. 어째서 화산파의 장문제자가 타 무림 세력의 후기지수들 사이에 끼어 있었는진 모르겠다. 다만 왠지 모르게 기분이 언짢을 따름이었다.

그러나 그는 곧 그 같은 기분을 허공중에 날려 버렸다.

오랜만에 느낀 심장의 고통!

아직도 자신이 마정의 저주로부터 벗어나지 못했음을 확실하게 일깨워 줬다.

지금은 그것에만 신경을 쓰는 것도 벅차다. 이제 와서 받았던 모든 걸 돌려주고 떠난 화산파에 대해 관심을 기울이고 싶은 생각은 없었다.

흥얼!

그의 입가로 언뜻 노래가 흘러나왔다. 그래 봤자 배운 게 도둑질이라고, 어렸을 때부터 귀에 딱지가 내려앉도록 외웠던 도덕경(道德經)의 한 구절이었다.

큰 덕의 모습은 오직 도만을 따른다.
도의 물건됨은 오직 황하고 오직 홀하다.

홀하고 홀하여 그 속에 모양이 있고.
황하고 홀하여 그 속에 물건이 있고.
요하고 명하여 그 속에 정이 있다.
그 정이 심히 참되니 그 속에 신이 있다.
옛부터 지금에 미치도록 그 이름이 떠나지 않아
그로써 중보를 거느린다.
내 무엇으로 중보의 모습을 알리오 이로써 한다.

운검은 흥얼거림뿐 아니라 물 위를 첨벙거리며 손바닥으로 때려댔다.

도도해진 흥취!

기분 역시 마구 들끓어오르니, 이젠 누구라도 막을 도리가 없다. 욕실 밖에서 진영언의 차가우면서도 분명한 한마디가 들려오기 전엔 분명 그러했다.

"시끄럽다! 자꾸 시끄럽게 굴면 뛰어들어 가버릴 테다!"

"읍!"

운검이 얼른 흥얼거림을 끝냈다. 물을 첨벙거리던 것도 멈췄다. 혹시라도 진짜 진영언이 욕실 속으로 뛰어들까 봐 잔뜩 겁을 집어먹은 것이다.

'녹림, 무섭구나! 그래도 세상에 남녀가 유별한 법이거늘, 어찌 사내의 알몸을 보러 들어올 생각을 한단 말인가!'

내심 혀를 찬 운검이 얼른 목욕을 끝냈다. 아무래도 진영언을 믿을 수 없었기 때문이다.

진영언은 자신의 한마디에 운검이 곧바로 침묵하자 내심 확 열이 뻗쳤다.

'죽일 놈! 곧바로 주둥이를 닫다니! 내가 욕실로 뛰어드는 게 그리 싫단 말이냐!'

우둑! 우드득!

진영언은 양 주먹을 부서져라 쥐었다. 운검이 목욕을 끝내고 나오면 반드시 한 대 때려줄 작정이었다. 그렇게라도 하지 않고선 성이 풀리지 않을 것 같았다.

소금주가 그런 진영언을 바라보며 입가에 생글거리는 미소를 매달았다.

'쯔쯧, 영언 언니, 무공은 대단하지만 남자를 꼬시는 방법은 정말 어린애 수준을 벗어나지 못했네요. 하긴 저 미모에 고강한 무공까지 겸비했으니, 언제 남자가 아쉬운 적이 있었을까? 역시 영언 언니는 금주의 적수는 안 될 것 같네요. 오히려 앞으로 가장 까다로울 것 같은 사람은 연서 언니인데……'

소금주는 내심 혀를 찬 후 시선을 묵묵히 검 손질을 하고 있는 유연서 쪽에 던졌다.

침묵은 가끔 금보다 귀하다고 했던가?

지금 유연서가 딱 그랬다. 조용히 운검의 곁을 지키며 그와의 거리를 조금씩 허물어가고 있었다. 그 점이 소금주를 살짝 불안하게 만들었다.

그때다. 욕실의 문이 열리고 화사한 얼굴이 된 운검이 밖으로 나왔다.

힐끔.

여전히 여장을 한 채 유연서의 검 손질을 유심히 살피고 있는 북궁휘 쪽을 바라본 그의 입가에 얄궂은 미소가 떠올랐다.

"궁 소저, 어째서 욕실에 들어오지 않은 거야? 어제도 함께 목욕을 해놓고서."

"……."

일시 딱딱하게 굳어버린 북궁휘를 여인들이 흠칫 놀란 표정으로 바라봤다. 운검의 닭살 돋는 한마디에 잠시 끔찍한 상상을 머릿속에 떠올리고 만 것이다.

"설마?"

"그, 그럴 리가……."

"……."

여인들의 눈빛과 중얼거림을 들은 북궁휘가 천천히 자리에서 일어서 자신의 방으로 향했다. 운검 쪽을 서늘한 시선으로 쳐다보는 걸 결코 잊지 않은 채였다.

"사부님, 잊지 않겠습니다!"

"하하!"

운검이 목 부근을 손가락으로 긁으며 어색하게 웃었다. 설마하니 북궁휘가 이처럼 상처받은 표정이 될 줄은 몰랐기 때문이다.
 쾅!
 그러거나 말거나 북궁휘는 방에 들어간 후 문을 소리나게 닫았다.

第三十章
화산지검(華山之劍)
화산의 검이 하늘에서 내려온 노을빛 방패가 되었네

華山
劍宗

객청.

북궁상아는 자신을 둘러싼 후기지수들을 살피며 눈살을 가볍게 찌푸리고 있었다.

그녀의 현 복장!

우아한 연분홍 비단옷에 은은한 녹색 봉황이 수놓여진 궁장의를 입고 머리엔 온갖 장식이 되어진 금잠을 달았다. 또 신발은 어떠한가.

걸을 때마다 소리가 나는 구슬신!

어쩔 수 없이 걸음을 옮길 때마다 조신하게 굴 수밖엔 없다. 그럴 수밖에 없도록 모친인 장미부인 성옥월이 만들었다.

후기지수들이 모인 객청으로 떠민 것 역시 그녀이다.

'아아, 걷기가 이렇게 힘들 줄이야! 발도 아프고! 도대체 일반 규중의 여인들은 어떻게 이런 걸 신고 다닐 수 있는 거야?'

그녀가 어찌 알 수 있을까?

본래 오늘 신은 구슬신은 궁중의 여인들이 즐겨 애용하는 귀중품 중 하나였다.

신발이 예뻐서가 아니다.

구슬신의 안쪽은 그 폭이 좁고 마늘 쪽과 같은 모양새다. 뒤축은 살짝 높게 치켜 올라가 있다.

그래서 이 신을 신는 여인은 평소보다 키가 더 커 보일뿐더러 걸음을 옮길 때마다 자신도 모르게 몸을 뒤뚱거리게 된다. 그렇게 만들었다.

이유는 자명하다.

이와 같은 구슬신을 신은 여인은 걸음을 옮길 때마다 미묘하게 허리선을 좌우로 비틀 수밖에 없다. 자신의 의지가 아니라 걷다가 바닥에 자빠지지 않기 위해 그래야만 한다.

당연히 이 같은 여인은 걷는 동작만으로 사내들의 시선을 빼앗게 된다. 자신의 의지와 관계없이 색감을 뿌리고 다니게 되는 까닭이다.

이에 비하면 발끝에 힘을 주고 허리에 역시 힘이 들어가서 발목과 허리가 가늘어지는 효과는 부수적으로 따라붙는 것에 불과했다.

　물론 북궁상아가 그 같은 사연을 알 리 없다. 내심 걷기 힘들다고 불평을 늘어놓으며 자신을 둘러싼 후기지수들에게 억지웃음을 지어 보이고 있을 뿐이다.

　그때 그녀의 눈에 이채가 어렸다.

　객청의 한 켠.

　비무초친을 위해 온 주제에 자신의 주변을 배회하지 않는 사내가 있다.

　'붉은 옷을 입은 자라…….'

　북궁상아의 뇌리 속으로 비무초친에 참가한 후기지수들에 대한 기록이 빠르게 스쳐 지나갔다. 어젯밤 비각에 몰래 찾아가서 접수를 맡았던 신묘안 제갈근에게 사적으로 빼낸 정보다.

　'…사천당가주 천수천독 당중경의 양자인 적룡수 당환경과 또 한 명, 사대관문을 유일하게 통과했다는 자만이 이번 비무초친에 적의를 입고 왔다.'

　내심 염두를 굴린 북궁상아가 주변의 후기지수들에게 미소 띤 얼굴로 예의를 갖춰 말했다.

　"소협들, 잠시 실례하겠어요."

　"북궁 소저, 어딜 가시려는 건지?"

　"그건… 좀 곤란하신 질문이네요."

　"……."

살짝 말꼬리를 흐리며 시선을 밑으로 내려뜨린다.

북궁상아의 그 같은 내숭에 질문을 던졌던 뇌풍도문(雷風刀門)의 대제자 남강이 얼른 신형을 옆으로 물렀다. 그녀의 부끄러워하는 모습을 보고 내심 제멋대로 상상을 해버린 것이다.

'나도 바보 같은 놈이구나! 여인이 잠시 실례를 하겠다는 건 뻔한 일인 것을……'

남강과 함께 있던 후기지수들도 얼추 비슷한 생각을 했다.

'남강. 뇌풍도문의 문주가 자랑하는 제자들인 풍운삼도(風雲三刀)의 첫째라고 괜스레 으스대더니만! 저리 눈치가 없는 놈이니, 실제 실력은 그리 뛰어나지 않겠구나!'

'흥! 뇌풍도문의 문주도 어처구니가 없군. 고작해야 섬서성의 한 귀퉁이를 차지하고 있는 문파인 주제에 북궁세가와 사돈을 맺을 생각을 하다니!'

'남강! 북궁세가와 마찬가지로 도법을 좀 사용할 줄 안다고 비무초친의 우승자가 된다곤 생각하지 마라!'

후기지수들은 괜스레 눈치없는 질문을 던져 북궁상아를 곤란하게 만든 남강에게 은근슬쩍 비웃음을 던졌다.

내일!

본격적인 비무가 시작된다. 그전에 유력한 우승 후보자인 남강이 정신적인 타격을 입게 되길 바라는 마음이 없을 리 만무하다.

남강이 그같이 노골적인 시선을 눈치 채지 못할 리 없다.

그는 주변을 훑어보곤 한 명을 찍어 살기를 일으켰다. 후기지수들 중 자신의 맞수라 여기고 있던 유가검보(儒家劍堡)의 차남인 검준(劍俊) 유엽이다.

"유엽, 하고 싶은 말이 있으면 하거라! 소인배처럼 속으로 꿍얼거리지 말고! 나 남강은 정정당당한 사내니, 내일까지 기다릴 것 없이 지금 당장 상대해 주겠다!"

'다른 놈들이 있는데 날 지목하다니! 남강 녀석! 내가 가장 만만하다고 생각한 것이냐!'

유엽의 안색이 차갑게 변했다.

그 역시 섬서성과 하남성에서 두루 이름이 높은 유가검보가 자랑하는 최고의 후기지수 중 한 명이었다. 남강이 비록 섬서성 일대에서 북궁세가의 오룡을 제외하면 도법을 사용하는 후기지수 중 가장 유명한 풍운삼도 중 우두머리라지만, 겁먹을 까닭이 없다.

"흥! 눈치도 없는 자가 정정당당이란 말을 늘어놓다니, 정말 가소롭군! 본래 우리 유가검보는 남의 도전을 피해본 적이 없으니, 지금 당장 손속을 겨루도록 하자!"

"마음에 드는 소리!"

남강과 유엽이 곧 독문병기를 빼 든 채 자리를 옮겼다. 다른 후기지수들이 보는 앞에서 자신의 본신절기를 드러낼 순 없다는 판단이었다.

달리 말하면, 남은 후기지수들로선 두 사람의 비무를 절대로 놓칠 이유가 없다.

힐끔! 힐끔!

그들은 여전히 미묘하게 몸을 흔들며 멀어져 가고 있는 북궁상아의 뒤태를 아쉽다는 듯 곁눈질한 후 재빨리 두 사람의 뒤를 따랐다. 일단 비무초친에서 우승하는 게 첫 번째 목표였기 때문이다.

'흥! 저렇게 자신감들이 없어서야……'

갑작스레 썰물 빠져나가듯 모습을 감춘 후기지수들을 힐끔 살핀 북궁상아가 내심 냉소했다. 갑작스레 야기된 우승 후보자들 간의 비무를 보지 못하게 된 게 살짝 아쉬웠기에 괜스레 심통을 부린 것이다.

뇌풍도문과 유가검보.

한쪽은 섬서성의 요지 중 하나인 한중(漢中)을 장악하고 있는 도법명문이고, 다른 한쪽은 하남성과 인접한 상남(商南)의 검법명가였다.

당연히 북궁상아는 처음부터 남강과 유엽에게 관심을 두고 있었다. 그들이 가장 유력한 비무초친의 우승 후보자들이란 제갈근의 평가를 귀담아들은 까닭이다.

그러나 오늘 본 그들의 무공 수준은 그다지 북궁상아를 만족시키지 못했다.

고작해야 자신과 동수 정도?

용호나 다름없는 다섯 오라버니들은 물론이고 전날 밤 적수공권으로 원월만도를 파훼한 운검과는 비교조차 할 수 없었다. 나이는 거의 비슷한데 수준 차이가 너무 심하게 나니 이해가 가지 않을 정도다.

그렇다 해도 북궁상아는 두 사람의 비무에 관심이 갔다. 비무초친의 우승자를 자신이 꺾는다면 이번 혼사를 없던 일이 되게 할 수 있다는 믿음 때문이다.

'뭐, 어쨌든 괜찮아. 저런 치들한테 내 원월만도가 패할 리 없으니까.'

내심 한차례 고개를 가로저어 상념을 지운 북궁상아 앞에 갑자기 당환경을 연기하고 있는 당무결이 모습을 드러냈다. 다른 후기지수들과 달리 홀로 떨어져 있더니, 언제 그녀의 앞에 도달했는지 모르겠다.

흠칫!

무인의 본능에 따라 긴장된 기색을 얼굴에 띤 북궁상아에게 당무결이 슬쩍 미소를 던졌다.

"북궁 소저, 그리 놀랄 것 없소이다. 습하고 무더운 사천의 오지에서 왔다고 식인종처럼 아름다운 소저를 잡아먹는 습성은 없으니까 말이오."

"누가 놀랐다는 건가요? 이곳은 북궁세가예요!"

"아! 내 말이 실례가 되었다면 용서하시오."

당무결이 얼른 사죄했다. 그러나 여전히 입가엔 장난스런 미소가 매달려 있어 진의를 의심케 한다.

북궁상아 역시 그리 생각했다.

"흥!"

나직이 코웃음을 친 북궁상아가 신형을 돌려세웠다. 다른 후기지수들과 달리 자신에게 다가오지 않은 당무결에 대한 호기심이 방금 전의 농담으로 희석되어 버린 것이다.

그때 당무결이 혼잣말처럼 중얼거렸다.

"그런데 어째서 당당한 북궁세가의 천금지체가 그런 고약한 신발을 신고 있는 것인지……."

"고약한 신발?"

북궁상아가 다시 당무결에게 시선을 던졌다. 그가 한 말이 묘하게 신경을 거슬리게 만들었다.

"북궁 소저가 신고 있는 신발은 황궁에 들어가는 궁녀나 기루의 여인들이 즐겨 신는 것이오. 일반적으로 북궁 소저와 같은 천금지체가 신을 만한 건 아닐 것이오."

"어째서 황궁의 궁녀나 기루의 여인들이 이 신발을 신는 거죠?"

"……."

당무결이 대답 대신 손가락 하나를 펴서 북궁상아의 둔부 쪽을 가리킨 후 이리저리 흔들어 보였다. 굳이 말을 하지 않더라도 그 속에 숨어 있는 뜻을 알기란 그리 어렵지 않다.

'어머니!'

북궁상아는 비로소 자신이 객청에 왔을 때 왜 후기지수들이 득달같이 달려왔는지 알았다. 그들은 그녀의 걸을 때마다 미묘하게 흔들리는 둔부에 이끌려 불나방처럼 다가든 게 분명했다.

파곽!

순간적으로 신고 있던 구슬신을 벗어버린 북궁상아가 바닥에 한차례 진각을 일으키더니 바람같이 신형을 날려 객청을 빠져나갔다.

'유성삼전도!'

당무결의 장난기가 감돌던 입가로 일순 싸늘한 냉소가 번져 나왔다.

두 눈 역시 유리알처럼 바뀌었다.

북궁상아의 유성삼전도를 보고 사패와 얽힌 좋지 않은 과거의 기억이 떠올랐기 때문이다.

그러나 그것도 잠시뿐이었다.

그는 곧 장난기 어린 평상시의 표정으로 돌아갔다. 마치 사람이 바뀐 듯한 변화다.

"그나저나 화산파의 애송이는 아침부터 어딜 갔는지 모르겠군? 마신흉갑을 탈취한 후 써먹을 소중한 미끼인데 말야……."

나직한 중얼거림.

그의 부근에 은신하고 있던 호위무사 중 하나가 곧바로 전음을 통해 보고했다.

"마종님께 알립니다! 화산파의 애송이는 지금 북궁세가의 내원 쪽으로 향했습니다. 막내가 은밀히 뒤를 쫓고 있는 중입니다."

보고자의 정체는 독종각에 속한 독종오사(毒宗五邪)의 첫째인 일사(一邪)였다. 천하무림에 알려져 있진 않으나 구마련의 잔존 세력 내에선 상당한 위치를 점하고 있는 절정고수였다.

당무결이 미미하게 고개를 끄덕여 보였다.

'그 애송이, 제법 화산파의 무공을 제대로 익히긴 했으나 강호 경험은 평범한 무림초출과 다름없었지 아마? 오사(五邪)의 은신술과 잠행술은 꽤나 출중한 편이니, 그깟 애송이한테 발각당하진 않을 것이다. 다만……'

염두를 굴리던 중 눈살을 가볍게 찌푸려 보인 당무결이 다시 중얼거렸다.

"물론 이곳이 어디인지는 잘 알고 있을 테지?"

"물론입니다!"

당무결이 다시 고개를 끄덕여 보였다. 이 정도 얘기해 뒀으면 충분하단 판단이었다.

*   *   *

곽철원은 내원 쪽으로 향하는 내내 번뇌로 얼굴을 일그러뜨리고 있었다.

'바보 같은 놈! 어째서 소사숙을 보자마자 몸을 숨겼단 말이냐! 도대체 아버님께 전해 받은 무적지의는 어디다가 팔아먹었단 말이냐고!'

곽철원은 내심 자신을 욕하다 이마를 손으로 짚었다. 부친이자 평생의 우상인 남방검제 곽무령의 준엄한 가르침을 떠올리자 부끄러움과 수치심에 정신이 다 아찔해져 왔다.

그러나 그는 곧 이마에서 손을 떼어냈다.

이미 엎질러진 물이다.

그가 사대관문을 통과한 운검을 발견하고 자신도 모르게 몸을 숨긴 건 어제 벌어진 일이었다. 지금 와서 주워 담을 수도 없고 다시 되돌리는 것도 불가능했다.

내심 고개를 가로저은 곽철원이 다시 걸음을 옮겼다. 객청이 위치한 외원을 빠져나올 때 만났던 무사에게 전해 들은 대로 봉무각을 향해 나아가는 것이었다.

그렇게 얼마 지나지 않아 그는 봉무각 앞에 도착했다.

객청에 답답할 정도로 모여 있는 독채의 객실들과는 비교 자체가 안 되는 훌륭한 정원이 딸린 이층 전각이 눈앞에 모습을 드러내고 있었다.

"후웁!"

곽철원은 호흡을 골랐다. 운검을 만나서 대죄에 대한 청죄를 하기 전에 조금쯤 마음의 안정을 취할 필요가 있었다.

지극히 미워했던 사람!

결코 승복할 수 없었던 사람이다!

그런 사람을 만나 청죄를 하려니 혼란스런 감정이 이는 것도 무리는 아니었다.

그런데 호흡을 고른 그가 막 봉무각에 들어서려 할 때였다. 갑자기 머리 쪽에서 불이 번쩍하는 충격이 밀려들었다. 곧바로 귀를 울린 타격음!

빠악!

곽철원은 곧바로 바닥에 쓰러지려다 재빨리 양다리를 벌렸다.

기마 자세!

어떠한 상황에서도 하체의 안정을 꾀할 수 있는 무공의 기본적인 자세다.

그뿐만이 아니다.

그는 부지불식간에 천근추(千斤墜)의 수법 역시 병행했다.

그 외에 결코 자하신공을 일으켜 반격에 나서거나 나려타곤(懶驢打滾)과 같은 회피 동작을 보이지 않았다. 화산 무학의 정통에 완벽할 정도로 입각한 행동이었다.

스슥!

그 뒤 곧바로 구궁보가 펼쳐졌다. 하체의 안정을 이룬 후인지라 속도와 변화가 본래의 위력을 그대로 드러낸다. 그러기 위한 기마 자세이고 천근추였기 때문이다.

그런데 곽철원이 구궁보의 세 번째 변화를 일으키며 이동할 무렵이었다.

스슥!

그의 바로 앞에 익숙한 얼굴 하나가 모습을 드러냈다.

적의무복에 평범한 백련정강검!

바로 어제 사대관문을 유일한게 통과한 운검이다.

"철원아, 과연 화산파의 장문제자답구나. 아주 좋은 대응이고 구궁보였어."

'방금 전 머리를 때린 충격! 소사숙의 짓이었던가?'

곽철원의 눈에서 신광이 일었다. 봉무각에 오기 전에 먹었던 마음이 깨끗이 날아가 버렸다. 또다시 운검에 대한 경쟁심이 고개를 들고 있었다.

스스슥!

그의 신형이 갑자기 반양의(反兩儀)의 변화를 따라 회전을 일으켰다.

보신경을 구궁보에서 신행백변으로 바꾼 결과다.

픽!

운검의 입가에 미소가 떠올랐다. 굳이 천사심공의 힘을 빌리지 않더라도 곽철원의 심사쯤은 쉽사리 읽을 수 있다. 괘씸한 마음과 함께 흥겨운 기분 역시 뒤따른다.

화산지검(華山之劍) 301

'그래, 장문제자라면 이 정도 오기는 있어야겠지. 하지만 철원아, 이번 선택으로 인해서 너는 오늘 나한테 좀 맞아야겠다. 암향십삼탄 한 방을 먹인 정도로는 끝나지 않게 되었어.'

운검 역시 움직임을 보였다.

곽철원과 마찬가지로 신행백변이다.

다만 다른 점이 있다면 반양의를 기본으로 한 미묘한 변화와 운용 방식의 차이다.

스스슥!

순식간에 곽철원의 변화를 따라잡은 운검이 슬쩍 발끝으로 지축을 차며 뛰어올랐다.

파곽!

첫 번째는 옆구리였다.

파파파파곽!

두 번째는 왼쪽 견갑골(肩胛骨)과 목에 위치한 인후혈, 머리에 위치한 천돌혈(天突穴)이었다.

소엽퇴법에 의해 가격당한 부위를 뜻하는 것이다. 곽철원은 앗 소리도 내보지 못하고 얻어맞았다. 검이 아니라 권각과 보신경의 싸움에서 완벽하게 패배했다는 뜻이다.

스슥!

소엽퇴법을 끝낸 운검이 공중에서 한 바퀴 회전을 일으키며 바닥에 떨어져 내렸다.

마치 날개를 접은 매와 같은 자태!

휘청!

곽철원의 육체로 소엽퇴법의 가격에 의한 후폭풍이 몰아쳐 온 것은 바로 그 직후다. 그만큼 운검의 권각과 보신경의 변환이 빨랐기 때문에 벌어진 기현상이다.

털썩!

결국 곽철원이 바닥에 대 자로 뻗었다.

소엽퇴법에 연속적으로 중혈을 가격당했다. 비록 내력을 실은 공격이 아니었다곤 하나 폭풍처럼 휘몰아치는 충격을 이겨내기란 무리였다.

"철원아, 아직 멀었다."

"……."

곽철원은 까마득하게 멀어져 가는 의식의 저편에서 들려오는 운검의 목소리에 억지로 고개를 끄덕여 보였다. 그가 여태까지 운검에게 가지고 있었던 경쟁의식을 비로소 포기할 수 있게 된 순간이었다.

"우욱!"

곽철원은 낯선 침상 위에서 정신을 차리곤 곧바로 머리를 손으로 감쌌다.

지독한 두통!

마치 쇠몽둥이에라도 얻어맞은 것 같다. 특히 뒷골 쪽이 심하게 땡기는 게 얻어맞아도 보통 심하게 얻어맞은 게 아닌 듯하다.

 그때 문이 벌컥 열리며 묘족 복장을 한 귀여운 소녀가 모습을 드러냈다. 소금주다.

 "헤헤, 머리가 좀 아플 거예요. 우리 운 가가는 다 좋은데 남을 두들겨 팰 때 힘 조절을 잘 못하거든요."

 '운 가가?'

 곽철원이 미간 사이를 엄지로 꾹 눌러 두통을 가라앉히곤 시선을 소금주에게 던졌다. 그녀가 말한 '운 가가'가 사숙 운검인지 궁금했기 때문이다.

 "어린 소저, 혹시 운검 사숙을 아시오?"

 "운검 사숙? 아! 운 가가를 말씀하시는 거구나!"

 '역시 그런 건가······.'

 자신의 말에 머리를 갸웃한 후 곧바로 납득한 표정을 지어 보이는 소금주의 모습에 곽철원이 호흡을 가다듬었다. 그리고 자하신공을 운기해 한차례 내공진기를 돌리곤 곧바로 침상에서 신형을 일으켜 세웠다.

 슥!

 소금주가 깜짝 놀라 만류했다.

 "안 돼요! 운 가가가 한동안 움직이지 못할 테니까 정양을 하고 있으라고 했단 말예요!"

 "괘, 괜찮소. 이 몸은 대죄를 범한 죄인이니, 부디 운검 사숙님께 데려다 주시오."

"예? 죄인이라고요?"

"그, 그렇소. 반드시 지금 당장 운검 사숙님께 청죄를 해야 하니, 어린 소저가 도와주시기 바라오."

곽철원이 소금주에게 간절한 표정으로 말했다. 눈앞의 어린 소녀와 운검이 꽤나 절친한 사이란 생각 때문이다.

'설마했는데, 진짜로 운 가가는 화산파의 고위층이었구나. 이 중년 아저씨도 그리 낮은 신분은 아닌 것 같은데……'

내심 눈을 반짝인 소금주가 잠시 고심하는 표정을 짓다가 천천히 고개를 끄덕여 보였다.

"알겠어요. 이곳에서 잠시만 기다려 주세요. 금주가 운 가가한테 달려가서 잘 말씀드려 볼 테니까요."

"고맙소."

곽철원이 정중하게 허리를 숙여 보이다 그대로 바닥에 쓰러졌다. 무리하게 내공을 일으켜 움직인 탓에 또다시 정신을 잃어버리고 만 것이다.

"그러게 무리하면 안 된다니깐."

"……"

갑작스런 곽철원의 혼절에 잠시 난처한 기색을 지어 보인 소금주가 얼른 그를 안아 침상에 눕혔다. 생각했던 것보다 꽤 무겁다.

게다가 사내의 향기 역시 강렬하다.

침상에 눕힌 곽철원의 안색을 살피다 자신도 모르게 안색을 붉힌 소금주가 얼른 신형을 돌렸다.
 '…중년 아저씨 주제에 제법 괜찮네. 그래도 우리 운 가가만은 못하지만.'
 어린 나이답지 않게 중년의 중후한 매력에 곧잘 반하곤 하는 소금주였다.

 운검은 봉무각의 외곽을 홀로 산책 중이었다.
 사실 일반적인 산책은 아니다.
 그는 곽철원을 만난 직후 심장의 묘한 떨림을 느꼈는데, 그것이 무얼 의미하는지 금세 눈치 챘다.
 '재밌군. 어떻게 절정지경을 눈앞에 둔 철원이에게 꼬리가 따라붙었는지 의심스러웠는데, 정말 대단한 은신술이야.'
 운검은 굳이 자하신공을 운기하진 않았다.
 삼성.
 그게 현재 운검이 마정의 폭주로부터 자유롭게 사용할 수 있는 자하신공의 범위였다. 그 이상이 되면 다시 마정의 폭주로 인해 인성을 잃어버릴 수 있는 위험을 감수해야만 한다.
 당연히 내공을 이용한 천시지청술로 은신해 있는 자를 찾아내기란 쉽지 않았다.
 곽철원의 이목을 완벽하게 속일 수 있을 정도의 은신술이라면, 적어도 팔성 정도는 자하신공을 운용해야만 소기의 목적을 달성할 수 있을 터였기 때문이다.

그렇다면 어찌해야 하나?

운검은 아주 원시적인 방법을 사용했다. 아니, 하려 했다.

스슥!

순간적으로 구궁보의 변화를 전개한 운검의 손이 번개같이 움직였다.

팔방풍우(八方風雨)?

그런 평범한 검초식이 아니었다. 그는 방금 전 봉무각의 정원을 돌며 주워 든 조약돌을 사방으로 쏟아냈다. 암향십삼탄을 극한까지 펼쳐 낸 것이다.

꿈틀!

일순 운검의 귀가 살짝 떨렸다. 암향십삼탄이 펼쳐진 장소 중 한 군데에서 미묘한 움직임이 파악되었다. 아마도 곽철원을 운검이 제압한 직후부터 은신한 채 호흡을 멈추고 있었을 은신자가 분명할 터다.

'그쪽이냐?'

운검은 두 번 생각할 것도 없이 신형을 날렸다. 이미 그의 손에서 철검이 뽑혀져 있었다. 실전이란 판단!

십년마일검!

운검의 철검이 자하구벽검의 변화를 일으켰다. 약간이나마 내공을 회복한 이상 그 위력은 이미 과거의 그것이 아니다. 운검의 신형이 삽시간에 검신합일(劍身合一)을 이뤘다.

그에 따라 일어난 붉은 노을빛!

눈부신 광채가 운검의 전신을 에워쌌다. 십년마일검의 변화가 뒤따랐음은 물론이다.

바로 그때다.

두근!

공간을 갈라가던 운검의 안색이 가볍게 일그러졌다. 또다시 전날 북궁세가의 대문 앞에서 느꼈던 고통이 심장을 조여왔기 때문이다.

그리고 곧바로 검신에 파고든 강력한 역도!

스슥!

얼마 전 곽철원이 취했던 것과 같이 일단 신형을 바닥에 고정시킨 운검이 자하신공을 삼성까지 운기한 후 벼락같이 수중의 검을 내던졌다.

천우도무검!

뜻 그대로 하늘의 보살핌으로 칼이 필요없는 경지다. 빈손이 된 운검의 몸 주변을 철검이 일으킨 노을빛 검기가 삽시간에 에워쌌다.

차차차차차차차창!

운검을 노렸던 수십 개의 암기가 사방으로 튕겨져 날아갔다. 마치 하늘에서 내려온 노을빛 방패를 만난 것이나 다름없는 광경이었다.

"화… 산지검……."

당무결의 입에서 침음과 같은 중얼거림이 흘러나왔다.

그의 발치.

방금 전 운검이 펼친 십년마일검의 검기에 어깻죽지를 관통당한 오사가 부복해 있다.

그는 방금 전 당무결이 펼친 암혹파천으로 생명을 구할 수 있었다. 만약 당무결의 도착이 조금이라도 늦었다면 지금쯤 싸늘한 주검이 되어 있을 터였다.

"오사, 돌아가서 상처를 치료하고 근신하라!"

"존명!"

오사가 부복한 채로 고개를 숙이곤 다시 은신술을 펼쳤다. 혹시라도 북궁세가의 무사에게 정체가 발각되어선 곤란했기 때문이다.

당무결은 오사를 바라보지 않았다.

그의 시선은 오로지 천우도무검을 끝내고 다시 철검을 손에 쥔 운검에게 고정되어져 있었다.

들끓어오르는 전의!

사대마종의 수좌인 천종독심 가극염에게조차 느껴본 적이 없는 강렬한 느낌이다. 상대의 뿌리가 자신과 같은 정파이기에 더욱 그러하다.

그러나 달리 사대마종이 아니다.

당무결은 곧 심중에서 치밀어 오른 전의를 가라앉혔다.

"훗, 이번 비무초친… 생각보다 재밌겠군……."

늙은 생강이 맵다!

강호의 유명한 고언이다. 언제 전의에 몸을 떨었냐는 듯 평상시의 모습을 회복한 당무결이 미소와 함께 신형을 돌려세웠다. 운검과의 대결을 일단 뒤로 미룬 것이다.

*　　　*　　　*

밤.

비무초친의 전야는 무심히 흘러가고 있었다.

낮에는 우승 후보로 일컬어지던 뇌풍도문의 대제자 남강과 유가검보의 검준 유엽 간에 다툼이 있었으나 비무로까지 이어지진 않았다. 곧바로 출동한 내원 삼당의 무사들이 강압적인 분위기로 두 사람과 다른 후기지수들을 떼어놨기 때문이다.

덕분이랄까?

운검의 거처인 봉무각 주변은 한동안 극도의 한산함을 만끽할 수 있었다. 내원의 상당히 많은 무사들이 구경 겸 해서 외원의 객청 쪽으로 빠져나간 게 그 원인이다.

'과연 이게 다 우연의 일치일까?'

운검은 은신자를 공격하던 중 오히려 기습을 당한 낮의 상황을 떠올리며 슬쩍 눈살을 찌푸려 보였다.

눈앞에 놓여진 철검.

백련정강으로 된 검신의 군데군데가 부식되고 있다. 마치 오랫동안 관리를 하지 않은 검이나 다름없다. 얼마 전 유연서에게 선물받은 검이 삽시간에 이리 변해 버리고 말았다.

'독! 그것도 철을 부식시킬 정도로 지독한 독이다! 과연 천하의 어떤 문파에서 이 정도의 독이 깃든 암기를 제련해 낼 수 있을까?'

운검의 뇌리 속으로 하나의 가문이 떠올랐다.

사천당가!

그 외에 어떤 다른 이름도 떠오르지 않는다. 그렇다면 천우도무검을 펼치게 만든 암기술 역시 대충 짐작이 간다.

'사천당가 삼대절기 중 하나인 암흑파천! 현 당가주인 천수천독 당중경 외엔 펼칠 수 없다고 들었는데… 아니었던가? 아니, 당가주조차 그 정도로 무지막지한 위력의 암흑파천을 펼칠 순 없을 거야. 만약 당가주에게 그만한 능력이 있었다면, 벌써 사천무림은 당가의 손에 넘어갔을 테니까……'

운검은 여기까지 염두를 굴린 후 벌러덩 침상에 누웠다. 갑자기 머릿속이 복잡해져 왔다.

그때다. 그의 방문을 두드리는 소리와 함께 익숙한 소금주의 목소리가 들려왔다.

"운 가가, 곽 사질이란 분이 깨어나셨어요. 운 가가를 지금 꼭 좀 만나고 싶다는데 어떻게 할까요?"

'역시 곰 같은 철원이로군. 그렇게 심하게 두들겨 맞았는데 하룻밤도 지나지 않아서 정신을 회복하다니.'

내심 곽철원의 지독한 회복력을 칭찬한 운검이 침상에서 발딱 일어섰다. 곽철원에게서 물어볼 말이 꽤나 많았다. 그냥 누워만 있을 순 없었다.

"운검 사숙님, 사질 곽철원이 엎드려서 청죄합니다!"
"……."
운검과 함께 정원으로 나온 직후다.
곽철원은 갑자기 바닥에 꿇어 엎드렸다. 처음에 마음먹은 것처럼 오체투지를 한 채 청죄에 들어간 것이다.
'이 자존심으로 똘똘 뭉친 녀석이……'
운검은 곽철원과 거의 이십 년간 한솥밥을 먹었다. 그가 빼어난 무공 자질을 훌쩍 뛰어넘을 정도로 대단한 자존심을 지녔음을 누구보다 잘 알고 있었다.
벽!
운검이 보기에 곽철원의 그 같은 자존심은 무공이 한 단계 높은 곳으로 향하는 데 커다란 장벽으로 존재했다.
겸허함의 부족.
그로 인해 순순히 가르침을 받을 생각보다 자존심으로 인한 투쟁심이 더욱 컸다. 화산 무학의 진수를 제대로 취득할 수 있는 마음의 자세가 되지 못한 건 그 때문이었다.
그런데 그런 그가 지금 자신의 모든 자존심을 갖다 버리고 오체투지해 있었다. 청죄를 하고 있다.

'그러고 보니 철원이 녀석, 더 이상 날 소사숙이라 부르지 않고 있군.'

내심 묘한 기분에 젖은 운검이 퉁명스레 말했다.

"너, 뭘 잘못한 거냐?"

"사숙님, 소질은 자하구벽검의 검결과 검의를 사부님께 전하지 않았습니다!"

"그건… 잘했다."

"예?"

"본래 자하구벽검은 일인전승에 비인부전(非人不傳)이다. 내가 이미 철원이 너한테 검결과 검의를 전한 이상 아무리 장문 사형에게라도 누설해선 안 된다는 뜻이다."

"그, 그렇지만……."

"그렇지만이 아냐! 이건 내가 사부님께 자하구벽검을 전수받을 때 들었던 말이니 결코 어겨선 안 될 일이다!"

운검의 사부.

전대 화산파 장문인 현명 진인이다.

설혹 현 장문인 운양 진인이라 해도 결코 그 유명을 깨뜨릴 순 없었다.

곽철원이 운검의 말속에서 그 같은 사정을 깨닫고 다시 떨리는 목소리로 말했다.

"사숙님, 소질 청죄할 것이 또 있습니다!"

"뭔데?"

"사부님께서 소질한테 사숙님이 자하구벽검을 전했느냐 물었을 때 전혀 깨우침을 받은 바가 없다고 거짓을 고했습니다!"

"어째서 그랬지?"

"본 가로 돌아가 아버님께 자하구벽검을 바치기 위해 그리 했습니다!"

"……"

운검은 잠시 침묵했다. 곽철원의 부친인 무적곽가의 가주, 남방검제 곽무령에 대해 사부 현명 진인에게 들은 말이 있었기 때문이다.

'사부님께선 종종 말씀하셨다. 만약 당금 무림에 완성된 자하구벽검과 쌍벽을 이룰 검법이 있다면 무적곽가의 통천검법일 거라고. 또한 현 무적곽가의 가주인 남방검제 곽무령은 사패주 중 무공이 최고이며, 사람됨이 공명정대해서 가히 대협이라 부르기에 부족함이 없다고도 하셨다.'

내심 염두를 굴린 운검이 천천히 곽철원에게 다가가 주먹으로 머리에 알밤 한 대를 줬다.

딱!

꾸짖음은 그 뒤다.

"이 바보 같은 녀석아! 무적곽가의 통천검법을 내가 견식해 보진 못했지만, 사부님께 듣기로 능히 완성된 자하구벽검과 쌍벽을 이룰 만하다 하셨다. 어찌 곽 가주께서 본 파의 자하구벽검을 탐하실 거라 생각한 거냐. 네 어리석음 덕에 화산파와 무적곽가 모두의 얼굴에 먹칠을 하게 되었다!"

"소질, 죽을죄를 졌습니다! 부디 사숙님께서는 엄한 벌을 내려주십시오!"

"벌?"

반문을 던지며 눈살을 찌푸린 운검이 의뭉스런 표정으로 말했다.

"방금 전에 줬잖아."

"예?"

"방금 전에 줬다구."

여전히 이해를 못하는 곽철원에게 다시 운검이 주먹으로 알밤을 먹였다. 그리고 웃음.

"푸하하, 세상에 자신이 무슨 벌을 받았는지도 모르는 놈은 또 처음 보네? 다시 벌을 줄까 부다!"

"……."

곽철원이 비로소 운검의 뜻을 이해했다.

문득 그의 양 뺨을 적시며 두 줄기 뜨거운 눈물이 흘러내렸다.

『화산검종』 제3권 끝

사암 新무협 판타지 소설

天使無影劍

천사 무영검

천사무영검(天使無影劍).
삼천 명의 피와 원혼으로 만들어진 악마의 병기.
그것은 검이되, 진화하는 생물이다.

전 꽤 긴 시간을 살아왔다고요.
혼돈(混沌)에서 하늘과 땅이 갈라져 나오고
그 사이에서 여러분이 태어났잖아요.
전 그 전부터 있었어요.
그러니까 그게 깊은 어둠만이 존재할 때니까,
굉장히 오래 된 거죠.

세상을 보는 또 하나의 창 - inthebook.net
유행이 아닌 자유추구 - chungeoram.net

Book Publishing CHUNGEORAM

허담 新무협 판타지 소설
FANTASTIC ORIENTAL HEROES

두 사형제가 난세(亂世)를 헤치며 만들어 나가는
기이막측(奇異莫測)한 강호(江湖) 이야기!

천하가 사패(四覇)의 대립으로 혼란스러운 시기,
세상이 혼탁해지자 강호(江湖)에는 온갖 은원(恩怨)이 넘쳐난다.
그러자 금전을 받고 은원을 해결해주는 돈벌레[黃金蟲]가 나타난다.
그런데… 비천한 황금충(黃金蟲) 무리 가운데 천하팔대고수(天下八大高手)가
나타나니…

천검(天劍) 능운백(陵雲白)!
천하팔대고수이자 강호제일 청부사의 이름이다.

그리고… 그가 두 제자를 들이니, 고검(孤劍)과 추산(秋山)이 그들이었다.
훗날 강호제일의 해결사가 되어 무림을 진동시킬 이들이었다.

유행이 아닌 자유추구 -
 WWW.chungeoram.com

Book Publishing CHUNGEORAM

Book Publishing CHUNGEORAM

장랑
행로
張郎行路

진패랑 新무협 판타지 소설
FANTASTIC ORIENTAL HEROES

세상을 떨쳐울릴 영웅에게 뼈를 깎는
고난의 계절은 필연!

살수인 아비로 인해 공동파의 하늘 아래 갇힌 장랑.
그리고 그에게 닥친 상상불허의 절세 기연,

『강호잡기총요(江湖雜技總要)』

강호에 떠도는 오만 가지 잡동사니가 총망라되어 있는 서적.
그리고 거기에서는 천하제일검의 검법도 한낱 허접한 잡기일 뿐.
자상한 사부의 배려 아래 끝없는 성장을 거듭하여,
마침내 세상 밖으로 나서는데…

잔혹한 운명에 굴강하게 맞서나가는 장랑의 행로에 가슴 두근거린다.

유행이 아닌 자유추구 -
WWW.chungeoram.com

Book Publishing CHUNGEORAM

적포용왕

김운영
新무협 판타지 소설

『신마대전』『흑사자』의 작가 김운영.
그가 낚아 올리는 무협의 절정!
낚시 신동 백룡아! 장강에서 천존과 맞짱 뜨다!

적포천존(赤布天尊) 고금제일강(古今第一强)
인호타자연재해(人呼他自然災害)
40세 이후로 상대가 누구든 몇 명이든, 한 번도 패하지
않고 모두 이긴 적포천존. 70세 중반에 반로환동하여
무림인들을 절망에 빠뜨린 그가 말년에
제자를 만들어 말년에 호강할 계획을 세운다?!

천하에 두려울 것이 없는 '자연재해'와
그의 제자들이 무림에 나타났다!

세상을 보는 또 하나의 창 - inthebook.net
유행이 아닌 자유추구 - chungeoram.net
Book Publishing CHUNGEORAM

The Duel of Master
마스터대전

최영채 퓨전 판타지소설

〈드레곤 체이서〉, 〈판클라치온〉의 작가 최영채,
2008년 봄! 팬들을 유혹하는 최고의 기대작!

전생을 기억하라! 반전은 시작되었다!

정상적인 삶을 살고 싶었던…
그러나 황당하고 어이없게 이승을 떠나야만 했다!!

9,574번의 허망한 죽음, 그리고 이어진 환생.
그런데… 이건 또 뭐야?!

대륙 모든 마스터들과의 싸움은
내 의사와는 전혀 상관 없이 시작되었다!

독자들의 온몸을 짜릿하게 전율시킬 또 하나의 거작!
지금 바로 그 짜릿한 상상의 세계가 여러분을 찾아온다!

세상을 보는 또 하나의 창 - inthebook.net
유행이 아닌 자유추구 - chungeoram.net

BOOK PUBLISHING CHUNGEORAM

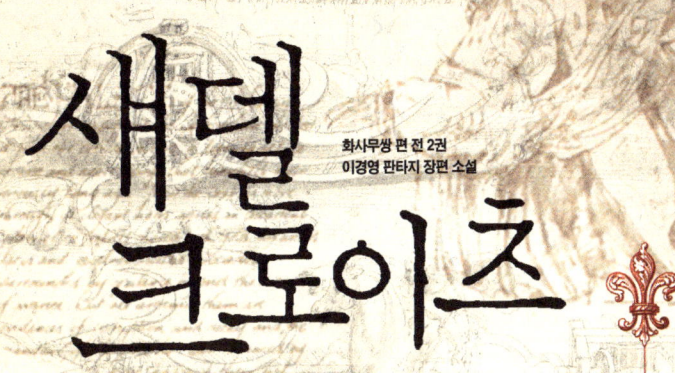

새델
크로이츠

화사무쌍 편 전 2권
이경영 판타지 장편 소설

**『가즈나이트』의 명성과 신화를 넘어설
이경영의 판타지의 새로운 상상력!**

**자신만의 독특한 세계관을 창조한 작가
이경영의 새로운 도전과 신선한 충격.**

바란투로스의 특수부대 새델 크로이츠의 리더 파렌 콘스탄.
야만족을 돕는 안개술사를 물리치기 위해 아시엔 대륙에서 온
불을 뿜는 요괴 소녀 카샤.
너무나 다른 두 사람이 운명의 길에서 만나다.
친구란 이름으로 시작된 모험, 그 앞에 놓인 난관과 운명의 끈은
어떻게 될 것인지……

"질투가 날 만도 하지.
요괴가 산신령을 엄마로 두는 건 흔한 일이 아니거든.
괜찮다, 파렌. 본좌가 아는 요괴들 전부 본좌를 질투하고 부러워하니까."
소녀는 손에 잔뜩 받은 빗물을 홀짝 마셨다.
파렌은 그 순수함에 웃음을 흘렸다.
그는 지금까지 자신이 봤던 그녀의 기이한 행동들을 어렴풋이나마 이해할 수 있을 것 같았다.
그렇게 친구가 된 둘은 그 길로 긴 여행을 떠나게 된다.

-본문 중에-

세상을 보는 또 하나의 창 · inthebook.net
유행이 아닌 자유추구 · chungeoram.net

Book Publishing CHUNGEORAM

학교에서는 가르쳐주지 않는
10대들을 위한 인생수업

작가 : 이빙 | 역자 : 김락준

10대들을 위한 나침반 같은 인생 교과서!
사회 초입에 들어서게 될 청소년들에게 들려주는
100가지 인생 이야기

내 인생의 방향잡기!
여행길에 오르기 전에 접해보자!

100가지 이야기, 100가지 명언

사람은 태어나면서부터 각기 다른 모습으로, 각기 다른 사고로 "인생" 이라는
여행길에 오르게 된다. 내가 지금 서 있는 이 위치에서 그리고 사회라는 공간에서
한 사람의 몫을 당당하게 해낼 수 있는 역량을 키워나가기 위해서는 어떠한 생각을
가지고 있어야 하는 걸까.

늦지 않게 준비하자! 스스로의 마음가짐이 자신의 미래를 결정한다!

설레는 마음으로 떠난 길일지라도 기존에 생각하고 있던 것과는 다르게 흘러가는
사회의 모습에 당혹스럽기도 할 것이다.

그러한 곳에 발을 들여놓기 위해 첫 발걸음을 막 뗀 청소년이라면 학교에서는
미처 배우지 못한 상황에 더욱이 큰 혼란스러움을 느낄 수밖에 없다.
시간이 흐를수록 사회가 한 인간에게 요구하는 것은 다양하고 세밀해지고 있다.
그러한 사회 속에서 자신만이 앞으로 나아가지 못해 제자리걸음을 하게 된다면 어떠할까.
미리 대비를 하지 않는다면 당신 역시 그러한 현상에 빠지는 또 한 명의 사람이 되고 말 것이다.

책장을 넘기는 순간, 책과 당신의 공감대가 형성된다!

적응을 위해 도움이 될 만한
인생의 지혜와 경험, 깨달음이 한가득 담겨있다.
그 속에 담긴 100가지 이야기 그리고 그와 관련된 100가지의 명언은
가슴 깊이 새겨 놓고 되뇌어 보기에 충분하다.

Book Publishing CHUNGEORAM

세상을 보는 또 하나의 창 - inthebook.net
유행이 아닌 자유추구 - chungeoram.net

공부하는 감각의 차이가 자녀의 미래를 결정한다.
이 시대가 필요로 하는 명품 인재 만들기!

Luxury Study habit

명품 공부습관 87가지
올바른 습관이 명품 자녀를 만든다

저자 : 친위
역자 : 오혜령

❋ 똑소리 나는 부모의 똑소리 나는 자녀 교육법!

어린 시절의 습관은 평생을 결정한다.
제대로 바로잡지 못한 나쁜 습관은 자녀의 미래에 검은 그림자를 드리울 수도 있다.
대부분의 부모들은 아이의 잘못된 습관을 발견하면 언성을 높이는 경향이 있다.
하지만 그것이 문제 해결의 방법이 아님을 당신은 이미 알고 있을 것이다.
지금 당신은 적절한 대안을 찾지 못해 힘겨워 하고 있지는 않은가.
내 아이가 명품 인생으로 살아가길 희망하는 부모라면 이 책에 귀를 기울여 보자.

❋ 내 아이가 세상의 중심에 우뚝 설 수 있게 하는 방법!

이 책은 잘못된 공부습관과 대인관계 형성 등의 문제 등을
87가지 이야기를 통해 알아보고 그에 걸맞는 올바른 해결책을 제시해주고 있다.
이 한 권의 책을 통해 똑소리 나는 부모가 되어보자.
그리고 내 아이가 최고의 명품으로 거듭날 수 있도록 노력해보자.
이 책은 분명 당신에게 꼭 맞는 효과적인 자녀교육서가 될 것이다.

 세상을 보는 또 하나의 창 - inthebook.net
유행이 아닌 자유추구 - chungeoram.net

Book Publishing CHUNGEORAM

Rhapsody Of Cardinal

카디날 랩소디

송현우 판타지 장편 소설

놀라운 경험(the enormous experience)!

He created a completely new world.
It is a place who have never known and where never been able to imagine.
This splendid world will introduce the enormous experience for the
person only who reads.

그 누구에게도 알려진 것이 없으며 상상조차 할 수 없었던 새로운 세계를
작가는 완벽하게 창조해내었다.
이 멋진 세계는 독자들만이 체험할 수 있는 놀라운 경험으로 인도할 것이다.

판타지는 허구다? 아니다. 판타지는 일상이다.
우리의 삶은 연속된 판타지의 연장선상에 놓여 있고,
상상은 우리의 일상을 더욱 살찌운다.
『카디날 랩소디(Rhapsody of Cardinal)』를 경험하는 독자들은
더욱 풍부한 일상 속에서 새로운 삶을 경험할 것이다.
멋진 만남! 흥미로운 경험! 이것이 『카디날 랩소디』가 가진 장점이며,
작가 송현우가 독자들에게 바라는 꿈이다.

 세상을 보는 또 하나의 창 - inthebook.net
유행이 아닌 자유추구 - chungeoram.net

Book Publishing CHUNGEORAM